Nicolas Maleski
Ein unerwarteter Brief

Über den Autor:

Nicolas Maleski ist das Pseudonym eines französischen Autors, der in der Verlagsbranche arbeitet. EIN UNERWARTETER BRIEF ist sein Romandebüt.

Nicolas Maleski

Ein unerwarteter Brief

ROMAN

Aus dem Französischen
von Monika Buchgeister

LÜBBE

Dieser Titel ist auch als E-Book erschienen

MIX
Papier aus verantwortungsvollen Quellen
FSC® C014496
FSC
www.fsc.org

Titel der französischen Originalausgabe:
»Sous le compost«

Umschlaggestaltung: Manuela Städele-Monverde
Unter Verwendung von Motiven von © shutterstock:
Alewiena art | Anastasia Lembrik | Lebedeus | Sundra
Satz: Dörlemann Satz, Lemförde
Gesetzt aus der Adobe Caslon
Druck und Einband: GGP Media GmbH, Pößneck

Printed in Germany
ISBN 978-3-431-04097-5

5 4 3 2 1

Sie finden uns im Internet unter: www.luebbe.de
Bitte beachten Sie auch: www.lesejury.de

Tätowierungen konnte ich noch nie leiden
Also schreibe ich Elise auf diese Seite
Wie eine Gravur unter meine Haut

Es war Nacht, der Wald überzog die Berge mit der dunklen Schwere eines feindseligen Ozeans. Am Nachmittag hatte ich im Kräuterbeet eine dicke Schlange aufgeschreckt, die sich eiligst unter einen Steinhaufen flüchtete – ich hatte sofort die Hühner aus ihrem Gehege gelassen, um ihr klarzumachen, dass sie hier nichts verloren hatte. Dieser Garten war mein Werk, er hatte mich viel Mühe gekostet, und ich verbrachte unzählige Stunden dort. Jeden Tag gab es etwas zu tun, aber diese Tätigkeiten waren gleichermaßen beruhigend und befriedigend. Man sah die Früchte seiner Arbeit und wurde für seine Anstrengungen belohnt. Vorhin hatte ich gegossen, und noch immer verströmte die Erde den Geruch einer wohltuenden Abkühlung. Bei diesem späten Gang über die Bretter zwischen den Beeten ließ ich meinen prüfenden Blick noch einmal auf allem ruhen. Der Himmel war schwarz, hier und da schimmerten Lichtflecken wie die erleuchteten Fenster eines fernen Landsitzes. Mitten in den Rüben scheuchte ich einen Igel auf, der sich nur mühsam voranschleppte. Diese neugierigen kleinen Viecher suchen normalerweise mit unglaublicher Geschwindigkeit das Weite, sobald sie uns riechen. Das

Exemplar hier vor mir jedoch war über und über von dicken Zecken befallen, und ich gab keinen Pfifferling mehr auf ihn. Schade, ich hatte nichts gegen diese einsamen Geschöpfe; wegen ihrer Vorliebe, Schnecken und Raupen zu vertilgen, sah ich in ihnen sogar so etwas wie konstruktive Partner. Mein Blick fiel auf eine Schaufel, die noch an einem Pflaumenbaum lehnte. Mit der Kante versetzte ich dem stachligen Panzer einen heftigen Schlag – das Tier wäre ohnehin auf irgendeiner Straße überfahren worden wie die meisten seiner Artgenossen. Bei der Attacke hatte ich ein paar Spritzer abbekommen, also wischte ich mir das Bein mit einem Büschel Gras ab, bevor ich die Überreste des Igels auf den Komposthaufen warf. Ein wenig herrschten hier Gesetze wie im Dschungel, Sentimentalität konnte man sich nicht immer leisten; auch die Bergwelt zeichnete sich dadurch aus, dass sie gleichermaßen wild und fruchtbar war. Hinter dem Schuppen pinkelte ich rasch noch.

Kurz zuvor war Gisèle aus der Klinik zurückgekommen. Ich war in der Küche am Spülbecken damit beschäftigt, eine angebrannte Auflaufform blank zu scheuern, und dachte an nichts Besonderes. Die Mädchen hatte ich bereits ins Bett gebracht, und die Waschmaschine lief auch schon. Jetzt musste ich noch aufräumen. Das Tischtuch war total verdreckt. Keine Ahnung, wie genau es dazu gekommen war. Sie trat zu mir und wollte mich küssen, da hielt ich sie fest und schob sie auf den Tisch. Hastig machte ich mich an ihrer Jeans zu schaffen und zog sie samt Slip herunter. Mit einer Hand knöpfte ich ihre Bluse oben auf, mit der anderen entblößte ich mich selbst. Dann erst sah ich ihr ins Gesicht, es wirkte arglos, sie schloss die Augen, und schon war ich in ihr. Mir wurde schwindlig. Aus dem Radio hinter uns klangen die Abendnachrichten herüber. Es war von einer Katastrophe die Rede, der Sprecher kündigte eine baldige erste Bilanz an, noch lägen keine Angaben über Opfer vor, aber man könne davon ausgehen, dass ihre Zahl hoch sein werde. Ich ging mit aller Gewalt zum Angriff über und presste mich keuchend an ihren Hals, während sich mein Schwanz bis zum Äußersten spannte und in heftigen Stößen verausgabte. Ich wollte gern noch in ihr bleiben, aber sie schob mich sanft und wortlos zurück. Schon bückte sie sich, um anmutig mit einer Hand ihre Kleidungsstücke aufzuheben, und huschte dann ins Badezimmer. Es war drei Wochen her, dass wir zum letzten Mal miteinander geschlafen hatten.

Das Wasser lief noch, als ich ins Haus zurückkehrte. Darüber führte ich erbitterte Streitgespräche mit den Kindern. Ich selbst duschte nur ein paar Sekunden, ich achtete darauf, dass die Wasserhähne zugedreht wurden, dass das Licht ausgemacht wurde und alle diese Dinge; Gisèle hingegen ließ das Wasser einfach fünfundzwanzig Minuten laufen … Es ging schließlich nicht nur ums Geld, sondern auch ums Prinzip. Etwas Achtsamkeit würde uns außerdem ganz gut zu Gesicht stehen, denn wir hatten zwei Kredite am Hals, einen für die Hütte und einen für Gisèles Auto, und verfügten über keinerlei Rücklagen. Manchmal mahnte ich sanft zu etwas Mäßigung, aber meistens hielt ich den Mund, um die Stimmung nicht unnötig zu vergiften. Sie hatte ja doch das letzte Wort: Tagsüber besuchte sie die Bauernhöfe in der Gegend, dort stank es, sie kam mit Tieren in Berührung, sie schwitzte, es war staubig, überall wimmelte es von Mikroben … Da konnte ich doch vielleicht einsehen, dass sie am Abend Lust hatte, ausgiebig zu duschen? Und ich versuchte tatsächlich, sie zu verstehen, die Mühe machte ich mir durchaus. Ich, der ich den Tag zu Hause verbrachte, ich bereitete ja lediglich das Essen zu, ich versorgte die Hühner, ich war im Garten unterwegs, ganz zu schweigen von der Wäsche, den Einkäufen, dem Haushalt und allem, was sonst noch anfiel … Es war wie mit ihrem Allradler, ich wollte ja gern glauben, dass er für ihren Alltag unabdingbar war, dass sie ihn unbedingt brauchte, um auch zu den Kunden zu gelangen, die abgelegen auf einsamen Höfen weit oben in den Bergen wohnten, aber ich wusste, dass vor allem der Schein gewahrt werden musste und sie gegenüber ihren Tierarzt-Kollegen nicht ins Hintertreffen geraten wollte.

Während die letzten Tropfen auf die Kacheln klatschten, nahm ich mir einen Comic und machte es mir in einem Sessel im Wohnzimmer gemütlich. Der Raum war groß, mit niedriger Decke, sparsam möbliert und nur mäßig beleuchtet. Zur Küche hin war er offen. Aus dem Badezimmer waren jetzt Geräusche von Cremetiegeln zu hören, die wieder auf die Ablage zurückgestellt wurden. Als meine Frau wieder zum Vorschein kam, hob ich den Blick und ließ ihn auf ihren vor Feuchtigkeitslotion glänzenden nackten Beinen ruhen.

»Im Dampfgarer steht etwas zu essen«, gab ich beiläufig von mir.

»Schön, danke!«

Ich vertiefte mich erneut in meinen Comic, befand mich jedoch in Reichweite des Radios, das Gisèle nun leise wieder eingeschaltet hatte: Die Zahl der Toten hatte sich weiter erhöht, der Journalist klang so, als würde seine Betroffenheit ihn irgendwie stolz machen; sie brachten es tatsächlich fertig, stundenlang bei solch morbiden Ereignissen zu verharren, und verkauften uns diese Art der Berichterstattung dann schamlos als Nachrichten. Als sie ihre Mahlzeit beendet hatte, setzte sie sich aufs Sofa, streckte die Beine auf den niedrigen Tisch und biss in einen Apfel. Ihr weiches Nachthemd umschmeichelte ihre Hüften, es war ziemlich kurz und körpernah geschnitten.

»Ist heute alles gut gelaufen?«, fragte sie nun.

»Ja. Nichts Besonderes. Alle haben brav gelernt, brav gegessen und brav die Zähne geputzt …«

»Schön, schön … Ach, übrigens, ich habe mit meinen Eltern gesprochen, sie haben die Flugtickets gekauft.«

»Gut. Es wäre schön, wenn wir danach alle fünf einmal zusammen wegfahren.«

»Ja, das wäre schön …«

»Wäre es das? Na, dann ist es abgemacht.«

»Nun ja, das kann ich jetzt noch nicht sagen. Es ist unglaublich viel zu tun im Augenblick. Außerdem ist die Rede von einer sehr kurzfristigen, flächendeckenden Impfung. Alles, was zwei Flügel hat, soll sie offenbar bekommen.«

»Aha! Sogar die Drachen?«

»Du Spinner!«, empörte sie sich amüsiert, ohne dass ihr ein wirkliches Lachen zu entlocken war. Jetzt stand sie auch schon wieder auf, um sich vor den Computer zu setzen – einen Augenblick lang blieb es still, und man spürte die leichten Windstöße, die durch das weit geöffnete Fenster hereinwehten. Vom Sessel aus sah ich sie im Profil: Mein Blick glitt über ihre vollen Lippen, ihren Hals, ihre Wange, den Träger ihres Nachthemds. Sie hatte eine umwerfende Haut.

»Wie lange ist es her, dass du zum letzten Mal zwei Wochen Urlaub genommen hast?«

»Ich weiß, Franck, ich weiß …«, seufzte sie, ohne vom Bildschirm aufzublicken.

»Du könntest bei den Bauernhöfen kürzertreten, weniger Termine übernehmen und nicht weiterhin siebzig Stunden in der Woche arbeiten.«

»Findest du nicht, dass du jetzt ein wenig übertreibst? Und außerdem – vergiss nicht, dass ich erst zwanzig Prozent habe.«

Ich bohrte nicht weiter, denn ich wollte es nicht auf einen Streit ankommen lassen, und ich wusste nur zu gut, was ich zu hören bekommen würde: Alles würde besser werden, wenn sie sich erst einmal richtig in die Klinik eingekauft hatte. Da musste man jetzt eben durch. Man musste sich bewähren und geduldig sein. Sie hatten sie schließlich für die Nutztiere eingestellt, nicht für die Haustiere … Sie stand auf und warf mir einen kurzen Blick zu, in dem Müdigkeit lag, immerhin aber eine wohlwollende Müdigkeit, eine Müdigkeit, die sich die immerwährende Nachsicht zu Hause nicht verscherzen wollte.

»Ich geh hoch, Franck. Ich bin total am Ende. Als Letztes stand heute noch eine Fetotomie an. Ich musste das tote Kälbchen im Innern der Mutter zerteilen und stückweise herausholen. Das reinste Massaker, sag ich dir.«

»Und wenn ich dir jetzt erzählen würde, dass ich im Garten einen Igel enthauptet habe?«

Als sie an mir vorbeikam, hätte ich beinahe nach ihrem Handgelenk gegriffen und eine weitere, ungeplante Nummer auf dem Sofa in Betracht gezogen, aber ich ahnte, dass sie sich mir elegant entziehen würde, und hatte keine Lust, das zu überprüfen und mich am Ende bestätigt zu sehen. Einen kurzen Augenblick verharrte ich regungslos an meinem Platz, dann ging ich in die Küche und stellte die Spülmaschine an. Ich war nicht müde. Ich legte einen Film in den Rechner und machte es mir wieder gemütlich, nicht ohne vorausschauend ein Bier aus dem Kühlschrank geholt zu haben. Verdammt, nach Jahren des gemeinsamen Lebens und nach drei Gören fand ich, dass meine Frau immer schöner wurde, ich fand sie begehrenswert, und das trotz ihrer zerteilten Rindviecher. Immerhin kam es noch vor, dass wir verstohlen eine schnelle Nummer auf dem Küchentisch schoben. Der Film begann, aber schon bald verlor ich das Interesse. Ich trank mein Bier in regelmäßigen Zügen. Es war ein leichtes Bier, das ich eiskalt am liebsten mochte; ohnehin trank ich Bier meistens kurz vor dem Gefrierpunkt, das war meine neueste Marotte. Was Filme betraf, so tat ich mich immer schwerer damit, einen anzusehen, irgendwie fehlte mir die nötige Leichtgläubigkeit und das Minimum an Spontaneität, um Empathie für das aufzubringen, was mir erzählt wurde. Heute Abend war ich zudem zerstreut wegen der Gedanken, die mir im Kopf herumgingen: Eine Woche zuvor hatte ich einen anonymen Brief erhalten, in dem behauptet wurde, Gisèle hätte eine Affäre. Ein einziger Satz. Ohne weitere Details.

Das Ganze war sicher Blödsinn, aber es hatte mich dennoch ziemlich umgehauen. Sofort war ich alle Typen durchgegangen, die es womöglich mit meiner Frau treiben könnten – es konnte ein Kunde sein, einer ihrer Kollegen oder sogar ein Typ aus dem Dorf. Ja, es konnte der Erstbeste sein, der des Weges kam. Warum nicht der Postbote? Als sich der Schock etwas gelegt hatte, fokussierte ich mich auf den Briefschreiber. Der schlimmste Fall war eingetreten: Ein Unbekannter hatte eine Kerbe in mein Privatleben geschlagen, und das war unerträglich. Den ganzen Nachmittag hatte ich vor Wut förmlich gebebt. Wie konnte er das wissen? Als ich die Mädchen vor der Schule einsammelte, sah ich mich immer wieder nach allen Seiten um, da ich das Gefühl hatte, beobachtet zu werden. Es kam mir geradewegs so vor, als wüssten alle Bescheid.

Ich hatte Gisèle am Abend nichts davon gesagt, denn ich wollte diesem Brief nicht die geringste Beachtung schenken – wenn es Probleme gab zwischen mir und meiner Frau, dann würden wir das ohne jegliche Einmischung eines Dritten klären. Ich hatte die ganze Sache also letztlich mit Verachtung gestraft, so wie man es bei einer üblen Verleumdung tut. Das Unbehagen hatte seitdem nachgelassen; vielleicht war ja alles nur dummer Tratsch, ein schlechter Scherz oder aber die Idee von irgendeinem Dreckskerl, wie es sie in jedem Dorf gibt. Aber trotzdem brannte ich darauf, den Urheber ausfindig zu machen und seine Karre in Brand zu setzen. Eigentlich stand ich physischer Gewaltanwendung eher ablehnend gegenüber. Schlägereien, Blutvergießen oder Beleidigungen waren nicht mein Ding; aber seine Karre anzuzünden, das schien mir doch eine angemessene Bestrafung, eine aussagekräftige Warnung. Mal im Ernst, wenn meine Frau es mit einem anderen Mann trieb, konnte ich notfalls damit klarkommen, ich konnte es vielleicht sogar akzeptieren. Aber die widerliche Methode mit dem anonymen Brief ging mir gewaltig gegen den Strich.

Gisèle wurde sehr früh zu einem Notfall gerufen. Ich stand gerade noch rechtzeitig auf, um zu sehen, wie sie hastig ihre Schuhe anzog, dabei von einem Fuß auf den anderen hüpfte und auf die Umstände schimpfte. Das Haus lag im morgendlichen Schlummer, aber die Stimmung des gestrigen Abends hallte noch leise nach. Hier und da lagen Gegenstände herum, die auf Aktivitäten des vergangenen Tages schließen ließen. Ich bemühte mich so gut es ging, dieses Gleichgewicht nicht zu stören, kratzte mich am Kopf und setzte mit sparsamen Bewegungen den Kaffee auf.

Der Tag kündigte sich mit einem verhangenen Morgenhimmel an. Draußen lag Tau auf der Wachstischdecke. Von der Küche gelangte man über nur eine Stufe zur Terrasse hinaus, was sehr praktisch war, weil man dort unter einer ausladend wuchernden Glyzinie und einer Heckenkirsche wunderbar speisen konnte. Ich warf einen forschenden Blick zum Waldrand hinüber, wo manchmal Rehe zu sehen waren. Jetzt war das Röhren des Allradwagens auf dem Weg zu hören, und eine Staubwolke wirbelte auf. Dann herrschte wieder Stille. Alles kehrte sachte an seinen ursprünglichen Platz zurück, das Licht, die Natur, die Vögel, und von mir wurde jetzt nichts mehr erwartet. Diesen Augenblick hätte ich gerne ausgedehnt. Zu dieser Stunde schien alles möglich zu sein, das Land bot sich dar wie ein zu eroberndes Terrain, es weckte jenes ein wenig überhebliche Gefühl von Freiheit, das weite Räume auslösen; die Jungfräulichkeit der Wiesen erfüllte einen mit unbändigem Tatendrang, mit dem Willen zum Vorwärtskommen. Aber das alles blieb vage, und letztlich ging nichts aus dieser vielversprechenden Gemengelage hervor, keine konkrete Vorstellung kristallisierte sich heraus, der schöpferische Funke erlosch. So, der Kaffee war fertig – leicht fröstelnd frühstückte ich unter der Pergola und hörte dabei Radio. Ein paar Minuten später verrieten die Geräusche auf der Treppe, dass Valouise und Andrea aufgestanden waren.

»Habt ihr mitbekommen, dass Mama euch vorhin ein Küsschen gegeben hat?«

»Ja, in echt haben wir nämlich gar nicht mehr geschlafen, wir haben nur so getan.«

Den Tisch in der Küche decken, die Kleidungsstücke bereitlegen, alle diese morgendlichen Handreichungen waren Routine, sie mussten lediglich im richtigen Takt erfolgen; es musste darauf geachtet werden, dass alle ihre Zähne putzten, es durfte kein Beutel und keine Essensmarke für die Kantine vergessen werden, hier und da musste noch ein Schnürsenkel zurechtgezogen werden. Wir stiegen in den Kombi und bogen auf die kleine kurvige Straße. Ich nutzte die paar Minuten bis zum Dorf, um sie daran zu erinnern, dass sie in zwei Wochen mit dem Flugzeug verreisen würden, so wie Erwachsene. Mit einem echten Flugzeug, dessen Innenraum größer war als ein ganzer Bus. Eine Welle freudiger Zustimmung schwappte zu mir nach vorn, doch im nächsten Moment brach Julie beinahe in Tränen aus, weil sie bemerkte, dass sie ihr Federmäppchen vergessen hatte. Ich versicherte ihr, dass das nicht schlimm sei, dass sie sich überhaupt keine Sorgen machen müsse, und um sie von ihrer Angst abzulenken, hupte ich in Richtung Denis Fumard, der vor seinen Zapfsäulen kehrte.

Julie war besonders sensibel und zart, die beiden anderen hatten eher das psychologische Rüstzeug von Möbelpackern oder Metzgergehilfen. Ich brachte sie zu den älteren Schulkindern, drückte ihr rasch noch ein Küsschen auf das traurige Gesicht, begrüßte im Vorbeigehen Fumards Frau, die dicke Christine, und setzte dann die Zwillinge bei der Vorschule ab, wo ich ein paar Worte mit Brunos Frau Malika wechselte.

»Bruno will dich sprechen«, sagte sie zum Schluss noch, »es geht ums Fahrradfahren.«

»Alles klar, ich fahr bei der Bar vorbei.«

Das tat ich dann auch gleich. Bei Bruno hatten sich bereits die üblichen Verdächtigen eingefunden, die morgens den Tresen mit ihren Weißweingläsern belagerten und mit ihrem hiesigen Akzent lautstark Sprüche klopften – ziemlich anzügliche Witze, die offenbar gute Stimmung verbreiteten. Diese Typen gehörten zu der Spezies, die sich nicht scheut, Postkarten mit Fotos von nackten Frauen zu verschicken, wie sie auch über der Registrierkasse an der Wand hingen. Wir unterhielten uns kurz, als es Bruno gelungen war, sich von der heiteren Runde loszueisen, und unser Gespräch endete mit der Abmachung, dass wir am frühen Freitagnachmittag gemeinsam Fahrrad fahren würden. Er hatte einen neuen Weg aufgetan, der gewissermaßen am Bergkamm entlangführte. Auch Fumard würde mit von der Partie sein. Gut, sehr gut. Ich trank meinen Kaffee aus und bezahlte meine Zeitungen. Ein alter Griesgram beklagte sich bereits, dass er nicht bedient würde, und spielte den Empörten. Er habe es eilig und sei schon spät dran. Bruno schenkte ihm nach, ohne sich dabei einen bissigen Kommentar zu verkneifen: »Mein Lieber, so holst du deine Verspätung nicht auf …«

Ich war besorgt und hatte ein blödes Gefühl, das musste ich mir eingestehen. Abgesehen von dem anonymen Brief gab es weitere, wenig ermutigende Anzeichen; unser Eheleben zeugte nicht von ungetrübter Glückseligkeit. Etwas schien sich verändert zu haben, etwas schien unmerklich auf die falsche Spur geraten zu sein. Zwischen uns herrschte nicht mehr jene natürliche Verbundenheit, die uns zusammengeschweißt hatte. Um mir das klarzumachen, musste ich nicht erst einen Brief bekommen. Dabei war mir mein Humor durchaus nicht abhandengekommen, ich war zwar nicht immer sehr gesprächig, aber witzig schon; und ausgeglichen war ich auch, vielleicht mit einem kleinen Hang zur Schwermut, aber eigentlich ausgeglichen.

Um mich von diesen Überlegungen loszureißen, war ich in Richtung Garten gegangen; Arbeit gab es genug, aber ich war mit meinen Gedanken woanders. Ich würde ihr doch wohl kaum nachspionieren oder gar einen Privatdetektiv bezahlen, um sie zu beschatten und kompromittierende Fotos von ihr zu machen. Auch würde ich nicht ihre Handtasche durchwühlen oder die Anrufliste ihres Handys überprüfen. Da war es besser, etwas frische Luft zu tanken und sich abzulenken. Es musste einiges eingekauft werden. Während ich mein Scheckheft suchte, erstellte ich im Kopf eine ungefähre Liste: Zahnpasta, Kaffee, Schwämme, Tabs für die Spülmaschine – es war wirklich kaum noch etwas da, und außerdem hatten wir für Freitagabend das Ehepaar Ricard-Schmitt eingeladen. In gewisser Weise passte dieser Termin ganz gut, denn Gisèle hatte gerne Gäste, auch wenn sich dies nicht besonders oft ergab. In Gesellschaft verhielt man sich anders, es gab mehr Gesten und Blicke zwischen uns beiden, es herrschte ein stilles Einverständnis, das gespielt wirken mochte, aber greifbar war. Es existierte tatsächlich.

Mit neuer Energie stieg ich ins Auto. Ich ging nicht ungern in Supermärkte, sondern betrachtete diese Tätigkeit als eine einfache Freude. Ich ließ die Berge rasch hinter mir und lenkte den Kombi auf die Landstraße. Ein paar Raben gebärdeten sich wie Geisteskranke, sie riskierten ihr Leben, nur um auf ein Stück Aas einzuhacken, und vollführten halsbrecherische Manöver in der Luft wie Betrunkene. Wir waren vor drei Jahren hierhergezogen, ohne die Gegend vorher zu kennen. Hierhin oder an einen anderen Ort, das machte keinen großen Unterschied.

Nach ein paar Kurven war die Hochebene erreicht, eine karge, unheimlich anmutende Ansammlung von Felsen und Gesträuch, über die ein immerwährender Wind strich. Im Winter senkte sich der Himmel schwer wie eine bleierne Decke, beinahe wie ein Grabstein auf sie nieder. Eine Landschaft, deren abweisender Charakter ihresgleichen suchte. Und dann bot sich dem Auge urplötzlich der Blick auf das Tal dar, mit seinen tonigen Lehmböden, die der Gegend ihre Fruchtbarkeit verliehen. Dort lag die von dem Fluss durchzogene Stadt, ein zusammengehöriger und dennoch lockerer Verbund.

Ich machte keine halben Sachen, wenn ich Einkäufe erledigte. Ich wählte das größte Geschäft im Umkreis, außerhalb der Stoßzeiten, und suchte so nah wie möglich am Eingang nach einem Parkplatz. Dann schnappte ich mir einen funktionstüchtigen Einkaufswagen, den ich pfeifend zwischen all den Tattergreisen hindurchmanövrierte und bis zum Rand füllte. An einem harmlosen Vormittag mitten unter der Woche wirkte das Geschäft riesengroß und frei zugänglich; ich war mit dem guten Gefühl unterwegs, meinen Alltag zu unterbrechen, noch dazu in der Überzeugung, eine gute Tat zu vollbringen, da ich mich um den Nachschub an Lebensmitteln kümmerte. Angenehm war zudem, dass die Musik nur leise vor sich hin rieselte, vermutlich drehte der Leiter des Supermarkts erst mittags die Lautstärke auf. Die Regale boten ihre fast grenzenlose Warenpalette dar, die Produkte waren nach Form und Farbe ästhetisch ansprechend in langen Ketten gereiht oder zu kunstvollen Pyramiden aufgetürmt. Manchmal suggerierte mir mein Scharfsinn, dass die ambitioniertesten Supermärkte mehr Substanz und Vielfalt zu bieten hatten und letztlich auch einen größeren Anreiz zur Abstraktion als die meisten Museen, deren Besuch mir bisher vergönnt war.

Ich hatte meine Fracht bis zur Zollschranke bugsiert. Die untätigen Kassiererinnen buhlten mit ihrem Lächeln darum, mich in ihre Fahrrinne zu lenken. Ich wählte eine von ihnen, die ganz nach meinem Geschmack war: stark geschminkt, die Pickel mit reichlich Teintgrundierung zugekleistert, bunt gefärbte, ausgefranste Haare und verunstaltete Augenbrauen. Anfangs treibt sie der Wunsch, alles gut in Form zu bringen und den natürlichen Gegebenheiten das gewisse Etwas zu verleihen. Dann übertreiben sie ihre Bemühungen, es wird des Guten zu viel, und am Ende ist der Schaden nicht mehr zu beheben. Nun müssen sie sich mit ihren Verschlimmbesserungen abfinden – es ist genau wie bei den Autos: Die Kerle können nicht aufhören, wenn sie einmal mit dem Frisieren begonnen haben, und am Ende stehen sie immer wie vollkommene Idioten da.

Draußen wehte ein warmer Wind die Kassenzettel über den Asphalt. Ich bepackte den Kombi und fuhr dann den gleichen Weg zurück durch das Gewerbegebiet. Die ganze Zone war durch Kreisverkehre gegliedert. In jedem Sektor standen ausladende Flachbauten, und überall ragten Werbetafeln auf. Ganz in der Nähe befand sich auch Gisèles Klinik. Einem unbestimmten Impuls nachgebend, schlug ich den Weg dorthin ein. Ihr Allradwagen stand im spärlichen Schatten einer kümmerlichen Wildkirsche vor dem Gebäude. Vielleicht spielten sich in diesem Bunker mit seinen gefliesten Wänden Dinge ab, die moralisch verwerflich waren. Ich fuhr einmal um das Gebäude herum, dann entfernte ich mich wieder. Ziellos setzte ich die Fahrt fort. Es schien mir beinahe so, als leitete mich der Wagen, als überließe ich ihm den Weg. Es war ganz einfach, ich musste lediglich das Lenkrad betätigen. Es war schön, zu dieser Tageszeit bei diesem Wetter spazieren zu fahren – und nichts hinderte mich, das eigentliche Stadtzentrum anzusteuern, wenn ich Lust dazu verspürte. Nichts hinderte mich, meinen Weg dem Zufall zu überlassen oder kurz in einen kühlen Fluss zu springen, um mich zu erfrischen. Es gab keinerlei Grund, der dagegensprach.

Das Leben gewährte mir diese Freiheit. Meine Frau hatte diese Arbeitsstelle gefunden, und ich hatte der Veränderung zugestimmt. Eine echte Alternative hatte es eigentlich nicht gegeben, also musste ich im Grunde auch keine Entscheidung treffen. Tatsache ist, dass ich noch nicht viel Geld in meinem Leben verdient habe – lediglich bei einigen kleinen Nebenjobs während des Studiums. Gisèle erhielt ein Stipendium, und wir lebten auf vierzig Quadratmetern. Dann kam Julie, und Gisèle hatte damit begonnen, Vertretungen zu übernehmen. Zwanzig Monate später folgten die Zwillinge. Und ein paar Jahre darauf waren wir hier gelandet, am anderen Ende des Landes. Ich kümmerte mich um die Kinder, wir lebten jetzt in den Bergen. Es gab Kühe und Schafe, der nächste Nachbar wohnte fünfhundert Meter Luftlinie entfernt, wir hatten Bekannte hier, wir konnten nicht klagen.

Ich machte mich wieder auf den Rückweg. Die Raben kreisten immer noch über der Hochebene. Mein Kombi bretterte jetzt mit einhundert Stundenkilometern über die Straße, mein Tank war voll. Am Horizont versperrten die Berge die Sicht: eine wuchtige Granitmasse mit einem vom Wind zerfurchten Kamm. Schon bald schaltete ich herunter, um die Kurven bergauf zurückzulegen. Ich hatte Gisèle im Gymnasium kennengelernt. Anfangs war sie eine sehr gute Schülerin, ein lustiges Mädchen und zudem recht hübsch, während ich lieber Bücher las, als meine Hausaufgaben zu machen. Wir verbrachten viel Zeit miteinander, waren aber lediglich Klassenkameraden, nichts weiter. Dann kam ein neuer Frühling, und sie hatte sich von einem Tag auf den anderen verändert. Beinahe unbemerkt von mir war sie förmlich explodiert. Mir blieb fast der Mund offen stehen, wie sie auf einmal ihre Jeans und ihre Shirts ausfüllte. Nun war es vorbei mit den rein kameradschaftlichen Gefühlen. Ihr Aussehen verursachte mir eine Gänsehaut. Einmal hätte ich mich beinahe übergeben, so packte es mich. Unsere Beziehung dümpelte vor sich hin, etwas Unausgesprochenes lag nun zwischen uns. Ich tat mich schwer damit, Worte dafür zu finden, und so waren wir einander zwar weiterhin nah, gleichzeitig aber auch seltsam fern. Unzählige Male glaubte ich, sterben zu müssen vor Ungeduld, Erregung, Eifersucht oder Mutlosigkeit. Und niemals hatte ich mich so lebendig gefühlt wie in jenem Augenblick, als ich begriffen hatte, dass sie nicht abgeneigt war, sich auf ein Techtelmechtel mit mir einzulassen. Noch ein paar Wochen lang herrschte eine schmachtende Ungewissheit bei mir, bevor ich sie endlich eines Abends vor der Schule herumkriegte. Ich habe nie versucht herauszufinden, warum sie sich in mich verknallt hatte. Sie hatte sich in mich verknallt, das reichte mir. Seither war viel Zeit vergangen. Wir waren immer noch zusammen. Wir waren ein Ehepaar mit drei Kindern geworden, eine Familie, eine polymorphe sentimentale Entität.

Einen Großteil des Nachmittags verbrachte ich damit, Gemüseerbsen zu pflücken. Ich hatte acht Reihen gesät und hoffte auf eine Ernte von zweieinhalb Kilo ausgehülster Erbsen pro Reihe, was für das ganze Jahr reichen sollte; so der Plan. Ich hatte zwei verschiedene frühe Sorten gemischt, eine kleinhülsige mit schrumpeligen Körnern und eine sehr robuste Sorte mit schönen kräftigen und glatten Schoten. Nach der vierten Reihe machte ich eine Pause, mein Rücken schmerzte, und die Sonne brannte auf mich herunter. Ich hängte die Wäsche auf. Gleich nach Gisèles Rückkehr würde ich ihr den Brief unter die Nase halten. Heute Abend würde sich alles aufklären, ich würde endlich wissen, woran ich war. Dann verfrachtete ich meine Ernte zum Schuppen und begann im Schatten mit dem Aushülsen, umgeben von einem angenehmen Holzgeruch. Es war eine geruhsame Tätigkeit, die Schoten waren zart und biegsam, und der Körnerberg wuchs in die Höhe wie eine unbeständige Wanderdüne, jede Hülse trug zu dem Ganzen bei, auch das kleinste Korn hatte seine Rolle in der wachsenden Struktur.

Es gehörten noch zwei weitere kleine Scheunen zu unserem Besitz, die Gegenstand vager Pläne waren. Von der Sorte, die immer wieder neue Wendungen nehmen, die die Fantasie beflügeln und einem das Gefühl vermitteln, es ginge vorwärts im Leben – die gleichzeitig aber in beruhigend ferner Zukunft liegen. Uns schwebte vor, die eine Scheune zu einem Zimmer mit Bad und vielleicht auch einer Küchenecke umzubauen, wenn wir einmal das Geld dazu aufbringen konnten. Für die zweite Hütte sah der Plan noch diffuser aus und stammte im Grunde von Francis Condac, dem benachbarten Landwirt; ich war noch dabei, die Vor- und Nachteile gegeneinander abzuwägen. Er hatte vorgeschlagen, dort eine Ziegenzucht zu betreiben, um letztlich Käse herzustellen, oder aber einen Hühnerstall daraus zu machen und Legehennen dort unterzubringen, ebenfalls mit dem Ziel kommerzieller Produktion. Aber das alles war weit davon entfernt, in irgendeiner Weise spruchreif zu sein.

Ich hatte die Zeit vergessen und würde nun zu spät an der Schule eintreffen. Es war einer dieser Tage, an denen es einfach nicht reibungslos lief. Auch wenn ich nicht im eigentlichen Sinn arbeitete, schaffte ich es dennoch, überlastet zu sein. Das war schwer einzusehen, und die Leute hielten Franck Van Penitas wahrscheinlich im Stillen für einen Nichtsnutz.

Valouise und Andrea sprangen fröhlich auf mich zu, und auch Julie ließ nicht lange auf sich warten. Die Mütter um mich herum schenkten mir ein eisiges Lächeln, während ihre Sprösslinge auftauchten und eine Fresse zogen. Sie machten sich wahrscheinlich nicht klar, dass meine Töchter einfach froh waren, mich zu sehen, weil sie die Schule verabscheuten. Nach dem Essen lockte ich sie in den Garten, um Erbsen zu pflücken. Ich versprach mir zwar nicht viel davon, aber da ich es durchaus für eine gesunde und pädagogisch wertvolle Tätigkeit hielt, konnte ich es ja einmal versuchen. Julie stellte sich sehr geschickt dabei an. Sie trug ein ärmelloses Kleid, und ihre zarten Arme verschwanden immer wieder in den Pflanzen. Valouise und Andrea hingegen streikten bereits nach fünf Minuten, und ich fürchtete um meine Erträge: Auch das Zwiebelbeet hinter ihnen hatte nämlich bereits unter den

Fußtritten der Sandalen gelitten. Um weiteren Schäden vorzubeugen, dirigierte ich sie zu den Radieschen. Hier war die Ernte weniger eintönig, zudem konnte in unmittelbarer Nähe nichts in Mitleidenschaft gezogen werden.

Sie waren rasch fertig mit ihrer Aufgabe, und so arbeitete ich noch eine Weile allein weiter, während sie draußen herumtollten. Die träge Stille wurde hin und wieder von lautstarken Abzählreimen und dann wieder von fröhlichem Geschrei unterbrochen. Es gab viel Platz um das Haus herum. Das Wohnhaus war lang gestreckt und lag am Rand einer Wiese. Das Gras reichte bis unmittelbar an die Terrasse heran und lugte hier und da sogar zwischen den meist beschädigten Tonplatten hervor. Ein Weg führte zu der weiter oben verlaufenden Straße, die jedoch hinter dicht gewachsenem Feldahorn versteckt war. Ich hatte meinen Gemüsegarten unmittelbar neben dem Brunnen und das Gehege für die Hühner in der Nähe der einen Scheune angelegt. Dahinter zog sich ein nicht mehr bestelltes Feld den Abhang entlang bis zum Wald. Bei tief stehender Sonne bot sich am Abend, wenn man mit einem schönen Glas Wein unter der Pergola saß, ein friedvoller Blick auf die Berge, ihre massige und schützende Silhouette. Dann konnte man sich schon einmal dabei ertappen, das Leben durchaus schön zu finden.

Bei unserer Ankunft hier in der Gegend hatte ich keine Ahnung von Gemüseanbau. Ich konnte nicht einmal das Blattwerk einer Kartoffel von dem einer Himbeere unterscheiden. Aber in einer der Scheunen hatte ich Werkzeug gefunden, Platz gab es in Hülle und Fülle, ein Brunnen und eine Zisterne waren auch vorhanden, und an Zeit mangelte es mir ohnehin nicht – eine gute Ausrede war also nicht in Sicht. Von Francis Condac, unserem Nachbarn, hatte ich viel gelernt. Er hatte mir Starthilfe gegeben, außerdem hatte ich so einiges an Fachbüchern gelesen, ja, sie richtiggehend verschlungen und alle Informationen miteinander verknüpft, bevor ich zur Praxis überging. Francis hatte mir insbesondere die Augen für die Bedeutung der Bodenbeschaffenheit geöffnet. Der Boden stellte unseren größten Reichtum dar, war aber ein komplexes und lebendiges Milieu und musste umsichtig bearbeitet, genährt und geschützt werden. Francis war ein guter Lehrmeister, er hatte mir spannende Bücher zu diesem Thema geliehen, die mich so fesselten, dass ich bis tief in die Nacht darin las und ungeahnte Welten entdeckte.

Welchen Beruf hätte ich ausüben können, wenn ich aus diesem oder jenem Grund eine bezahlte Tätigkeit hätte annehmen müssen? Ganz ehrlich, mir fiel nichts ein. Ich gehörte zu jenen findigen Köpfen, die ziemlich viele Dinge hinbekommen, aber nirgendwo herausragend sind. Außerdem waren mir die Gesetze des Arbeitslebens fremd. Selbst wenn es mir gelungen wäre, eine Beschäftigung aufzutun, hätte es mir große Anstrengungen abverlangt, mich in eine Organisation einzufügen, eine Hierarchie, ein Team, und bestimmte Maßregeln zu ertragen. Schon die bloße Vorstellung löste Albträume bei mir aus. Ich verstand manche Hausfrauen nicht, deren größter Wunsch es war, wieder am aktiven Leben teilzuhaben, obwohl sie aus finanzieller Sicht gar nicht dazu gezwungen waren. Sie verspürten offenbar das Bedürfnis, sich in die Gesellschaft einzubringen, unentbehrlich für sie zu sein ... Meiner Meinung nach war es Langweile, die sie antrieb, oder der Drang, andere Menschen zu sehen und mit ihnen zu sprechen. Ich persönlich konnte mich immer gut allein beschäftigen, mir fiel immer etwas Nützliches ein. Zunächst waren da die Aufgaben im Haushalt und in der Familie. Außerdem wuchs mein Garten von Jahr zu Jahr weiter: Selbstgenügsamkeit prägte mein Leben, und zwar nicht als Herausforderung, sondern als intellektuelle Zielsetzung. Im Winter, wenn die Gartenarbeit wegfiel, widmete ich mich der Lektüre. Ich hielt also gewissermaßen Winterschlaf. Ich verspürte keinen Drang, mich irgendwelchen Kreisen anzuschließen, im Gegenteil, mir stand der Sinn eher nach einer noch größeren Absonderung. Und wenn ich dann doch einmal das Bedürfnis verspürte, diese aufzubrechen, dann war eine Spritztour zum Supermarkt oder ein Abstecher in die Bar genau das richtige Mittel.

Valouise und Andrea führten sich beim Essen kindisch auf, versuchten ständig, einander zum Lachen zu bringen, und so wurden ihre Teller einfach nicht leer. Eine halbe Stunde zuvor hatten sie das Badezimmer in eine Rutschbahn verwandelt. Ich war eigentlich nicht in der Stimmung, das einfach so hinzunehmen, aber es gelang mir, meine Nerven im Zaum zu halten und in aller Ruhe etwas mehr Ordnung und Vernunft anzumahnen. Erst kürzlich hatte ich ihnen angedroht, sie getrennt essen zu lassen, und mir war klar, dass es über kurz oder lang auch dazu kommen würde. Julie versuchte wieder einmal, sich mit irgendwelchen Faxen das Gemüse zu ersparen. Sie aß wirklich überhaupt gar nichts. »Was ist los, Julie? Ist das Essen etwa nicht lecker, das ich für dich gekocht habe? Ich bin dein Vater, du kannst mir vertrauen. Hab ich jemals versucht, dich zu vergiften?«

Wenn ich den ganzen Abend allein mit ihnen war, konnte ich sie irgendwann nicht mehr ertragen. Es bedarf eines hohen Energiepotenzials, um ein guter Familienvater zu sein, und man muss auch einiges einstecken können. Im Großen und Ganzen gab es keine unüberwindbaren Schwierigkeiten, aber bei dem geringsten Anflug von Erschöpfung oder einer kleinen Unpässlichkeit meinerseits komplizierte sich das Ganze. Ich ließ mich in ihre irrationale Welt hineinziehen, ihre Betteleien hörten einfach nicht auf, und ich musste alles zehnmal erklären. Dabei galt es natürlich, auch weiterhin den Überblick zu behalten, der Alltag mit seinen vielen kleinen Aufgaben musste schließlich bewältigt werden. Am besten war ich überall zugleich. Wenn Gisèle zu Hause war, sah das anders aus. Alles war einfacher. Es tut allein schon gut, wenn man sich die Aufgaben teilen kann, das Wesentliche jedoch ist, dass man zu zweit ist. Ein Zeuge oder Komplize erhöht die Bereitschaft und Fähigkeit, die Dinge nüchterner zu sehen. Außerdem kann man ein Ärgernis wohltuend ins Lächerliche ziehen. Scheiße noch mal, ich habe diese Gören schließlich nicht allein in die Welt gesetzt …

Ich war gerade damit fertig, ihnen die Zehennägel zu schneiden, als Gisèle nach Hause kam. Wir unterhielten uns kurz zu fünft, dann brachte Gisèle sie ins Bett, las ihnen eine Geschichte vor und kam wieder in die Küche herunter.

»Ich bin total platt …«

»Ich habe Tampons gekauft, allerdings in einer anderen Größe, weil ich nicht die gefunden habe, die du normalerweise nimmst.«

»Das wird schon in Ordnung sein, danke.«

Ich ging mit der Zeitung ins Wohnzimmer und leistete ihr keine Gesellschaft beim Essen, denn sie hatte irgendwann behauptet, es störe sie, wenn ihr jemand beim Essen zusähe. Kurz darauf kam sie zu mir herüber, aber nur um sich kurz an den Computer zu setzen. Dann wollte sie auch schon nach oben ins Bett gehen.

»Kommst du auch?«, fragte sie, ohne dass dies eine Einladung gewesen wäre.

»Nein, ich will noch ein paar Dinge erledigen. Ich komme später nach.«

Es herrschte eine wunderbare Stille im Haus, die einzige Lichtquelle war jetzt meine kleine Leselampe. Plötzlich hörte auch der Kühlschrank auf zu brummen, sodass man die Stille noch intensiver wahrnahm, obwohl sie schon zuvor beachtlich gewesen war. Das Heimtückische dabei war, dass man diesem Brummen lediglich Aufmerksamkeit schenkte, wenn es aufhörte. Ansonsten ertrug man dieses Ding unbewusst, man akzeptierte es, als sei es vollkommen normal, sich der Lärmbelästigung durch seine Umwelt einfach auszusetzen.

Ich hatte ihr nichts von dem Brief gesagt. Ich hatte Angst, dass sie mich anlügen würde. Oder ich hatte schlicht Angst vor der Wahrheit. Außerdem wollte ich auch nicht, dass sie von meinen Zweifeln an ihr erfuhr. Zuerst musste ich also das Gespräch mit dem anonymen Schreiber suchen.

Ich war eigentlich kein besonderer Freund des Fahrradfahrens. Erste Erwägungen hatten mir gesagt, dass es eine ziemlich unerbittliche Angelegenheit war, eine ausgesprochene Quälerei sogar. Mit den Bergen verhielt es sich anfangs genauso. Auch für sie hatte ich nicht sonderlich viel übrig; sie wirkten brüsk und ein wenig einengend auf mich. Ich hatte zunächst nur eine ziemlich abstrakte Vorstellung davon, was man mit ihnen anstellen könnte. Und in der Bergwelt bestand zudem noch die Gefahr, plötzlich einem Bären gegenüberzustehen.

Was die Radtouren anging, so hatte ich mich am Ende darauf eingelassen, nachdem Bruno mich immer wieder eingeladen und Denis mir schließlich sogar ein Fahrrad ausgeliehen hatte. In den Monaten nach unserem Umzug hatte sich unser Kontakt allmählich ausgeweitet. Unsere Kinder gingen hier im Dorf in die Schule, und wir liefen uns zwangsläufig über den Weg. Außerdem war ich Kunde bei ihnen. Bruno gab gerne mal eine Runde aus, und bei Fumard tankte ich. Er kümmerte sich auch um unsere Autos, ohne uns mit den Rechnungen zu nerven. Aber echte Freunde waren die beiden nicht. Freunde hatte ich schon seit Jahren nicht mehr. Das war vorbei – Freundschaften hat man, wenn man jung ist. Später schleppt man die alten Kumpel mit sich herum wie peinliche Zeugen dessen, was man einmal war. Mit Bruno und Denis trank ich hin und wieder etwas in der Bar, wir fuhren zusammen Rad in den Bergen, und das war es auch schon. Zugegeben, sie waren nicht die Hellsten, außerdem trugen sie beide einen Ziegenbart. Aber was sollte ich dagegen tun? Gisèle mochte sie nicht besonders, vor allem Fumard nicht; und das beruhte möglicherweise auf Gegenseitigkeit, seit sie, wie zur Salzsäule erstarrt, keinerlei Regung zeigte, als er seinen Kultwitz herausposaunte, von wegen die Frauen der Automechaniker hätten am Samstagabend alle Wagenschmiere auf ihrer Muschi. Er war nicht nur reichlich plump, sondern konnte ziemlichen Unsinn von sich geben, fast schon an der Grenze zu rassistischen Äußerungen, von frauenfeindlichen ganz zu schweigen. Homosexuelle waren eine weitere Zielscheibe seines Spotts. Wahrlich keine Eigenschaften, die ihn zu einem Menschen machten, dessen Gesellschaft man als Bereicherung empfand.

Ein verwesender Steinbock war also der Grund. Die Geier suchten erst das Weite, als wir uns bis auf eineinhalb Meter dem Schlachtfeld genähert hatten. Mit mächtigem Flügelschlag und hasserfülltem Blick stoben sie davon. Eine halbe Stunde zuvor hatten wir sie als schwarze Punkte am Himmel ausgemacht, die in kleinen Kreisen auf halber Höhe über dem Abhang schwebten. Bruno hatte den Umweg machen wollen, um zu sehen, was dort im Gange war. Seine Fachkenntnisse über das

Bergmassiv waren unerschöpflich. Er hatte mich über die Besonderheiten der Flora und Fauna aufgeklärt und mir die verschiedenen Pilzsorten gezeigt. Außerdem war mir eine Belehrung über die aufeinanderfolgenden Höhenstufen der Vegetation und über die Entstehung des Föhnwindes zuteilgeworden. Das Fahrradfahren war eine sehr gute Möglichkeit, die Gegend zu erkunden. Wenn wir auf alten, beinahe vergessenen Wegen unterwegs waren, hatte ich das Gefühl, diesen Landstrich in seiner ganzen Geschichtsträchtigkeit unmittelbar und hautnah zu erfahren. Ich entwickelte eine sehr genaue Wahrnehmung des Gebirges, was mir bisweilen das Gefühl vermittelte, ich würde die Landschaft durch das bloße Erkunden zugleich auch irgendwie in Besitz nehmen.

Wir näherten uns dem Dorf, die trockenen und staubigen Wege schimmerten pastellfarben. Ich sah gelassen zu, wie Denis mich während einer mörderischen Steigung mit einem fiesen Grinsen und hochgerecktem Zeigefinger überholte. Dann packte es mich aber, und mit der allergrößten Anstrengung gelang es mir, mich an sein Hinterrad zu hängen und in seinem Windschatten zu bleiben. Meine Beine brannten, während mein Blick fest auf seine enge Hose mit dem Zebramuster gerichtet blieb. Fumard kam nicht sehr oft mit uns, aber er war der Schnellste von uns dreien. Er war jünger, hatte zudem früher in einem Verein trainiert und sogar einige Rennen hier in der Gegend gewonnen. Manchmal konnte ich es einfach nicht fassen, wie er mich hinter sich ließ, obwohl er eine Wampe hatte, die gewissermaßen auf dem Fahrradrahmen lag.

Bruno schlug vor, dass wir uns nach dem Duschen in

der Bar treffen könnten, aber ich lehnte ab und erklärte, dass wir Gäste bekommen würden, was auch der Wahrheit entsprach.

Gisèle hatte die Kinder von der Schule abgeholt, da sie freitags normalerweise früher Feierabend hatte. Alle waren einigermaßen genervt, aber es gelang mir, Valouise auf dem Sofa in meine Arme zu ziehen. Ich hielt sie fest und verlangte das obligatorische Küsschen, während ich ihre Füße kitzelte, die warm und weich waren wie eine Brioche. Sogleich stürzten ihre beiden Schwestern herbei und gesellten sich zu uns. Sie wollten gern Krankenhaus spielen, und ich hatte nichts dagegen. Ich war der Arzt, untersuchte eine nach der anderen, diagnostizierte schlimme Knochenbrüche oder hohes Fieber und prophezeite eine kurzfristige oder ungewisse Genesung.

Anschließend waren sie in ihre Zimmer nach oben gegangen. Gisèle träumte unter der Pergola vor sich hin, ich holte zwei Bierflaschen und setzte mich zu ihr.

»Was hast du fürs Abendessen geplant?«, wollte sie wissen.

»Ach, nur ein ganz normales Hühnchen mit Gemüse, nach meinem Geheimrezept. Du weißt schon, ich packe alles auf einmal in einen Kochtopf, das Gemüse schneide ich nur ganz grob, an Kräutern nehme ich, was sich in unseren Schränken findet, und am Ende heißt es trotzdem, das alles ganz vorzüglich war. Es gibt sogar immer irgendeinen Trottel, der nach dem Rezept fragt.«

»Irgendwann geht das auch mal schief … Schade, es zieht sich zu. Wir sollten besser drinnen essen …«

»Gegen einen ordentlichen Regenguss hätte ich nichts

einzuwenden, der würde mir gut in den Kram passen. Das würde mir nämlich das lästige Gießen ersparen.«

Ich hätte nie gedacht, dass ich mich einmal auch nur im Geringsten für den Wetterbericht interessieren würde. Aber mit meiner Karriere als Gärtner hat sich das geändert. Früher hörte ich die Vorhersagen im Radio als passiver Zeuge, schenkte ihnen keinerlei Aufmerksamkeit und wusste lediglich, dass es so etwas gab. Sie zogen einfach an mir vorüber, so wie Werbeslogans. Heute war das anders, ich hörte genau zu, wenn die Wetteraussichten kamen. Und dennoch waren die gelieferten Einzelheiten nicht genau genug, um mir wirklich nützlich zu sein: Die Aussage, dass es in unserer Region Schauer geben würde, garantierte mir noch keineswegs, dass ich auf meinem Grund und Boden einen abbekam …

Unterdessen tauchte das Ehepaar Ricard-Schmitt immer noch nicht auf. Ich lief ein wenig ziellos umher, goss die Glyzinie für alle Fälle noch einmal, fegte zum wiederholten Mal über die Terrasse, enthielt mich aber jeden Kommentars, denn ich wollte nicht als der Spielverderber vom Dienst gelten. Schließlich trafen sie mit mehr als einer Stunde Verspätung ein, ohne sich bemüßigt zu sehen, wenigstens einen Anflug von Reue an den Tag zu legen.

Sie hatten ihre beiden Bälger im Schlepptau, einen siebenjährigen Jungen und ein neunjähriges Mädchen, beide ziemlich verstockt und offenbar schon aufbegehrend gegen die ganze Welt. Als unsere Töchter ihre Ankunft mitbekommen hatten, polterten sie die Treppe herunter und nahmen die beiden in den Garten mit. Mutter Ricard-Schmitt blieb gerade noch Zeit, zur Vorsicht im

Hinblick auf die Kleidung zu mahnen, da waren die fünf auch schon verschwunden. Mein Blick fing den hellen Rock des Mädchens sowie die ledernen Mokassins und die karierten Bermudas ihres Bruders ein: Ihre Ermahnung war vergebliche Liebesmüh, so viel stand jetzt schon fest. Unter dem Einfluss meiner Gören würden sie unerlaubterweise durch das Gras kullern und sich aus nächster Nähe mit Sand oder Sonstigem bewerfen. Ich wäre nicht einmal überrascht, wenn es Valouise oder Andrea gelänge, den kleinen Paul-Phillip zum Verzehr von Hühnerkacke zu überreden.

Anschließend spielte sich eine der üblichen Empfangsszenen ab, die in unserem Fall so aussah, dass man einen Augenblick auf der Terrasse herumstand und die passenden Banalitäten von sich gab. Ich setzte eine leicht säuerliche Miene auf, nicht demonstrativ, aber doch so deutlich, dass über meinen Missmut gerätselt werden durfte. Gisèle und Carlos fanden sofort einen Weg, um auf ihre Arbeit zu sprechen zu kommen, während ich mich Valérie zuwandte.

»Ich glaube, das Wetter hält nicht«, gab sie zum Besten.

»Ja, sieht so aus …«

Ich brauchte dringend ein Glas Wein.

Sie war eine hübsche dunkelhaarige Frau mit angenehmen Gesichtszügen, von gut gepolsterter Schönheit, ein wenig verklemmte Tussi, ein wenig Hausfrau mit konservativen Grundsätzen. Ich tat mich schwer mit dieser Frau. Es hatte Monate gedauert, bis sie mich endlich duzte. Sie behandelte mich höflich, aber ein wenig von oben herab und war stets darauf bedacht, einen Sicherheitsabstand zwischen uns zu wahren. Ich lotste sie ins Wohnzimmer, wobei ich mit ironischem Unterton anmerkte, dass die beiden anderen uns sicher folgen würden, wenn sie ihre Arbeit beendet hätten. Immerhin brachte sie jetzt geistesgegenwärtig ein diplomatisches Lachen zustande. Wir trafen uns nicht sehr häufig privat. Hier und da begegneten wir uns auf einer Einladung, und es gab das Weihnachtsessen in der Klinik mit den Angestellten. Die Ricard-Schmitts wohnten in der Stadt, in einem der südlichen Viertel auf der anderen Seite des Flusses, wo es sich auf den bewaldeten Hügeln gut leben ließ. Sie hatten eine rechteckig angelegte Villa mit strahlend weißen Mauern. Ich war zwei oder drei Mal dort gewesen, denn sie gaben jedes Jahr ein mondänes Fest, um den Beginn des Sommers, den Start in die Ferien oder sonst irgendwas zu feiern.

Ich schaffte ein wenig Platz auf dem Couchtisch, bevor ich Aperitif und Häppchen holte. Valérie fühlte sich stets ein wenig unwohl, wenn ihr Mann nicht in unmittelbarer Nähe weilte. Als ich sie ermutigte, auf dem Sofa Platz zu nehmen, griff sie nach einer auf der Lehne liegenden Zeitschrift, in der ein Artikel ein Loblied auf ein weiter westlich gelegenes Tal anstimmte.

»Eine Cousine von mir ist gerade von dort zurückgekommen und hat mir erzählt, dass man sich nicht vorstellen kann, wie lieblich die Landschaft dort ist …«

»Ja, da hat sie sicher recht, Valérie.«

Mit diesen Worten machte ich mich an einer Weinflasche zu schaffen, deren Korken ich nun lautstark herausbeförderte.

»Es muss auch ziemlich romantische Flüsschen geben …«, ergänzte ich dann eher versöhnlich als spöttisch.

Das Geräusch des Korkens hatte Gisèle und Carlos ihre Schritte zu uns her lenken lassen, und wir stießen feierlich an.

»Nun, Franck, wie steht es mit den Tomaten? Sind sie bald reif?«, erkundigte sich Ricard-Schmitt.

»Na, einen knappen Monat brauchen sie noch … Außer du magst sie gern grün …«

Das Gespräch kreiste um verschiedene, oberflächliche Themen. Es ging viel um die Klinik, ein wenig um die Kinder und natürlich um Politik. Ich füllte die Gläser rasch nach und reichte die Häppchen herum; wenn sich die Gelegenheit dazu bot, warf ich eine witzige Bemerkung ein oder gab eine Anekdote zum Besten. Valérie wirkte leicht benommen, sie hielt sich mit eng zusammenpressten Knien an der Kante ihres Sessels; das Zusammenspiel von Wein und Antidepressiva tat vermutlich seine Wirkung. Bei Gisèle hingegen rief der Wein eine wohlige Entspanntheit hervor. Zwanglos ließ sie sich nach hinten aufs Sofa gleiten und nahm an dem Gespräch teil, ohne sich die Mühe zu machen, sich dabei wieder aufzurichten. Von Zeit zu Zeit legte ich meine Hand auf ihren Oberschenkel.

Ricard-Schmitt stand im Mittelpunkt der Unterhaltung. Er zog die Aufmerksamkeit gleichermaßen durch seine eigene Beredsamkeit auf sich wie durch die Bemerkungen von Valérie, die nur allzu gern auf die herausragenden Charaktereigenschaften ihres Ehemannes zu sprechen kam. Carlos war hochgewachsen, knüpfte schnell und souverän Kontakte, denn er war sich der Wirkung sicher, die seine meist zur Schau getragene lässige Intelligenz auf sein Umfeld hatte. Während eines Aperitifs konnte er sich seinem Gesprächspartner gegenüber geradezu empathisch zeigen, solange er keine prestigeträchtigere Person in der Nähe sichtete. Bisweilen konnte er sogar recht lustig sein oder verträumte Anwandlungen an den Tag legen, sodass man sich ihm plötzlich nah fühlte. In betrunkenem Zustand ließ er sich gar zu Geständnissen hinreißen oder schmiedete hochfahrende Pläne fürs Wochenende, doch am nächsten Tag war nichts davon übrig – es konnten sechs Monate vergehen, ohne dass man sich wiedersah.

Wir hatten uns zum Essen an den Tisch gesetzt. Die fünf Wildfänge waren wieder aufgetaucht, und ich hatte ihnen ein Tablett mit Käsetoasts und Würstchen kredenzt, die sie im Eiltempo hinunterschlangen, um dann oben in ihren Zimmern zu spielen. Gisèle hatte die Vorspeisen aufgetragen, und während der ersten Bissen machte sich Stille breit, bis Carlos von seinen neuesten Schießübungen berichtete – er ging gelegentlich auf die Jagd, und zwar sicher nicht zwischen irgendwelchen Runkelrüben, sondern in privaten Jagdgebieten mit Gefährten, die vermutlich angesagte Hemden und schöne Lederstiefel trugen –, von seinen neuesten Squash-Wettkämpfen oder aber von den jüngsten drolligen Begebenheiten in seinen Sprechstunden. Neulich erst war ein tölpelhaftes Paar bei ihm gewesen, das seine Katze sterilisieren lassen wollte. Die Frau war mit dem vierten Kind schwanger gewesen, und da habe er sich doch wirklich gefragt, wen er eigentlich behandeln sollte …

Mir war aufgefallen, dass er bei solchen Abendessen irgendwann zu Vertraulichkeiten neigte. Ich weiß nicht, ob unter dem Einfluss des Alkohols sein eigentliches Wesen zum Vorschein kam, oder ob er nur etwas ungeschickt versuchte, zur allgemeinen Erheiterung beizutragen. Im Gegenzug bemühte Valérie sich redlich, mich nach meinen Tätigkeiten im Garten zu fragen, und ich ließ mich gutwillig darauf ein. In der Sache verhielt es sich letztlich so, dass ich eine Art intensive Nutzpflanzen-Mikrolandwirtschaft betrieb, und damit war eigentlich auch schon alles gesagt. Ganz prosaisch: Das Ziel bestand darin, eine Familie davon ernähren zu können. Ich konservierte auch das Saatgut, sodass ich mir von einem Jahr aufs andere eine Autonomie erworben hatte und meine persönliche Auswahl treffen konnte. Heute war ich in der Lage, einen gut angebauten Gemüsegarten mit einem beachtlichen Ertrag zu bewirtschaften. Das war auch kein Hexenwerk, man musste lediglich ein paar grundlegende Regeln beachten. Dazu kam nach und nach die Erfahrung. Als Valérie mich fragte, was im Augenblick reif war, listete ich bereitwillig und detailverliebt alles auf.

»Meine Güte, das muss aber viel Arbeit sein …«, bemerkte sie staunend nach meiner Aufzählung.

»Ja, es ist schon eine Arbeit, die täglichen Einsatz verlangt. Es gibt immer etwas zu tun. Insofern hätte ich nichts gegen einen regelmäßigen schönen Schauer am Abend einzuwenden. Im Augenblick, bei dieser Trockenheit, ist es echt eine …«

»Na, kennst du nicht das schöne Sprichwort: ›Des Gärtners Fuß verdirbt den Garten nicht‹?«

Wir lachten etwas gezwungen über diesen Geistesblitz von Carlos, während Valérie ihre Verlegenheit hinter einem Ausruf verbarg, der verriet, dass sie sich zwar zum Lachen durchgerungen hatte, gleichwohl aber von der Äußerung unangenehm berührt war. Sie bemühte sich nach Kräften, die Grobheit ihres Mannes ungeschehen zu machen. »Hört nicht auf ihn, wenn er einmal anfängt, gibt es kein Halten mehr. Sag doch mal, Franck, du benutzt tatsächlich keine chemischen Düngemittel?«

Ich spürte, dass ihr Interesse nicht vollständig geheuchelt war, deshalb setzte ich ihr meine verschiedenen Düngetechniken mit zersetzten organischen Stoffen auseinander und erklärte ihr einiges über sanfte Methoden, Schädlinge und Krankheiten zu bekämpfen. Zum Abschluss genehmigte ich mir einen ordentlichen Schluck Wein. Die anderen hatten ihre Mahlzeit bereits beendet, ich hingegen hatte noch einiges auf dem Teller. Meine Frau sah mich strahlend an.

»Ich habe einen wunderbaren Mann. Er hat einfach alles im Blick. Ihr könnt einen Coq au vin ebenso von ihm erwarten wie eine Erdbeertorte. Er kann einen Fettfleck aus einem Hemd herauswaschen oder Julies Haare entwirren, ohne dass sie eine Träne vergießt. So was gibt es eigentlich gar nicht …«

Mit einer abwehrenden Handbewegung tat ich so, als wollte ich diesen Komplimenten Einhalt gebieten, da sie vollkommen übertrieben waren. Dann stand ich auf, um den Nachtisch zu holen, hörte aber noch, wie Valérie eifrig beteuerte: »Ja, ja, aber Carlos hat auch seine Vorzüge …«

Das war der Zeitpunkt, an dem sich der weitere Verlauf eines Abends entscheidet. Valérie blätterte, ihre Handtasche stets in Reichweite, im Wohnzimmer in einer Zeitschrift. Ricard-Schmitt hing schlaff auf dem Sofa, sein Hemdkragen war mittlerweile bis zur unbehaarten Brust hinunter geöffnet. Er wurde wieder munterer, als ich die hochprozentigen Getränke hervorholte. Gisèle schlug vor, ein Gesellschaftsspiel zu spielen, bei dem gruppenweise Fragen aus unterschiedlichen Bereichen der Allgemeinbildung zu beantworten waren. Der Vorschlag weckte zwar keine große Begeisterung, wurde jedoch angenommen. Ich bildete ein Team mit Gisèle, und begleitet von einer Flasche Schnaps ging es auch schon los. Wir legten einen grandiosen Start hin und gingen deutlich in Führung. Carlos nutzte diese Phase, um sich zwei oder drei Gläschen zu genehmigen, während Valérie uns mit etwas abwesender Stimme die Fragen vorlas, sie wirkte ermattet wie eine Lehrerin am Ende der Unterrichtsstunde. Dann folgte eine Phase, in der die Führung ständig wechselte. Ich begann schnell mich zu langweilen und bedauerte, dass ich mich hatte breitschlagen lassen. Dieses Spiel konnte ewig dauern. Außerdem stellte sich Valérie wie ein Trottel an, und Carlos, der mittlerweile ganz schön einen sitzen hatte, nahm das Spiel überhaupt nicht ernst. Nach einer Dreiviertelstunde hatten wir sie schließlich doch haushoch besiegt. Jetzt sah Carlos auf seine Uhr, gähnte lautstark und befand, dass es Zeit für den Aufbruch sei. Seine Armbanduhr war protzig, sowohl was das Format anging als auch das Material.

»Hör mal, ist deine Armbanduhr eigentlich ein

Ramschstück oder ist sie genauso viel wert wie dein Auto?«, scherzte ich.

»Vermutlich irgendwas dazwischen …«, ächzte er und stand auf.

Valérie, die unsere Worte aufgeschnappt hatte, obwohl sie nicht mehr wirklich präsent war, schaltete sich jetzt ein und ergänzte voller Stolz:

»Carlos hat sie von einem Kunden geschenkt bekommen. Weil er seinen alten Schäferhund gerettet hat, obwohl es eigentlich keine Hoffnung mehr gab …«

In diesem Augenblick wurde ich Zeuge eines verwirrenden Details. Während Valéries Bemerkung warf Gisèle Carlos einen flüchtigen Blick zu, den er mit einer kaum wahrnehmbaren Grimasse erwiderte. Die stille Kommunikation zwischen den beiden nagte an mir – das Einvernehmen, mit dem sie Valéries lächerliche Bemerkung ohne weiteren Kommentar als solche abtaten, verriet das Ausmaß ihrer Vertrautheit. Zumindest war das eine mögliche Lesart. Ich glaubte nicht ernsthaft an eine Affäre zwischen den beiden, aber es war durchaus naheliegend. Sie sahen sich schließlich jeden Tag, sie hatten viel Zeit, ihre Neigungen und Vorlieben auszuloten, wie man es so gerne tut, wenn sich in der Partnerschaft ein gewisser Verschleiß eingeschlichen hat, und dann fehlt nicht mehr viel und man landet während der Arbeit auf dem Schreibtisch oder dem Teppichboden. Es war mir schon manchmal durch den Kopf gegangen, dass die Kollegen meiner Frau scharf auf sie sein könnten. Dass Gisèle mit Guzman ins Bett ging, zog ich nicht ernsthaft in Betracht. Er war einfach zu alt, zu blöd, zu stinkig. Aber bei Ricard-Schmitt sah das anders aus. In seiner

Gegenwart war Gisèle wie ausgewechselt. Sie war viel lockerer und fröhlicher. Sie strahlte förmlich, und zwar mehr als je zuvor. Bisher hatte ich das lediglich einer gewissen Harmonie am Arbeitsplatz zugeschrieben, aber letztlich … Jetzt aber Schluss, es war nicht der richtige Zeitpunkt, sich mit quälenden paranoiden Überlegungen abzugeben. Langsam hatte ich wirklich genug von diesem Abend und wollte einfach nur noch ins Bett.

Für den nächsten Tag hatte ich meinen kleinen Schutzbefohlenen versprochen, mit ihnen ins Schwimmbad zu gehen, und das bedeutete eine Expedition in die Stadt mit unserem Kombi. Gisèle kam mit uns, da es ihr freier Samstag war. Als wir dort ankamen, begegnete uns Nadjesda Guzman, die Frau des dritten Kollegen – die, wie sie uns mitteilte, offenbar ein bis zwei Mal in der Woche zum Schwimmen ging.

Es gab ein kleines Becken mit Massagedüsen, wo ich mich entspannte, während Gisèle im großen Becken Bahn um Bahn zog. Julie trug einen bunt gepunkteten Bikini und eine Schwimmbrille und tauchte immer wieder zwischen den Beinen ihrer Schwestern hindurch. Valouise und Andrea trauten sich nicht, den Kopf unter Wasser zu stecken. Jedes Mal, wenn Julie unter ihnen hindurchschwamm, juchzten sie mit ihren zahnlosen Mündern vor Freude. Ich freute mich an ihrem fröhlichen Gekreische und dem Anblick ihrer zarten Gestalten mit den auf den Rücken klebenden nassen Haaren. Meine Töchter waren für mich wie Verlängerungen meiner selbst, wie Teile meines Körpers, die sich von Zeit zu Zeit von mir entfernten, um dann aber in regelmäßigen Abständen wieder zu mir zurückzukehren. Oft versuchte ich – mehr oder weniger vergeblich – herauszufinden, was sie dachten oder fühlten. Die Geburt jeder Einzelnen hatte mir gleichsam einen Nagel ins Herz gerammt und für immer Verletzungen zugefügt, die ein nie versiegender Quell von Emotionen waren, von Zuneigung, von Glück, von Sorge und Euphorie. Wir besaßen dasselbe Herz, nämlich meines – jede von ihnen hatte ihr Nest darin gebaut. Jetzt kamen sie zu mir und forderten übermütig ein, dass ich mit ihnen spielte. Einen Augenblick lang zankten wir spielerisch miteinander. Ihre kindliche Ausgelassenheit war von einer ungetrübten Offenheit und Ehrlichkeit. Ich sah sie an wie lebendige Spielzeuge, die unentwegt funktionierten. Sie waren immer da, zart und fügsam. Gisèle hatte inzwischen meinen Platz in dem sprudelnden Wasser eingenommen. Die Arme auf dem Beckenrand ausgestreckt, beobachtete sie uns lächelnd und strahlte dabei eine natürliche Stärke und unmittelbare Selbstsicherheit aus.

Am gestrigen Abend hatten wir, nachdem das Ehepaar Ricard-Schmitt gegangen war, miteinander geschlafen. Ich hatte sie zuerst nur gestreichelt, und sie war nicht sofort darauf eingegangen. »Franck, ich bin total erledigt, und zu viel getrunken habe ich auch.« Ich musste mich ganz schön ins Zeug legen und alle möglichen Tricks anwenden. Es reichte nicht, lediglich die Initiative zu übernehmen, ich musste sie auch ein wenig drängen. »Ich habe auch zu viel getrunken. Wo ist denn da das Problem?« Das entlockte ihr ein kurzes helles Lachen und gab mir die Möglichkeit, mich ihr auf einem anderen Weg zu nähern. Mit meinem Mund war es mir gelungen, die Situation doch noch zu meinen Gunsten zu entscheiden.

Heute Morgen hatte ich ihr das Frühstück ins Schlafzimmer nach oben gebracht, nachdem ich Wohnzimmer und Küche aufgeräumt hatte.

»Danke. Das ist ja nett«, hatte sie gesagt. »Großartig … Und was machen die Kleinen? Man hört sie gar nicht …«

»Julie schläft noch. Valouise und Andrea malen im Wohnzimmer.«

»Das ist toll.«

Ich hatte noch einen Kaffee mit ihr getrunken. Es war ein sehr entspannter Augenblick, und es gab kein wirkliches Bedürfnis, miteinander zu sprechen.

Wir sprachen auch nicht, als ich mich wieder zu ihr vor die Massagedüsen gesellt hatte. Dann stellte sie irgendwann im gleichen Tonfall, wie man über die Bewölkung am Himmel spricht, fest:

»Sag mal, mir kommt es so vor, als hättest du zugenommen.«

»Ach, wirklich? Ist mir gar nicht aufgefallen.«

Ich nahm den Tadel ohne weiteren Kommentar hin.

Eine neue Woche begann. Die Tage folgten gleichförmig aufeinander, ohne dass man spürte, wie die Zeit verging. Am Montagmorgen ging ich auf dem Rückweg von der Schule normalerweise bei der Bar vorbei. Ich las ein wenig Zeitung, dann schlossen Bruno und ich ein paar Pferdewetten ab.

Anfangs hatte ich mir nicht vorstellen können, mit ihm warm zu werden. Es gehörte nicht zu meinen Gepflogenheiten, in Bars zu gehen und dort mit Leuten zu reden. Normalerweise kaufte ich lediglich die Zeitung, trank hin und wieder einen Kaffee, manchmal auch ein Bier, aber das war es auch schon. Ich hatte ihn zunächst als Großmaul abgestempelt, als den Angeber vom Dienst. In den Bars auf dem Land sind die Kunden oft Stammgäste, die zur Annahme neigen, es sei hier alles erlaubt, und der Alkohol spielt natürlich auch eine gewichtige Rolle. Für den Barinhaber sind das gute Gründe, stets als Herr der Lage aufzutreten. Es ist von Vorteil, wenn er das letzte Wort hat und sich als schlagfertig erweist, ohne Angst vor Kränkungen zu haben und auch ohne Sorge, einmal etwas Unbequemes zu äußern. Was Bruno betraf, hatte ich im Laufe meiner Besuche meine Einschätzung revidiert. Er war eigentlich ein netter Kerl, wenn man einmal sein Vertrauen gewonnen hatte. Seine Vorlieben und Abneigungen waren nicht sehr ausgeprägt, er besaß einen geradlinigen Charakter, zu dem allerdings auch eine beißende Ironie gehörte, die immer wieder aufblitzte, wenn es darum ging, allzu aufdringliche Gäste in die Schranken zu weisen. Seine größte Sorge war sein Sohn: Nach monatelanger Ungewissheit hatte die Ärzteschaft eine unklare psychische Störung bei ihm diagnostiziert, eine Entwicklungsstörung, die sich vor allem in Sprachschwierigkeiten äußerte.

Bruno hatte immer hier in der Gegend gelebt. Nachdem er die Schule sehr früh verlassen hatte, begann er in einer Fabrik zu arbeiten, die mechanische Ersatzteile herstellte. Auf diesem Weg wollte er vor allem den Schlägen seines Vaters entfliehen, denen er zu Hause ständig ausgesetzt war. In der Fabrik hatte er Malika kennengelernt. Sie war in radikaleren Kreisen unterwegs, was ihm durchaus gefiel. Als die Fabrik später schloss, hatten sie mit ihren Abfindungen die Bar gekauft. Es handelte sich um eine kleine, nicht sehr gewinnträchtige Einrichtung, die jeden Tag fünfzehn Stunden lang geöffnet sein musste, wenn man davon leben wollte. Über der Bar gab es fünf oder sechs Hotelzimmer, die man jedoch ohne eine aufwendige Renovierung gar nicht anbieten konnte. Bis die erforderlichen Arbeiten irgendwann in Angriff genommen wurden, bewohnten sie selbst diese Zimmer.

»Na, mein Lieber? Hast du dich von Freitag erholt?«, begrüßte er mich und servierte mir einen Kaffee.

Die Bar war leer. Wir kamen noch einmal auf unsere

letzte Fahrradrunde zu sprechen, bevor wir zu Plänen für unsere nächste Unternehmung übergingen. Hin und wieder fuhr draußen auf der Straße ein Auto vorbei.

An schlechten Tagen sprach Bruno davon, die Bar wieder zu verkaufen und von hier zu verschwinden. Er hatte die Schnauze voll davon, unentwegt den ganzen Schwachsinn seiner Kunden anhören zu müssen. Dann wieder behauptete er, dieser Beruf sei wie geschaffen für ihn, da er sein Geld damit verdienen könne, seine Bierchen zu trinken, seine Wetten auszutüfteln, die Zeitung zu lesen und die darin vorhandenen Preisausschreiben mitzumachen. Diesmal stimmte er ein Loblied auf eine Weinbestellung an, die er getätigt hatte. Den Wein wollte er jetzt auch seinem Umfeld ans Herz legen, denn er war hervorragend und der Preis recht günstig.

»Dann reservier mir mal eine Kiste Roten und eine Kiste Weißen.«

Damit vertieften wir uns schweigend in unsere Vorhersagen für die anstehenden Wetten. Ich hatte schnell eine Stute im Blick, deren Beschreibung mir aussichtsreich schien. Zudem behagte mir die Vorstellung, auf eine Stute zu setzen; da war mein Vertrauen größer als bei einem Hengst. Bruno gab preis, was er über das Rennen hatte in Erfahrung bringen können, über die besonderen Bedingungen und die Details, denen man Rechnung tragen sollte. Ihm zufolge führte die Rennbahn über ziemlich groben Sand, ein Untergrund, der womöglich nicht der beste war für die schwere Statur der Stute, auf die ich setzen wollte. Im Allgemeinen folgte ich seinen Ratschlägen, und ich brachte auch hin und wieder kleine Gewinne mit nach Hause. Allerdings waren sie in der Summe gesehen verschwindend gering gegen das Geld, das ich auf seinem Tresen liegen ließ.

Zum Abschluss genehmigten wir uns ein Bier. Im Grunde hatten weder er noch ich etwas Besonderes vor. Erst als der Briefträger auf seiner Runde bei uns vorbeischaute, wurde ich daran erinnert, dass ich mich auf den Weg nach Hause machen musste. Er übergab mir eigenhändig zwei Briefe. Ich warf einen nervösen Blick auf die beiden Umschläge, da ich seit dem anonymen Brief misstrauisch gegenüber Postsendungen geworden war. Soweit es ging, ließ ich sie unbeachtet, und in den Briefkasten warf ich nur noch ab und zu einen etwas furchtsamen Blick.

Als ich zur Tür hereinkam, hörte ich das Telefon klingeln.

»Mein Gott … Franck, ich bin am Boden zerstört. Ich habe es geahnt, Franck. Du weißt gar nicht, wie sehr ich es geahnt habe …«

Ich hatte das Gefühl, den Hörer beim allerletzten Klingelton erwischt zu haben, und nun war am anderen Ende der Leitung eine vollkommen aufgelöste Valérie Ricard-Schmitt zu vernehmen. Ich war nicht auf den Kopf gefallen, deshalb erriet ich unmittelbar, worum es ging. Aber ich gab vor, nichts zu begreifen:

»Valérie, könntest du mir vielleicht erklären, was mit dir los ist?«

»Gisèle und Carlos … Sie, äh, sie und er, sie beide … SIE TREFFEN SICH, SIE HABEN EINE AFFÄRE!«

»Langsam, langsam. Woher willst du das denn wissen?«

»Eine Nachricht auf der Mailbox von Carlos' Handy ist absolut eindeutig, und noch dazu so obszön, Franck. Das hätte ich echt nicht von deiner Frau gedacht. Es ist grauenhaft. Dieses Flittchen! Entschuldige bitte, aber das Wort trifft es genau. Oje, ich grüble jetzt schon seit Stunden, aber ich habe keine Ahnung, was ich tun soll.«

»Nun …«

»Aber ich hatte sie im Verdacht, Franck. ICH HATTE SIE IM VERDACHT. Mein Instinkt trügt mich nicht, man konnte gewisse Anzeichen erkennen, einzelne Gesten lesen. Ich habe echt das Gefühl, dass sich der Boden unter mir auftut, und mir ist klar geworden, dass du der Einzige bist, mit dem ich darüber sprechen kann, und …«

»Valérie, Valérie … Jetzt beruhige dich erst einmal, Valérie, und dann komm hierher. Leg den Hörer auf, steig in deinen Wagen und komm zu mir. Dann sprechen wir darüber. Wir überlegen gemeinsam …«

Gegen Mittag kam sie langsamen Schrittes auf unser Haus zu, das Gesicht von Tränenströmen noch gerötet. Ich hingegen war gefasst geblieben und zögerte eine Reaktion hinaus. Ich wollte keine voreiligen Schlüsse ziehen, das lag mir einfach nicht. Aber natürlich wog alles schwer: Die Anzeichen für die Untreue meiner Frau häuften sich. Dennoch wollte ich Valéries Version abwarten. Ich hatte Kaffee gemacht, und wir blieben in der Küche stehen, während wir eine Tasse tranken. Sie berichtete mir von ihren unheilvollen Entdeckungen, und zwar in dem abgeklärten Tonfall von jemandem, der sich bereits die Seele aus dem Leib geweint hat. Sie hatte es sich angewöhnt, das Handy ihres Mannes zu durchforsten, wenn sie nachts wach wurde. Da musste es ja irgendwann passieren. Ihr Verdacht hatte sich als begründet herausgestellt, die Nachricht stammte aus der vergangenen Woche. Gisèle teilte Carlos mit, dass sie gegen zwanzig Uhr wieder in der Klinik wäre, und dass sie dann, wenn er einen Augenblick Zeit hätte, doch vielleicht …

»Gut, in Ordnung, Valérie … Es reicht jetzt. Ich weiß genug. Erspar mir die Details. Bitte!«

Ich konnte nicht sagen, dass ich vollkommen überrumpelt war. Doch obwohl die Enthüllung nicht mit der Brutalität einer unerwarteten Ohrfeige erfolgte, löste sie dennoch einen Schock aus. Außerdem musste ich, während ich bisher alles für mich behalten hatte, jetzt darüber sprechen.

»Ist dir klar, dass das am Abend vor unserem gemeinsamen Abendessen war? Wie dreist, wie zynisch das ist, uns alle vier danach zusammenzubringen, gerade so, als wäre nichts gewesen, als wäre, nein, also …«

Ihre Nase hatte wieder zu laufen begonnen, und sie versuchte, das Triefen mit Papiertaschentüchern in den Griff zu bekommen. Ja, es war mir klar. Sie schreckten offenbar vor nichts zurück.

»… wie den letzten Dreck behandeln sie uns …«, stieß sie hervor, bevor sie erneut von Schluchzern geschüttelt wurde.

Sie warf sich aufgelöst in meine Arme, klatschte ihre feuchte Wange gegen meine und wuchtete einen Teil ihres Gewichtes auf mich, da die Beine unter ihr nachgaben. Die Berührung mit diesem an mich gelehnten Körper überraschte mich, denn sein Umfang und seine Konturen unterschieden sich deutlich von demjenigen, den ich normalerweise in meinen Armen hielt. Es war seltsam. Außerdem spürte ich auf meiner Haut, wie ihre Lippen bebten, und ihre Finger schienen meinen Nacken zu streicheln.

»Hör zu, Valérie, es gibt keinerlei Grund, sich unterkriegen zu lassen. Diesen Gefallen werden wir ihnen nicht tun …«

So klangen die tiefschürfenden Worte eines echten Mannes, der sich durch nichts erschüttern ließ – ein echter Fels in der Brandung. Und damit umfasste ich ihre Taille, während ich ihr mit der anderen Hand beruhigend über den Rücken strich. Mit einschläfernden Sätzen beruhigte ich sie allmählich, bevor ich meine Hände langsam, unendlich langsam, zu ihren Hinterbacken hinuntergleiten ließ.

»Komm schon, du darfst dich wirklich nicht so hängen lassen. Ehrlich, das sind sie nicht wert …«

Mit diesen Worten hatte ich auch schon ihr Kleid hochgeschoben, ohne dass Valérie eine Reaktion gezeigt hätte; ich bekam die Borte ihres Slips zu fassen und zog das Stückchen Stoff sanft über die Hüften und dann über die runden Pobacken hinunter. Es bereitete mir ein unsäglich wohltuendes Gefühl, mich so gehen zu lassen. Das Fenster stand offen, und mein Blick verlor sich draußen in der Ferne. Mir war alles egal, ich faselte irgendwelchen Schwachsinn und versuchte gar nicht erst, irgendetwas unter Kontrolle zu behalten. Den geringsten Anflug von Bedenken, die sich zaghaft erheben wollten, verwarf ich ebenso wie die Antizipation möglicher Konsequenzen.

Valérie hatte Mühe, die Situation zu erfassen. Von der Erregung bereits benommen, gelang es ihr gerade noch, einen schwachen Protest zu hauchen. Während ich sie sachte in den hinteren Bereich des Wohnzimmers drängte, stammelte sie ein paar Satzfetzen, und als ich sie mit ihren entblößten Hinterbacken auf das lackierte Holz des großen Tisches hob, bestand ihr einziger Reflex darin, mich mit ihren in meine Brust gekrallten Fingern auf Abstand zu halten. Ich zog ihren Slip ganz hinunter, ihre Beine waren weich, noch ein Schubs, und der Knöchel war von dem verdrehten Höschen befreit. Ich erblickte die dunkle Haut zwischen ihren Oberschenkeln, ein zarter, spärlich behaarter Hügel – eilig öffnete ich meinen Hosenschlitz und schon tauchte mein Stachel auf. Gierig und ungestüm richtete er sich auf und drängte zu ihr hin. Bei seinem Anblick verzerrte sich ihr Gesicht zu einer erschreckten Grimasse. Ich war fast so weit, in sie einzudringen, da nahm sie die Knie zusammen und wich auf allen vieren auf dem Tisch zurück.

»FRANCK, DU SPINNST! Du spinnst ja vollkommen, echt!«

Mit dramatischer Geste zog sie ihr Kleid wieder zurecht. Die starr verzerrten Gesichtszüge wirkten noch immer wie nach einem Kaltwasserschock, als sie hastig nach ihrer Tasche griff und überstürzt davoneilte. Bei jedem Schritt klapperten ihre Absätze auf den Kacheln, dann hörte ich auch schon den Motor ihres Allradwagens aufheulen, der sich mit dem Lärm eines Düsenjägers förmlich vom Boden abzuheben schien.

Das war dumm gelaufen! Ich stand entblößt mitten im Wohnzimmer, atmete schwer und war heftig in Wallung, mein Herz raste, und in den Händen hielt ich lediglich ihren Slip. Das sollte es gewesen sein? Eilig schloss ich mich in die Toilette ein, und von einem unkontrollierbaren Drang getrieben, besorgte ich es mir in die Unterwäsche von Valérie.

Danach kam zwangsläufig ein abrupter Abfall. Um unbeschadet aus diesem Tief hervorzugehen, verbrachte ich als Ablenkung den Nachmittag in meinem Garten. Meine Karottenreihen verlangten meine Aufmerksamkeit. Ich hatte damit begonnen, sie etwas zu lichten, dann alles geharkt und die verbleibenden Pflanzen vorsichtig mit mehr Erde bedacht. Die Umstände waren alles andere als angenehm. Der bloße Gedanke an die ganze Geschichte löste Mattigkeit bei mir aus. Dennoch musste über sie nachgedacht werden. Da es mich aber nervte, darüber nachzudenken, dachte ich nicht daran. So sah meine übliche Methode aus. Nach den Karotten genehmigte ich mir ein Bier, dann widmete ich mich den Kürbissen. Ich musste schleunigst Setzlinge in den Boden bringen. Mit gebotener Sorgfalt hob ich meine Löcher aus, um anschließend zunächst eine Kompostschicht einzustreuen, die aus Stallmist von den Hühnern und frischen Brennnesseln bestand.

In meinem Innern machte sich eine leichte Niedergeschlagenheit breit. Meine Frau betrog mich, das war ärgerlich – und es würden zweifellos weitere Fragen auftauchen, die mir Kopfzerbrechen bereiten würden. Trotzdem verspürte ich auch eine Art der Erleichterung, dass mein Verdacht sich nun bestätigt hatte. Jetzt wusste ich zumindest, woran ich war, und die Zeit der bloßen Mutmaßungen war vorbei. Auf jeden Fall war Gisèle meine Jugendliebe, sie war die Mutter meiner Kinder, ob sie nun einen Liebhaber hatte oder nicht – es änderte die Dinge nicht grundsätzlich. Ich liebte sie aus fünfzehn oder zwanzig verschiedenen Gründen, da kam es auf einen mehr oder weniger nicht an … Abgesehen von meiner Liebe empfand ich auch Bewunderung für sie, ein Gefühl, das noch schwerer zerbricht als Liebe. Sie wirkte so, als würde sie mich immer noch lieben, als würde sie mich nicht einfach so verlassen. Also würde ich wegen einer Bettgeschichte nicht in eifersüchtige Raserei verfallen. So etwas konnte auch jedem Mann passieren und war es nicht wert, alles aus einer Laune heraus wegzuwerfen. Man durfte es nicht auf sich beziehen. So war es eben. Punkt. Ich würde mich nicht erniedrigt oder gedemütigt fühlen, auch nicht entehrt wie der erstbeste dahergelaufene Flachkopf. Es galt jetzt, Mut und Geduld an den Tag zu legen – Eigenschaften, mit denen man auch das Chaos einer Pubertätskrise übersteht. Vor allem musste man sich hüten, sich irgendetwas bildlich vorzustellen, und stattdessen an etwas anderes denken. Sollte man mich doch für einen Idioten halten! Das war es nicht, was mich störte. Und man konnte mir ruhig anonyme Briefe schicken, was sollte mir das nach allem jetzt noch ausmachen?

Meine Sichtweise begann sich zu verschieben, als ich den Ertrag der beiden letzten Bohnenreihen pflücken wollte. Meine Beine schmerzten, und mein Rücken ebenfalls. Die Sonne brannte vom Himmel, und ein heißer Wind wehte von den Bergen herüber, Schweiß lief mir über die Stirn und den Nacken hinunter. Ich spürte in meinem Gehirn eine finstere und bittere Energie aufkeimen. Während ich unsere Gören am Hals hatte und das Dienstmädchen spielte, brauste sie mit ihrem Allradwagen durch die Lande und überließ das Vorrecht auf ihre Schenkel ihrem idiotischen Partner aus der Klinik. Ich, ich plagte mich hier im Garten ab. Mein einziges Vergnügen bestand darin, wie ein Irrer durch die Wälder zu strampeln. Gelegentlich trank ich ein Bier mit Leuten, die mir fremd waren. Alles Typen, mit denen mich nichts verband und die noch dazu Spitzbärte trugen. Und als Dank schlief meine Frau so gut wie gar nicht mehr mit mir. Doch damit nicht genug: Kaum hatte ich zwei Kilo zugenommen, fing ich mir schon eine Rüge von ihr ein.

Ich ging duschen. Manchmal konnte eine Dusche alles ändern. Den kalten Wasserstrahl auf das Gesicht gerichtet, entwarf ich alle möglichen Szenarien: Ich könnte mit dem Allradwagen und den Taschen voller Geld verduften und Gisèle müsste sehen, wie sie mit den Gören klarkommt, ich könnte mir eine schöne Zeit machen, die eine oder andere Grenze überschreiten und mich einfach treiben lassen. Diese Vorstellungen reizten mich. Mit einem Mal verspürte ich einen fürchterlichen Tatendrang. Ich war das Opfer, das durfte ich nicht vergessen. Ich war unschuldig, ich konnte mich so verhalten, als hätte man mich bei lebendigem Leibe skalpiert. Egal, was ich tat, ich hatte das Recht dazu. Ich konnte mich ohne Schuldgefühle über jegliche Einschränkung hinwegsetzen.

Als es Zeit war, mich auf den Weg zur Schule hinauf zu machen, hatte ich beschlossen, als Erstes die Mutter Ricard-Schmitt flachzulegen. Sie hatte mich zwar von sich gestoßen, aber sie würde sich eines Besseren besinnen. Die Vorarbeit war geleistet. Ich hatte ihr meine Absichten ganz klar gezeigt. In einer stillen Stunde würde sie noch einmal darüber nachdenken – und abschließend würde ihr diese Szene einen gewissen Trost spenden, sie würde sich sogar geschmeichelt fühlen. Möglicherweise würde sie etwas Zeit brauchen, um sich das einzugestehen, aber die Würfel waren gefallen. Es war immer das Unbewusste, das die Entscheidungen traf – so hatte ich es in einer Zeitschrift gelesen, und der Anteil des Bewusstseins beschränkte sich auf die Selbstüberzeugung und Rechtfertigung. Valérie war eine betrogene Frau, sie würde sich ihren Rachegelüsten hingeben – kein Bollwerk der Tugend hielt hier stand. Sie würde ihre moralischen Prinzipien einfach der Situation anpassen. Ich warf die Haustür ins Schloss und setzte mich in den Kombi. Und den Verfasser des anonymen Briefs würde ich auch ausfindig machen. Zeit dafür hatte ich schließlich genug. Ich würde Nachforschungen anstellen, und mit einer soliden, messerscharfen Analyse würde ich das Rätsel lösen. Hatte ich anfangs zur Annahme tendiert, es handele sich um den Streich irgendeines Witzbolds, so musste ich heute nach Valéries Bericht zugeben, dass der Typ Bescheid wusste. Aber das rechtfertigte sein Vorgehen in keiner Weise. Ich würde seine Karre in Brand setzen, wenn ich ihn enttarnt hatte, und hoffentlich war es ein schönes, nagelneues Gefährt. Direkt vor seinem Haus würde ich seinen Schlitten in die Luft jagen, vor den Augen seiner Frau und seiner Kinder.

Draußen entfaltete sich der Duft der Glyzinien in der Hitze, die auch nicht von dem leisesten Windhauch gelindert wurde.

Gisèle kam an diesem Abend rechtzeitig zum Essen nach Hause. Nachdem wir uns begrüßt hatten, stieg sie schnell unter die Dusche. Das Schuljahr neigte sich dem Ende zu, aber Julie hatte noch Hausaufgaben aufbekommen: Rechnen und Lesen. Mit einem Auge behielt ich ihre Rechenaufgaben im Blick, während ich in der Küche die Mahlzeit vorbereitete. Ihre Schwestern spielten nebenan im Wohnzimmer. Hin und wieder ärgerten sie Julie ein wenig, indem sie belustigt nachäfften, was ihre Schwester vorgelesen hatte. Irgendwann platzte Julie der Kragen.

»Papa, sag ihnen endlich, dass sie damit aufhören sollen!«, beschwerte sie sich und war kurz davor, in Tränen auszubrechen.

Vielleicht hatte Valérie inzwischen bereits eine Aussprache mit ihrem Ehemann gehabt, der möglicherweise Gisèle davon in Kenntnis gesetzt hatte, dass ich alles wusste und dass ich im Übrigen versucht hatte, seine Frau auf unserem Wohnzimmertisch zu vergewaltigen. Mit Unschuldsmiene wartete ich ab – ich würde nicht die geringste Initiative ergreifen, ich nicht.

»Sie sind nur neidisch, weil du lesen kannst und sie nicht. Reib ihnen das unter die Nase, anstatt zu jammern.«

Der Abend verlief wie gewöhnlich. Ein wenig naiv stellte ich fest, dass meine Gefühle für meine Frau nichts an Intensität eingebüßt hatten. Trotzdem unternahm ich, vermutlich aus einer Art Stolz heraus, an diesem Abend keine Anstrengung, in den Genuss der intimen Vorzüge zu kommen, die einem im Ehebett zuteilwerden können.

Der Umzug von Denis' Schwager stand an, und ich hatte mich schon vor längerer Zeit als freiwilliger Helfer gemeldet. Ich war jetzt zwar ein betrogener Ehemann, aber das war noch lange kein Grund, mich im letzten Augenblick vor so etwas zu drücken.

Denis lebte in einem kleinen Haus neben der Autowerkstatt. Der Friseursalon seiner Frau war nur hundert Meter davon entfernt. Es war ein altmodisches Paar, eine pragmatische Verbindung, bei der die Arbeit und das Sparen im Vordergrund standen. Ihre einzige Zerstreuung bestand in reichhaltigem Essen und im Tratsch. Wir tranken erst einmal einen Kaffee in der Küche, der in Werbetassen einer Ölfirma auf einer klebrigen Wachstischdecke serviert wurde. Die gelbliche Glühbirne konnte den Halbschatten nicht wirklich vertreiben. Den angebotenen Zucker lehnte ich ab, was der dicken Christine ein überraschtes Grinsen entlockte. Sie hielt mich in jeder Hinsicht für ein Original, ausgehend natürlich von der Tatsache, dass nicht ich das Geld für die Familie verdiente. Sie ging zwar nicht so weit, meine Männlichkeit infrage zu stellen, aber viel fehlte nicht dazu.

Während wir auf Bruno warteten, erörterten wir den

einen oder anderen Klatsch aus dem Dorf und kamen auch auf belanglose Geschichten aus der Schule zu sprechen. Ihre Tochter ging in dieselbe Klasse wie Julie. Als Eltern wirkten die Fumards ein wenig wie aus der Zeit gefallen, denn sie hatten Jennifer spät bekommen. Er wirkte eher wie ein entfernter Onkel und sie wie eine strenge Stiefmutter. Vor zehn Jahren war ihre ältere Tochter verschwunden. Man hatte Nachforschungen angestellt, die ganze Gegend war durchkämmt worden, Suchaktionen waren gestartet worden, Fotos verteilt, aber sie war nie wieder aufgetaucht. Über dem Brotkasten hing immer noch ein Bild von ihr an der Wand. Soweit ich wusste, hatte es zu keinem Zeitpunkt irgendeine Spur gegeben, die man vorrangig verfolgt hatte. Die Zeit war ins Land gegangen, und ein paar Jahre später wurde Jennifer geboren. Unsere Unterhaltung geriet allmählich ins Stocken. Der Hund – ein altes zahnloses Exemplar mit dem watschligen Gang eines Seehunds –, schüttelte sich, ohne sich um die entstandene Stille zu scheren.

Die dicke Christine, ganz die praktisch denkende Frau, behauptete schließlich scherzhaft, ich würde unbedingt einen neuen Haarschnitt benötigen.

»Du meinst, ich soll dir vertrauen, was das angeht?«, frotzelte ich. »Genauso gut könnte Denis mir weismachen, dass mein Auto neue Reifen braucht …«

Es klang trocken und rau, als sie sich jetzt vor Lachen schüttelten. Ausgelassen blickten sie dann wieder auf mich und warteten mit offenem Mund auf den nächsten tollen Witz, der aber nicht kam. In beider Lachen schwang ein trockener Husten mit, eine Entzündung der Atemwege. Es war ein so hustenträchtiges Lachen, dass der geringste Übermut einen ordentlichen Hustenanfall hervorrufen konnte. Diese Anfälligkeit konnte den beiden tatsächlich irgendwann einmal zum Verhängnis werden, und das bedeutete eine unschöne Bedrohung, die immer im Raume stand.

Zum Glück machte sich jetzt Bruno durch eine lautstarke Begrüßung bemerkbar.

Von meinem Sitz hinten in dem Transporter starrte ich auf die vorüberziehenden weißen Markierungen am Straßenrand. Ich war nun ein betrogener Ehemann, und das schlug sich sowohl in meiner körperlichen als auch in meiner geistigen Verfassung nieder. Ein betrogener Ehemann, der auf dem Postweg über diese Tatsache unterrichtet worden war. Verschleiß gibt es überall, sagte ich mir, in Familien, bei Autos, beim Körper, im Eheleben … Ich verfiel auf die Idee, mit meinen Töchtern im Gepäck zu verduften. Aber was würde mir das bringen?

Soweit mir bekannt war, lebte der Schwager, der umziehen sollte, in einer großen Wohnsiedlung. Seine Frau war schwanger, und sie hatten schon länger vorgehabt, ein Haus zu kaufen und aufs Land hinauszuziehen. Also hatten sie nun eine Art Bauernhof erworben – so verhielt es sich. Wir kamen etwas zu früh an unserem Einsatzort an. Fumard parkte in unmittelbarer Nähe, ohne ein einziges Mal rangieren zu müssen, und zog dann befriedigt die Handbremse. Es handelte sich um eine Backsteinsiedlung, der Schwager wohnte in der vierten Etage. Mit einem Blick nach oben stellten wir bereits von hier draußen hoffnungsfrohe Vermutungen über die Ausmaße des Treppenhauses an.

»Nur keine Eile. Jetzt gehen wir erst einmal etwas trinken«, schlug Denis vor.

Er wies auf eine unweit gelegene Kneipe, die wir zu Fuß aufsuchten. Drinnen war es belebt, eng und dunkel. Ungeduldig, aber innerlich dennoch gelassen trommelte Denis mit den Fingern auf der Theke herum. Als die Chefin seine Bestellung aufnahm, ließ er einen derben Witz vom Stapel, und sein Kehlkopf musste eine Höchstleistung vollbringen, um den heißen Atemstoß passieren zu lassen, den sein Lachen nach oben beförderte. Sie verzog ihr Gesicht zu einem schmallippigen Lächeln, das entweder ihrer Nachsicht oder ihrer Professionalität geschuldet war, verteilte die Untersetzer und machte sich am Zapfhahn zu schaffen. Kaum hatte sie die Biergläser vor uns gestellt, griffen wir auch schon nach ihnen, um den Schaum nicht in sich zusammenfallen zu lassen. Ich hatte nichts dagegen einzuwenden, mir schon am Morgen auf die Schnelle ein Bierchen zu genehmigen, vor allem, wo wir unmittelbar im Anschluss durchaus körperliche Anstrengungen zu vollbringen hatten. Denis war verschwunden, um ein paar Lose zu kaufen. Währenddessen warf ich einen Blick in das lokale Käseblatt, und Bruno las über meine Schulter hinweg mit. Für mich hatte eine Zeitung tatsächlich noch eine Bedeutung. Ich suchte darin nach vielversprechenden Abenteuern, neuen Ideen, brutalen Geschichten oder den Anzeichen für eine Veränderung. Jedes Mal wenn ich eine Zeitung aufschlug, war das mit irgendwelchen Hoffnungen verknüpft, die oft enttäuscht wurden, aber niemals aussichtslos waren. Auch jetzt kam es mir wieder so vor, als könnte das Glück in der Lektüre einer Zeitung auf der Terrasse eines Bistros liegen, am besten in einer fremden Stadt, in einer Umgebung, die einem nicht vertraut ist, allein, nur der Lektüre hingegeben, mit der Aussicht, später in den Kreis seiner Lieben zurückzukehren und ihre Lebensfreude zu spüren.

Der Mechaniker kehrte nach einem frenetischen Rubbeln auf seinen Losen zu uns zurück. Mit einem kräftigen Zug kippte er sein Bier hinunter. Er war ein ruheloser Geist, den es nicht lange auf seinem Platz hielt. Fast immer war er derjenige, der drängte: »Gut, gehen wir dann?« So auch jetzt, während er die Getränke bezahlte.

Denis übernahm es, uns alle miteinander bekannt zu machen. Die Schwägerin war ein bildhübsches, zartes Wesen. Unter dem alten, ausgeleierten Oberteil ließ sich ein ansehnliches Dekolleté erahnen. Ich hatte es so verstanden, dass sie die Schwester der dicken Christine war, aber es fiel mir wirklich schwer, das zu glauben. Einfach unmöglich. Ihr Mann zählte zu der ultra-sportlichen Sorte, er sah irgendwie gewalttätig aus, und später bekam ich mit, dass er Schwimmer war. Als Erstes wies er uns darauf hin, dass wir vor allem auf den Flachbildschirm und außerdem auf die Hi-Fi-Geräte ganz allgemein achten sollten.

Ich sah mich in der Wohnung um und unterzog die Räume einer groben Einschätzung, während Bruno und Denis vor allem die großen Möbelstücke in Augenschein nahmen. Ich hatte beschlossen, lediglich Befehle auszuführen. Solche Einsätze im Freundeskreis stimmten mich ebenso misstrauisch wie Arbeitskreise und ehrenamtliche Tätigkeiten – oft gibt es weder einen echten Chef, der die Aufgaben organisiert, noch eine Hierarchie oder klare Regeln. Dafür gibt es aber immer einige, die sich als Anführer aufspielen, während andere nicht wissen, was sie tun oder worum sie sich kümmern sollen, und dann sind da noch diejenigen, die eigentlich keinen Finger krumm machen wollen. Somit ist das Chaos vorprogrammiert. Ich wartete also auf Anweisungen. In der Zwischenzeit hatte ich das ungefähre Inventar ihres Hab und Guts erstellt. Sie hatten im Lauf der Jahre eine beachtliche Menge an Schrott zusammengetragen, wie man es eben so macht. Man sagt sich, dass man dieses oder jenes noch einmal brauchen könnte, aber man braucht es nie wieder.

Man hatte uns Verstärkung versprochen, und tatsächlich stießen noch drei Paar kräftige Arme zu uns, allem Anschein nach ebenfalls Schwimmer, denn ihre Tätowierungen bestanden in schwarzen Wellenkämmen, die sich über ihre Bizepsstränge zogen. In ihrem sehr kurz geschnittenen Haar glänzte reichlich Gel, und sie trugen ein unverwüstliches Lächeln zur Schau, eines von der so festsitzenden Sorte, dass es nicht einmal dann aus dem Gesicht weicht, wenn sie eine Waschmaschine mit der Brustmuskulatur ausbalancieren. Eine Diskussion kam in Gang, bei der es um eine Einschätzung der ganzen Unternehmung ging und vor allem das Ausmaß der Betten im Hinblick auf die Größe des Umzugswagens als bedenklich eingestuft wurde. Einer der Schwimmer stellte unbekümmert fest: »Super! Beim letzten Mal, da war das nämlich ganz schön schwierig!« Es gab einfach Leute, die es verstanden, eine Sache genau auf den Punkt zu bringen.

In der neuen Bleibe wartete eine ordentliche Portion

Wurst auf die Umzugshelfer, um sie wieder zu Kräften zu bringen. Dazu gab es Orangensaft. Die hübsche Schwägerin teilte mit, dass auch Aprikosennektar vorhanden war, und einer der Schwimmer nahm das Angebot gern an. Mein Blick begegnete dem verblüfften Blick von Denis. »Warum nicht auch noch Granatapfelsaft, wo wir schon dabei sind?«, zischte er. Im Handumdrehen hatte er uns ein paar Bierflaschen ergattert. Immerhin. Das war das Mindeste. Wir hatten geschwitzt, wir hatten Staub gefressen. Da hatten wir uns auch etwas Schaumiges verdient.

Als ich wieder nach Hause kam, gab ich der Versuchung nach und gönnte mir im lauen Schatten der geschlossenen Fensterläden eine Siesta. Bevor ich wegdämmerte, malte ich mir noch folgende vage Vision aus: Die Mädchen würden zu ihren Großeltern fahren, Gisèle und ich würden allein hierbleiben. Ohne die Ablenkung, die die Kinder im Alltag bedeuteten, könnten wir einander nicht mehr ausweichen. Auge in Auge wären wir miteinander konfrontiert, was eine große Leere verhieß. Mehr denn je würde auch ich jemanden brauchen – eine treue Geliebte beispielsweise, die ein wenig Abwechslung in den Alltagstrott brächte. Etwas Verführerisches, Abgründiges, heimliche Anrufe und Verabredungen, Gefahr – das ganze Repertoire eben. Eine unterschwellige Autosuggestion lenkte mich zur Schwester der dicken Christine, ihr zartes Bild spukte mir im Kopf herum, ihre Gestalt umgarnte mich, ich spürte, wie der Schlaf sich meiner bemächtigte, ich sah mich förmlich einschlummern, gewissermaßen als Zeuge meiner eigenen schläfrigen Benommenheit. Als ich aufwachte, hatte ich das Gefühl, aus einer tiefen Bewusstlosigkeit zu mir zu kommen, zu der sich sogleich die Sorge gesellte, nicht mehr rechtzeitig bei der Schule einzutreffen. Das war allerdings eine grobe Fehleinschätzung. Mir blieb noch genug Zeit, und so machte ich mich an den Hausputz, um richtig wach zu werden. Zuvor wärmte ich mir eine Tasse Kaffee auf. Um den Hausputz anständig zu erledigen, veranschlagte ich zwei Stunden. Ich begann mit dem Staubputzen, dann scheuerte ich Toilette, Dusche und Bad und reinigte den Gasherd ebenso wie das Spülbecken und sein Umfeld von Fettspritzern. Zum Schluss kam immer der Staubsauger zu einem gut durchdachten Einsatz, der mich mit jener Befriedigung erfüllte, die eine wohlgetane Arbeit bereitet. Ich will mich nicht loben, aber mit einem Staubsauger in der Hand erzielte ich beachtliche Ergebnisse. Ich nahm mir jede Ecke und sogar die Zimmerdecke vor. Unser Modell war aber auch ein kleines Wunderwerk, das uns eine schöne Stange Geld gekostet hatte. Ja, der Staubsauger zählte zu meinen wenigen Luxusgegenständen, und ich holte ihn nie ohne ein kleines Glücksgefühl aus dem Schrank hervor.

Als Valérie Ricard-Schmitt sich schließlich doch zu einem Anruf durchrang, war ich beinahe schon so weit, mir einzureden, ich hätte jetzt lange genug gewartet und müsste wohl selbst die Initiative ergreifen.

»Guten Tag, Franck, hier ist Valérie … Valérie Ricard-Schmitt.«

Beim Klang ihrer Stimme wurde mir ganz warm, und ich beglückwünschte mich, Geduld gehabt zu haben. Beinahe wäre ich tatsächlich nicht ans Telefon gegangen, denn ich verspürte an jenem Morgen keine Lust zum Reden. Ich hatte das Gespräch nur angenommen, weil ich fürchtete, es sei die Schule. Julie hatte das Haus mit Bauchschmerzen verlassen, die ich allerdings nicht so gravierend eingeschätzt hatte, um ihr den Schultag von vornherein zu ersparen.

»Können wir uns sehen, Franck? Hast du einen Augenblick Zeit heute?«

»Klar. Ja, ich habe Zeit genug. Ja, ja. Wo sollen wir uns treffen?«

»Hast du vor, heute noch in die Stadt zu fahren? Wir könnten uns in einem Café treffen.«

Wir verständigten uns über den Ort und die Zeit, aber es war ganz schön schwierig, weil es früher oder später sein konnte, je nachdem, wann es mir am besten passte, oder aber an einem anderen Ort, oder morgen oder übermorgen, oder doch in einem Park, ganz so, wie es mir am liebsten wäre. Ich hörte ihr gar nicht mehr richtig zu – das Gespräch verlief so, dass mir das Vorhaben einer Bettgeschichte ziemlich aussichtslos zu sein schien. Ich sah es schon kommen: Wir würden vergessen, was in meinem Haus geschehen war, diesen kurzen surrealistischen Augenblick. Sie war nicht ganz bei Sinnen gewesen, ich ebenfalls nicht, wir hatten unter dem emotionalen Schock einer fürchterlichen Entdeckung gestanden. Sie hatte sich in meine Arme geworfen, das würde sie zugeben, es war eine zweideutige Situation entstanden, ich wäre schwach geworden, sie wäre verzweifelt gewesen, aber nun, nun müsste man in die Zukunft blicken. Alles musste aufgeklärt werden, gemeinsam mit unseren jeweiligen Partnern. Zu guter Letzt kamen wir überein, dass es der Park sein sollte.

»Und dann, Franck, das ist mir jetzt furchtbar peinlich, aber … ich glaube, du hast noch meinen Slip. Ein kleines, lachsfarbenes Höschen. Es wäre sehr nett, wenn du daran denken könntest, es mir mitzubringen …«

Ich legte auf und ließ sie mit ihrem Unbehagen allein. Ihr lachsfarbenes Höschen, das hatte ich, nachdem ich es beschmutzt hatte, in den tiefsten Tiefen des Mülleimers entsorgt. Da brauchte sie keinerlei Hoffnung zu hegen, es noch einmal zurückzuerhalten. So, aber jetzt musste ich noch Wäsche aufhängen. Als ich das erledigt hatte, kümmerte ich mich um die Hühner, musste aber unentwegt an Valérie Ricard-Schmitt mit ihrem raffinierten Sex-Appeal der gut betuchten Hausfrau denken. Keinen Pfifferling setzte ich mehr auf dieses Rendezvous, und das war wirklich schade. Wir hätten uns ohne weitere Folgen miteinander trösten können. Ein kleines Intermezzo, das war unser gutes Recht. Valérie war genau die richtige Frau für diese Situation, die einfachste Lösung gewissermaßen. In meiner augenblicklichen Verfassung konnte mich nichts davon abhalten, die Sache mit ihr voranzutreiben – immer noch stand mir diese Szene in unserem Haus vor Augen, wir waren beinahe schon so weit gewesen. Sowohl sie als auch ich waren am Ende ziemlich entkleidet gewesen, und das war schließlich keine Kleinigkeit. Solche Bilder bleiben in den Köpfen haften und wandeln sich zu unauslöschlichen Erinnerungen. Es ließ sich nicht leugnen, dass eine gewisse Intimität zwischen uns entstanden war, und das glich einer aufgestoßenen Tür, bei der man nur noch die Schwelle übertreten musste. Bei dieser Vorstellung verspürte ich ein leichtes Ziehen in der Magengegend.

Um erst einmal zur Ruhe zu kommen, hatte ich mich mit einem starken Kaffee auf der Terrasse in den Schatten gesetzt. Zum wiederholten Male versuchte ich, anhand der mir bekannten Elemente den Dreckskerl zu enttarnen, der den anonymen Brief geschrieben hatte. Der Stempel verriet, dass der Brief hier aus der Gegend kam, aber das brachte mich nicht viel weiter. Die einzelnen Druckbuchstaben auf dem Umschlag wie auch auf der Karte erlaubten mir keine Rückschlüsse auf die Handschrift des Verfassers. Deshalb blieb mir nichts anderes übrig, als bei meinen Überlegungen über die konkreten Anhaltspunkte hinaus weitere Aspekte miteinzubeziehen. Die wesentliche Frage lautete: Wer konnte bezüglich ihrer Affäre auf dem Laufenden sein? Auch darüber hatte ich schon eine ganze Reihe von Spekulationen angestellt, ohne zu überzeugenden Ergebnissen zu gelangen. Jemand aus der Klinik, eine Sekretärin? Das schien mir zwar nicht sehr plausibel, aber etwas anderes fiel mir nicht ein. Ich bemühte mich, anders an den Fall heranzugehen, meinen Blickwinkel zu ändern. Es musste zwangsläufig jemand sein, der uns kannte, Gisèle und mich, und der dann Gisèle und Carlos in eindeutiger Position gesehen hatte, was auch hieß, dass sie kaum Vorsichtsmaßnahmen trafen, um ihre Affäre geheim zu halten. Das passte ebenfalls nicht zusammen. Also war ich wieder zur Klinik zurückgekehrt. Dort könnte jemand, der das ganze Jahr über mit ihnen verkehrte, eine kleine Veränderung in ihrem Verhalten bemerkt haben, ein Detail, das sie verraten hatte, eine Geste oder ein Geräusch. Aber in diesem Fall stellte sich die Frage, warum Valérie nicht ebenfalls einen Brief erhalten hatte. Das musste ich sie ganz beiläufig unbedingt fragen. Plötzlich zeichnete sich eine Spur ab, die sich in meinem Kopf rasch zu einem ganzen Szenario erweiterte. Valérie hatte Gisèle und Carlos bereits schwer im Verdacht gehabt. Noch bevor sie alles durch ihren nächtlichen Blick auf das Telefon ihres Mannes bestätigt fand, hatte sie die Initiative ergriffen und einen anonymen Brief auf den Weg gebracht. Ein Bluff oder Versuchsballon also, der die Bombe vielleicht fern von ihrem eigenen Heim zum Platzen bringen sollte. Vielleicht war alles der Hoffnung entsprungen, dass ich die Angelegenheit mit meiner Frau ins Reine bringen und unsere Familien wieder zur Ruhe finden würden.

Ich wusste wirklich nicht, was ich von dieser Theorie halten sollte. Sie war ein wenig weit hergeholt, aber es war ein Fortschritt, und das bedeutete, dass ich mich nicht mehr blind durch einen dunklen Tunnel tastete. Ich musste erst einmal alles sacken lassen. Jetzt stand das Treffen mit ihr an. Auf jeden Fall war Valérie jemand, der über alles Bescheid wusste. Ich war etwas zu früh an Ort und Stelle und verweilte bei dem nahe gelegenen Kiosk. Ich zwang mich, unser Gespräch nicht von vornherein zu planen, um der Spontaneität Raum zu geben. Ganz ehrlich, ich hatte absolut keine Ahnung, in welche Richtung der Wind sich drehen würde. Aber ich hatte eine Chance, und die wollte ich mir nicht entgehen lassen.

Sie saß sittsam auf einer Bank, die Beine übereinandergeschlagen, die Haare nach hinten zu einem Pferdeschwanz zusammengebunden. Unentschlossen überlegte ich, ob ich sie mit dem üblichen Küsschen auf die Wange begrüßen sollte. Es konnte nach dem, was sich eine Woche zuvor zwischen uns abgespielt hatte, etwas unpassend erscheinen. Letztlich legte ich ihr eine Hand auf die Schulter, als sie aufstand, und küsste sie mit einer über die bloße Höflichkeit hinausgehenden Nähe auf die Wange. Sie war gut gekleidet, ein fließendes, sommerliches Outfit mit einem Rock, der nicht sehr lang war für eine hintergangene Ehefrau. Wir schlenderten ein wenig am Ufer des Flusses entlang. Sie hatte schöne, wohlgeformte Fesseln; an den Fersen lugte jeweils ein kleines Pflaster aus ihren Pumps hervor.

In unsere harmlose Unterhaltung schlich sich hier und da etwas Gezwungenes ein. Es war sehr hübsch hier, wir kamen wirklich viel zu selten zum Spazierengehen in diesen Park; das Schuljahr näherte sich seinem Ende, bald würden sich die Tage in die Länge ziehen und man hätte seine liebe Mühe, die Kinder ins Bett zu kriegen. Schließlich kürzte ich dieses harmlose Geplänkel ab:

»Du wolltest mich sehen. Du wolltest mich sprechen. Es geht sicher um dieses Durcheinander, in das wir geraten sind.«

»Ja, genau. Ich wollte noch einmal darauf zurückkommen, was bei dir geschehen ist …«

»Nur zu.«

»Nun … ich wollte vor allem über Gisèle und Carlos sprechen. Ich möchte, dass wir alles auf den Tisch bringen. Ich habe viel darüber nachgedacht. Es ist schlimm, ich stehe neben mir, ich schlafe nicht mehr … Hör zu, ich weiß nicht, was ich tun soll. Vielleicht wäre es gut, wenn wir unser Vorgehen miteinander abstimmen, oder? Ich wollte Carlos nicht zur Rede stellen, ohne vorher mit dir gesprochen zu haben. Denn das wird ja sicherlich auch Auswirkungen für dich haben. Es ist schrecklich. Wenn ich an unsere kleinen Lieblinge denke. Sie haben ein solches Vertrauen! Und nur wegen der Dummheit der Erwachsenen werden sie jetzt so vor den Kopf gestoßen.«

»Valérie, ich weiß auch nicht, was mich da vor einer Woche gepackt hat. Es überkam mich mit einer solchen Wucht … Ist dir das noch nie passiert, dass dich dein Verlangen wie eine nicht zu beherrschende Welle mit sich fortgerissen hat? Ohne dass du in irgendeiner Form dagegen ankämpfen konntest?«

Es trat eine kurze Stille ein, während der ich, der erstbesten Eingebung folgend, einer Schar Wasserhühnern zusah, die sich auf dem Fluss zankten. Dann richtete ich meinen Blick geradeaus in die Ferne und fixierte den Horizont. Valérie ergriff irgendwann das Wort, ihr Tonfall zeugte von tiefer Verbitterung:

»Meine Güte, du erfährst, dass deine Frau dich betrügt, und diese Neuigkeit inspiriert dich mir nichts, dir nichts zu einer solchen Aktion? Stimmt mit deinem Testosteronspiegel etwas nicht?«

»Manchmal hat man eben nicht alles unter Kontrolle. Jeder geht auf seine Weise mit solchen Widrigkeiten um …«

»Und bei dir sieht das so aus, dass du über das erstbeste weibliche Wesen herfällst, oder wie?«

»Oh, jetzt gehst du aber zu weit … Ich brauche wohl nicht zu betonen, dass du nicht die Erstbeste bist. Ich wollte dich, weil wir im gleichen Boot sitzen. Du warst so aufgelöst, so verzweifelt, ich habe mich in dir wiedererkannt. Es war eine ganz natürliche Regung. Und diese Anziehungskraft hat seitdem nicht nachgelassen …«

»Und nun? Du wirst doch wohl nicht wollen, dass wir auch ein Liebespaar werden? Dass wir eine Beziehung anfangen?«

»Doch, warum denn nicht?«

»Das wäre ja die Höhe! Franck, du spinnst wohl! Schlägst du mir gerade vor, dass ich fremdgehen soll, oder wie darf ich dich verstehen?«

»Wäre dir das unangenehm? Mir überhaupt nicht. Aber vielleicht gefalle ich dir ja nicht …«

Jetzt hielt sie schlagartig inne und schloss für eine Sekunde die Augen, bevor sie mit der Miene einer von der menschlichen Erbärmlichkeit zutiefst angewiderten Frau entgegnete:

»Und wie, bitte schön, soll das vor sich gehen? Sollen wir wie Tiere übereinander herfallen? Reißt du mir das Kleid herunter, während ich meine Finger in deinen Rücken kralle? Ist es das, was du willst? Vielleicht könntest du ja auch …«

Ich ließ sie ihren Satz nicht beenden. Gleich hinter ihr befand sich ein Baum, und ich presste sie gegen den Stamm, küsste sie stürmisch auf Hals und Mund, während meine gierigen Finger sich zu ihrem Büstenhalter drängten. Schon zeigte sich eine pralle Brust mit einer wie ein Spargelköpfchen aufgerichteten Spitze im Ausschnitt – was für ein erotisches Feuerwerk in der Prüderie dieser öffentlichen Gartenanlage. Ich saugte daran, während meine Hände ihre Hüften hinunterglitten. Um uns herum war niemand, nichts sprach dagegen, unser Unterfangen hier im Schutz dieser guten alten Linde zu einem befriedigenden Abschluss zu bringen.

»Nein, Franck! Nicht hier, ICH FLEHE DICH AN!«

»Glaub mir, ich bin nicht sicher, dass ich mich zurückhalten kann, bis wir in einem Hotelzimmer sind …«

Ich lockerte meine Umarmung, sie kam wieder zu Atem, zog ihre Kleidung zurecht und seufzte dann:

»Mein Auto. Es steht gleich dahinten.«

Am Ufer des Flusses gab es abgelegene, verwunschene Ecken, wo es ziemlich ruhig war. In dem Allradwagen hielt ich mich zunächst bedeckt – es bestand keine wirkliche Verbindung zwischen uns, und ich spürte die ganze Absurdität und Erbärmlichkeit dieses Augenblicks in mir aufsteigen. Vermutlich wäre alles einfacher gewesen, wenn wir uns nicht kennen würden. In unserem Fall wusste aber jeder einiges über den anderen, ohne dass wir einander wirklich nah waren. Ich bemerkte, dass Valéries Finger zitterten, als sie das Radio aufdrehte, um die Stille zu unterbrechen.

Kurz danach lenkte sie den Wagen in einen zugewucherten Weg und parkte in einem dichten Gebüsch, bevor ihr entfuhr:

»Ich weiß gar nicht so recht, was ich hier mache. Gleich bin ich sicher wieder bei Sinnen …«

Sie war verkrampft, während ich begann, sie über und über zu küssen, aber ich hätte genauso gut eine Wand küssen können. Ich blieb jedoch hartnäckig, suchte ihre Zunge, biss ihr ins Kinn, zerknautschte ihre Bluse, tauchte dann wieder nach oben, um sogleich mit der Nase zu ihren warmen Achseln zu gleiten und dann die beiden hellen und fleischigen Hügel zu liebkosen, die ich fein säuberlich von ihrer textilen Hülle befreit hatte.

Bei Valérie von Begeisterung keine Spur. Sie würde doch wohl in Fahrt kommen und ihren Teil beisteuern! Vielleicht war ich zu übereilt zur Sache gekommen. Aber jetzt war es zu spät, um den Rückzug anzutreten, ich durfte nicht lockerlassen. Also zog ich meinen letzten Trumpf und bahnte mir einen Weg zwischen ihren feuchten Schenkeln, sanft streichelnd glitt meine Hand ihre weiche Haut hinauf. Sie verwehrte mir zwar die Berührung nicht, unternahm aber auch keinerlei Anstrengung, um mir das Fortkommen zu erleichtern. Dennoch erreichte ich mein Ziel, und meine Fingerkuppen drängten zu ihrem intimsten Wäschestück. Endlich, diese Berührung tat ihre Wirkung, sie erwiderte meine Küsse, und erleichtert spürte ich, wie ihr Mund endlich ebenfalls in Bewegung kam. Das hatte gedauert – und so umwerfend war es gar nicht –, aber als Motivation war es genug, und es war der Lohn für meine Beharrlichkeit.

Jetzt wagte sich auch ihre Hand auf meinen Oberkörper, auf meine hart angespannten Bauchmuskeln. Unser Atem ging schneller, und schon entlockte ich ihr ein fortgesetztes Stöhnen, während mein Daumen über ihre geschwungene Oberlippe strich und meine andere Hand die Furche zwischen ihren Hinterbacken erkundete. Ich spürte, wie sich ihre Lust jetzt Bahn brach und der Schutzwall in sich zusammenfiel. Sie brannte lichterloh, bereit, die unproduktiven Verrenkungen hinter sich zu lassen. Ich zog sie auf die Rückbank, wo es mir noch einige Mühe bereitete, ihr Höschen herunterzuziehen. Während der Kurznachrichten um fünfzehn Uhr war es um Valérie geschehen. In der glühenden Hitze hockte sie rittlings auf meinen Knien. Kaum fünf Minuten, und ich war schweißgebadet, mein Kopf hochrot. Gefangen wie eine Geisel steckte ich unter ihren bebenden Hüften fest und konnte mich kaum noch rühren. Die Lust packte mich, und ich fragte mich, ob ich beim ersten Mal in ihr kommen dürfte oder nicht. Würde ich, wenn ich mir diese Freiheit nähme, bei einer Frau ihres moralischen Standes nicht als verrucht gelten? Mit dieser Frage beschäftigt, nahm ich das kleine silberne Kreuz, das zwischen ihren Brüsten hing, zwischen meine Zähne und zermahlte es beinahe, bevor ich unter dem Gewicht von Valéries Körper nachgab und mich in sie ergoss.

Einen kurzen Augenblick verharrten wir danach sprachlos, dann mühte sie sich umständlich an ihren Platz am Steuer zurück. Als ich meine Kleidung wieder in Ordnung brachte, bemerkte ich, dass ein Knopf an meinem T-Shirt fehlte, und fand ihn unter dem Vordersitz, ebenso wie ihren zerlegten Büstenhalter. Valérie startete den Motor. Im Rückwärtsgang gelangten wir auf den Weg zurück. Mit der abgeklungenen Erregung gewann die Verlegenheit erneut Oberhand. Wir waren nicht mehr sechzehn, nicht mehr in jenem Alter, in dem Sorglosigkeit herrscht, noch bevor man wieder in die Unterwäsche geschlüpft ist. Um die Stimmung aufzulockern, kam ich betont heiter darauf zu sprechen, dass ihr Büstenhalter noch herumläge und sie ihn lieber wegräumen sollte. Ich reichte ihr das Kleidungsstück, und sie verstaute es in ihrer Handtasche. Bei der ersten Ampel brachte sie etwas Ordnung in ihre Frisur.

»Es ist das erste Mal, dass ich mit einem anderen Mann schlafe. Bisher gab es immer nur Carlos für mich. Ich kann gar nicht fassen, dass ich es getan habe …«

»Ich habe Gisèle auch noch nie betrogen. Aber weißt du was, ich verspüre keinerlei Gewissensbisse.«

»Als ich dich in mir gespürt habe, war es, als sei es ein Fremdkörper, wie soll ich sagen, eine Lauchstange … Mein Gott, ich weiß nicht, wie ich es ausdrücken soll, aber ich habe seit Jahren nicht mehr eine solche Lust verspürt. Seit Jahren – kannst du dir das vorstellen? Der Orgasmus hat sich bis in meine Brust, bis in den Nacken ausgebreitet … Ganz ehrlich, ich habe sogar ein Kribbeln in den Haarwurzeln verspürt.«

Ein solches Geständnis trug zur Entspannung der Atmosphäre bei. Ich öffnete die Fensterscheibe und ließ meinen Ellbogen nach draußen hängen. Die oberen Zweige der Platanen wiegten sich im Wind. Auch ich verspürte jetzt den Wunsch, mich eines etwas derben Naturalismus zu befleißigen.

»Was mich betrifft, Valérie, so hättest du mich tatsächlich beinahe zum Weinen gebracht. Für einen Augenblick dachte ich, dass deine kleine Artischocke eine fleischfressende Pflanze wäre mit muskulösen Fangarmen und Kiefern voller klebriger Saugnäpfe.«

Ihr kurzes, klangvolles Lachen entblößte ihre schönen Zähne, ihre Wangen waren noch immer zart gerötet. Dann setzte sie ihre Sonnenbrille auf, und wir sprachen nicht mehr, während sie mich ins Stadtzentrum zurückfuhr. Erschlafft überließen wir uns der erholsamen Ruhe. Ihr Gesicht spiegelte die ganze Fahrt über eine große Zufriedenheit wider. Als ich aus dem Auto gesprungen war, winkte ich ihr noch einmal zu, was sie mit einem kurzen Hupen quittierte. Nun gönnte ich mir einen Spaziergang durch die Stadt. Mit den Händen in den Hosentaschen schlenderte ich im Schatten der Weiden vor mich hin, suchte eine Buchhandlung auf, betrat zwei oder drei Geschäfte, die am Weg lagen. Ich fühlte mich von einer Energie beseelt, die etwas Erhebendes hatte, und die Straßen verströmten dieses wohlbekannte Geruchsgemisch von Abfall und Putzmitteln. Mein Glücksgefühl über dieses Leben besiegelte ich mit einem Glas Bier, das ich ermattet und mit geschlossenen Augen im Schatten eines Sonnenschirms auf der Gartenterrasse eines Bistros zu mir nahm – wohl wissend, dass unter meiner Jeans mein Schwanz immer noch klebrig war von dem Saft Valérie Ricard-Schmitts.

In den darauffolgenden Tagen dachte ich regelmäßig an Valérie, aber ich fand keine Zeit, sie anzurufen. Zunächst einmal war Valouise krank geworden, und ich hatte sie zum Arzt gebracht, der eine Entzündung der Nasen- und Rachenschleimhaut bei ihr feststellte. Sie musste einen Tag zu Hause bleiben und regelmäßig Pillen und Tropfen verabreicht bekommen, und natürlich wuchs sich die Einnahme der Medikamente zu einem gehörigen Drama aus. Außerdem verlangte der Gemüsegarten derzeit ein Höchstmaß an Pflege, und hatte ich erst einmal mit der Gartenarbeit angefangen, konnte ich mich oft nicht mehr davon losreißen. Abgesehen vom täglichen Gießen stand immer irgendeine Arbeit an: Die Erde musste gelockert, geharkt oder gehäufelt werden, und auch der Kampf gegen das Unkraut forderte jeden Tag aufs Neue ein wachsames Auge.

Abgesehen davon stieg Bruno dreimal pro Woche auf sein Rad, weil er sich auf eine Bergtour vorbereitete, die er gegen Ende des Sommers gemeinsam mit Denis Fumard unternehmen wollte. Sie schwärmten davon, in Berghütten zu schlafen, in hellen Mondnächten zu radeln und unglaubliche Höhenmeter zurückzulegen.

Trotz allen Drängens von Bruno hatte ich nicht eingeplant, an diesem Abenteuer teilzunehmen. Ein solches Eintauchen in eine weitgehend unberührte und abweisende Natur weckte bei mir gleichermaßen Argwohn wie die dabei herrschende Kameradschaft unter Männern. Meine Ablehnung hatte mich jedoch nicht daran gehindert, Bruno gleich an zwei Tagen hintereinander morgens zu begleiten. Ich nutzte diese Gelegenheiten, um mich abzureagieren – die Bedingungen zum Fahrradfahren waren ideal: Die Wege waren trocken, die Luft in den kühlen Wäldern einfach nur wohltuend. Es machte riesigen Spaß, durch die Senken zu jagen. Am Nachmittag nach unserem zweiten Ausflug hatte ich Fumard noch bei der Arbeit in seinem Badezimmer geholfen, wie wir es zwei Wochen zuvor vereinbart hatten. Er wollte seine alte Sitzbadewanne austauschen, aber, ganz ehrlich, es kehrte dadurch kein Luxus ein, auch wenn die Keramik, für die sie sich entschieden hatten, keineswegs hässlich war. Am darauffolgenden Morgen musste ich noch einmal dorthin, um die letzten Fliesen zu verlegen und die Fugen zu verputzen, und um zwei Uhr war diese Besprechung bei der Bauernvereinigung, wo ich mein Projekt mit der Ziegenzucht vorstellen sollte. Auch dieser Termin stand seit Langem fest, ich hatte ihn wirklich nicht absichtlich so gelegt, es war also keinesfalls ein Vorwand, um Valérie aus dem Weg zu gehen.

Die Büroräume befanden sich in der Stadt, und ich hatte sogar erwogen, danach unangekündigt bei ihr vorbeizuschauen. Diesen Plan empfand ich durchaus als anregend, aber ich kam zu spät aus der Besprechung, sodass ich mich eiligst auf den Weg zurück machen musste, um rechtzeitig zur Schule zu kommen.

Außerdem erwies sich dieses Treffen als ein ziemlicher Reinfall. Ich wurde von einer Unternehmensberaterin in Empfang genommen, die mich zunächst darum bat, mein Vorhaben in ein paar Minuten darzulegen: Ich hatte viel Platz und ein wenig Zeit übrig, ich liebte Käse, ich hielt Ziegen für ungefährliche Tiere, es war eine Idee, die ich gern umsetzen würde; vielleicht käme stattdessen aber auch ein Bestand an Legehennen in Betracht; ihre Eier würden zwar weniger einbringen, aber sie bedeuteten auch weniger Arbeit als die Ziegen – mit anderen Worten, ich wollte mich also beraten lassen, was die technischen Aspekte und die Hygienevorschriften anging. Um es kurz zu machen, ich war hier, um zunächst einmal grundlegende Informationen einzuholen. Meine Ausführung erschien mir absolut einleuchtend.

»Sie sprechen von ›ein wenig freier Zeit‹; da muss ich Sie aber darauf hinweisen, dass ein solches Vorhaben Ihre GANZE Zeit in Anspruch nehmen wird …« Diese Worte markierten den Beginn eines Albtraums. Zunächst einmal zeichnete sie mir ein genaues Bild ihrer Vereinigung, dann ging sie mir mit einem ganzen Berg von Voraussetzungen auf den Wecker, die erfüllt sein müssten. Sie fragte mich nach meinen Erfahrungen und kam – mit offenkundiger Niedertracht – auf die Schwierigkeiten zu sprechen, im landwirtschaftlichen Bereich einen Betrieb aufzubauen, obwohl sie selbst mit Sicherheit noch nie in ihrem Leben eine Harke in der Hand gehabt hatte. Nach drei Minuten schaltete ich ab. Äußerlich unbewegt musterte ich ihr feistes, blasses Gesicht, und um meine

Verzweiflung zu vertreiben, warf ich hier und da eisige Blicke auf ihren Arbeitsplatz: Mit großer Sorgfalt und ohne jedes Schamgefühl hatte sie diesem eine persönliche Note verliehen, indem sie Filmposter, ein Plakat von einem Musikfestival, Fotos ihrer Sprösslinge und die unvermeidliche Aufnahme eines Dromedarritts am Wüstenrand aufgehängt hatte.

»Monsieur Van Penitas, verstehen Sie mich nicht falsch, es ist meine Pflicht, Sie auf all diese Dinge hinzuweisen.«

»Ja, Madame, und es ist meine Pflicht, Ihnen zuzuhören …«

»Nehmen wir nur einmal ein ganz gewöhnliches Ereignis. Eine Niederkunft mitten in der Nacht, und das ist nur ein Beispiel unter vielen. Es gibt noch weitaus kompliziertere Situationen. Nun, dann müssen Sie in der Lage sein, so etwas zu bewältigen …«

»Meine Frau ist Tierärztin. Sie zerlegt sogar tote Kälbchen in der Gebärmutter, bevor sie sie herausholt, da wird sie schon auch ein Zicklein auf die Welt bringen …«

Die Verabschiedung war frostig, und ich ersparte es ihr, mich hinauszubegleiten, während sie sich zu minimalistischen Worten der Ermutigung durchrang. Als ich durch die Schiebetür trat, kam es mir so vor, als würde ich ein Gefängnis verlassen und in meinem Rücken noch die Blicke der Wärterin spüren. Ich eilte die in der Sonne liegenden Treppenstufen hinunter. Vom Asphalt des Parkplatzes stieg eine sengende Hitze auf, aber mich durchflutete eine Welle des Wohlbefindens: Jetzt würde ich mir Valérie und ihren weich gepolsterten Körper in ihrer Villa schnappen, in ihrem Pool würde ich ihre

Muschel spalten. Dann warf ich einen Blick auf die Uhr. Es blieb mir keine Zeit für einen Abstecher zu ihr. »Scheiße!«, entfuhr es mir, während ich auch schon in meine alte Kiste stieg.

Im Ergebnis blieben mir noch zwanzig Minuten bis zum Schulende, und so fuhr ich rasch zu Hause vorbei, um dort beinahe über zwei Kisten zu stolpern, die man offenbar absichtlich auf der Türschwelle abgesetzt hatte. Es war der Wein, den ich bei Bruno bestellt hatte. Ich hatte vor, den Roten für mich zu behalten, und wollte den Weißen meinem Nachbarn Condac für seine verschiedenen Hilfestellungen schenken, aber Bruno hatte nicht aufgepasst und mir zwei Kisten Weißwein geliefert. Ich hätte die Sache am liebsten sofort mit ihm geklärt, aber da erhielt ich einen Anruf von Valérie, die mir sofort entgegenschleuderte:

»Sag mal, Franck, hast du vor, mich wie Luft zu behandeln? Hattest du zumindest die Absicht, mich irgendwann anzurufen, um dich zu erklären?«

»Aber ja, das hatte ich vor. Das wollte ich auch schon tun. Ich hatte wirklich große Lust, dich zu sehen.«

»Aha, du hattest also wirklich große Lust, mich zu sehen? Und deshalb lässt du drei Tage lang nichts von dir hören? Du hattest es vor, du wolltest es schon tun, aber du tust es nicht. Und nach drei Tagen, während derer ich mir die Fingernägel abkaue, bin ICH diejenige, die zum Telefon greift und dich anruft.«

»Das stimmt so nicht, Valérie. Warte … Glaub mir, es tut mir leid, aber …«

Mit starrem Blick auf die Wanduhr besänftigte ich sie,

und es gelang mir, ihre Ansprüche mit ein paar reuevollen Erklärungen herunterzuschrauben. Am Ende hatten wir sogar ein Rendezvous verabredet. Dieser plötzliche, unvorhergesehene Anruf verschaffte mir eine baldige, konkrete Aussicht, eine verlockende Perspektive. Im Auto sagte ich mir, dass Valérie und ich schon mittendrin waren: Beinahe hätte ich mir ein Donnerwetter eingefangen, ich musste tatsächlich schon Rechenschaft ablegen und mich rechtfertigen. Das war doch allerhand. Aber beklagen wollte ich mich nun wirklich nicht darüber, denn dieses beginnende Abenteuer verhieß so manche Annehmlichkeit in meinem Tagesablauf.

Durch das Wortgeplänkel mit Valérie traf ich zu spät bei der Schule ein, aber das hatte durchaus seinen Vorteil. Es ersparte mir, den üblichen Verdächtigen über den Weg zu laufen. Ich brauchte nicht links und rechts zu grüßen oder mich sogar in todlangweilige Gespräche verwickeln zu lassen. Heute waren die Mädchen mit ihren gesammelten Werken des Schuljahres beladen: Gemälde, Zeichnungen und Collagen. Als sie im Wohnzimmer alles ausbreiten wollten, legte ich ihnen nahe, die Ankunft ihrer Mutter abzuwarten, um die Schätze in aller Ruhe gemeinsam in Augenschein zu nehmen. Ich schlug vor, dass wir uns erst einmal mit einem kleinen Imbiss stärkten, bevor wir dann Pläne für den weiteren Verlauf des Tages schmiedeten. Am Morgen hatte ich Zeit dafür erübrigt, ein Honigbrot zu backen, und zwar eines, das vor Honig, Süßholz und Zimt nur so triefte. Nach diesem Festmahl schnappten wir uns alle vier unsere Fahrräder und fuhren einen Weg am Waldrand entlang, der nur leicht bergab führte. In den zwei sandigen, durch einen

Grünstreifen voneinander getrennten Furchen rollten wir dahin und überließen uns den Überraschungen, die die Landschaft für uns bereithielt.

Eine solche Unternehmung konnte leicht ein oder zwei Stunden dauern, vor allem wenn man – wie wir es taten – hier und da in den Wald hineinlief und, umgeben von seinen wunderbaren Düften, Kiefernzapfen sammelte oder den ein oder anderen Farn abriss, der sich um die zarten Zweige der Haselnusssträucher gewunden hatte. Es war ein schöner Ausflug, der uns allen guttat. Niemand nörgelte herum. Der Wald war für mich so etwas wie ein grundlegendes pädagogisches Werkzeug, seit ich Vater war, und ich schätzte es sehr, einen Wald in unmittelbarer Nähe zu haben. Es war ein zugleich vertrauter und fremder Ort, an dem man Unerwartetes erleben konnte wie nirgendwo sonst. Außerdem erzählten mir meine Töchter gerade hier manchmal Geschichten in einer solch unverblümten Offenheit, als folgten sie einer seltsamen Eingebung dieses Ortes.

Danach folgte die abrupte Rückkehr in den Alltag. Ich hatte ein Auge auf die Reinigungsprozeduren, während ich zwischen dem Badezimmer und der Waschküche sorgsam Wäsche zusammenlegte. Julie war zuerst fertig und wollte mir ein wenig helfen. Von einem plötzlichen Mitteilungsbedürfnis gepackt, wie man es hin und wieder bei schüchternen Kindern erlebt, legte sie mir detailliert dar, wie und warum sie Tierärztin werden würde wie ihre Mutter. Wie recht du hast, sagte ich mir, was für ein schöner Beruf, er erfordert Hingabe und Unabhängigkeit, ideal, um zu Hause immer nur flüchtig vorbeizuschauen, dafür aber zu bumsen, was sich am Wegesrand bietet. Und als ich mechanisch vor mich hin murmelte, sie solle weiterhin fleißig in der Schule lernen, behauptete sie, dass ihre Mama sie schließlich abfragen könne und ihr schwierige Dinge ja auch erklären würde. Jetzt wurden wir durch Valouise unterbrochen, die zum wiederholten Mal die Anschaffung eines Fernsehers einforderte, wobei sie die verdrehten Argumente einer fünfjährigen Göre bemühte. Ich hatte nicht vor, in diesem Punkt nachzugeben. Da machte ich keine Zugeständnisse, auch auf die Gefahr hin, dass meine Töchter in den Augen ihrer Freundinnen als zurückgeblieben gelten mochten. Mein Entschluss stand fest: Dieses Gerät kam mir nicht ins Haus. Sollten meine Kinder etwa stundenlang auf den Knöpfen einer Fernbedienung herumspielen?

Andrea hatte angefangen, um den Wäscheständer herumzutanzen, und Julie hatte noch einmal ihre Litanei über ihre Berufung zur Tierärztin aufgenommen, während Valouise noch immer nicht ihren Schlafanzug anhatte. Wieder einmal hingen mir die drei Kletten am Bein. Sie folgten mir auf Schritt und Tritt und gingen mir schließlich mit ihrem Gezirpe auf die Nerven wie lästige Insekten. Ich ertrug es einfach nicht mehr, die Abende allein mit ihnen zu verbringen. Zu guter Letzt begann Julie auch noch zu weinen, als Valouise durch einen Rempler von Andrea auf den Wäscheständer fiel und die Hälfte der Strümpfe mit sich zu Boden riss.

»Jetzt ist aber Ruhe! Ihr haltet sofort den Mund! Ihr deckt den Tisch, und ich will keinen Mucks mehr von euch hören! Macht schon! Ich meine es ernst.«

Valouise verpasste ich noch einen leichten Schubs, weil sie das Ganze offenbar einfach nur lustig fand.

Welch freudiger Anblick bot sich, als ich nun den Kühlschrank aufmachte. Es herrschte gähnende Leere – bei dem Rhythmus, der meinen Tagesablauf gegenwärtig bestimmte, hatte ich die Lebensmittelversorgung sträflich vernachlässigt. Es war zu spät, um irgendetwas aufzutauen. Ein solcher Notstand bereitete mir allerdings kein großes Kopfzerbrechen. Ich stand ohnehin etwas neben mir, griff ein wenig abwesend nach einer Packung dreifarbiger Nudeln und machte eine Dose Tomatensauce ausfindig, die sich ganz hinten im Wandschrank versteckt hatte. Im Wohnzimmer herrschte gemäßigter Lärm, aber ich ließ nun ohnehin meine Gedanken schweifen, während ich eine Knolle Rote Bete in kleine Würfel schnitt, die blutrot ausfärbten. Ich war es gewohnt, Mahlzeiten zuzubereiten, das bedeutete keine Quälerei für mich, ich fand immer eine Lösung. Dabei ging ich in der Küche rein mechanisch vor: Es bedurfte lediglich eines gewissen Einfallsreichtums, um grundlegende Zutaten mithilfe elementarer Geräte zuzubereiten. Ich hatte noch einmal gemahnt, dass ich keine weiteren Eskapaden dulden würde, und nachdem sie den Tisch abgeräumt, sich gewaschen und die Zähne geputzt hatten, willigte ich ein, ihnen auf dem Computer einen Zeichentrickfilm einzulegen. Ich nahm die restlichen Aufräumarbeiten in Angriff und träumte dabei von Valérie. Ich malte mir die Zukunft aus und ahnte doch, dass dieses Abenteuer so enden würde wie manch anderes. Wie lange würde es dauern? Ein paar Wochen vielleicht; und was würde dann geschehen? Zwangsläufig würde es Aufsehen erregen, es würde Gerede geben und zu Wechselwirkungen und Folgeerscheinungen oder gar zu Vergeltungsschlägen kommen …

Gisèle kam erst deutlich nach neun Uhr abends nach Hause. Die Mädchen stürzten in ihre Arme. Ihre angespannten Gesichtszüge ließen mich erahnen, dass sie einen schwierigen Tag hinter sich hatte, aber vielleicht hatte sie ihn auch auf dem Schreibtisch von Ricard-Schmitt beendet, was einen ruhigen Ausklang des Arbeitstags nicht unbedingt begünstigt hätte. Nach den Streicheleinheiten bei den Kindern zog sie mit Blick auf mich nur eine leichte Schnute, die besagte: »Oje, ich kann nicht mehr …«

»Du solltest etwas kürzertreten.«

»Morgen Vormittag gehe ich nicht arbeiten, da werde ich durchatmen und mich ein wenig ausruhen …«

»Soll ich dir ein Glas Wein holen, um darauf anzustoßen?«, lautete mein zweideutiger Vorschlag, denn er konnte gleichermaßen wohlwollend wie sarkastisch aufgefasst werden.

»Da sage ich nicht nein …«

Trotz aller Erschöpfung funkelte unter den müden Lidern in ihren Augen eine große Lebendigkeit.

In der Nacht hatte ich viel geträumt, höchst absonderliche Träume. Sie kreisten vor allem um diese seltsame Frau, die Unternehmensberaterin, und spielten auf einem verlassenen Gehöft, in einer alten Scheune. Ich war nicht wirklich ein Gefangener, aber frei war ich auch nicht. Der Traum vermittelte das Gefühl einer langen zeitlichen Ausdehnung und ließ mich glauben, ich befände mich schon seit Jahren in dieser Situation. Das Traumgeflecht besaß eine solche Dichte, dass ich mich nicht aus meiner Verstrickung befreien konnte. Am Ende kam es zu Gewalttätigkeiten: Ich schlug mit bloßen Händen wie entfesselt auf meine Kerkermeisterin ein, getrieben von einer fürchterlichen Wut und der Absicht, ihr den Garaus zu machen, zugleich aber auch von der verzweifelten Angst, dies möge mir nicht gelingen. Sie hingegen hatte ein Messer, mit dem sie zum Schluss zu einem einzigen, tiefen und entscheidenden Stich ausholte.

Mit weit aufgerissenen Augen schreckte ich hoch und glaubte fälschlicherweise zunächst, ich hätte das ganze Haus mit meinem Geschrei aufgeweckt. Gisèle und ich hatten am Abend ein wenig getrunken, draußen vor dem duftenden Geißblatt. Wenn wir eine Flasche Wein öffneten, leerten wir diese im Allgemeinen auch am gleichen Abend und beließen es dabei. Diesmal hatte ich eine zweite geöffnet. Wir führten eine lockere Unterhaltung, waren dabei entspannt wie schon lange nicht mehr, und ich hatte einen kecken Gefallen daran gefunden, die konfliktträchtigen Themen absichtlich zu umgehen: ihren übermäßigen Einsatz in der Klinik, ihre mangelnde Präsenz zu Hause, unser Eheleben, die unklare Rolle, die Carlos und Valérie Ricard-Schmitt dabei spielten …

Mein erster bewusster Gedanke galt meiner Verabredung mit Valérie, und diese Aussicht vermochte es, die bösen nächtlichen Dämonen ins Abseits zu drängen. Rasch hatten sie sich zu einem untergründigen Unbehagen verflüchtigt, die vagen Bruchstücke waren nur noch schwach in meinem Gehirn verankert und lösten sich bald ganz auf. Ich ging für eine Weile nach unten und stellte fest, dass ich einen leichten Kater hatte, der allerdings mein kognitives Vermögen nicht sonderlich beeinträchtigte. Ich schaltete die Kaffeemaschine ein, bevor ich eine Brausetablette in einem Glas Milch auflöste, was ja nichts schaden konnte – diesen Trick hatte mir einer der trinkfesten Stammgäste bei Bruno verraten.

Abgesehen davon sprach alles dafür, dass ein großartiger Tag vor mir lag. Ich hatte vor, nicht allzu spät in die Stadt aufzubrechen, damit ich ein wenig durch die Straßen schlendern konnte, bevor ich mich mit Valérie traf. Gisèle hatte sich zwar den Vormittag freigenommen, würde aber vermutlich trotzdem gegen halb elf in die Klinik aufbrechen; ich könnte mich also gleich nach ihr ebenfalls auf den Weg machen. Ich fragte mich, welche Kleidung Valérie wohl gewählt haben würde; es amüsierte mich, an die Schwierigkeiten zu denken, die sich ergeben würden, um zu ihr zu gelangen. Es war erstaunlich, welche Wirkung sie auf mich ausübte, wo sie mir bis vor zehn Tagen kaum mehr als einen leichten Widerwillen eingeflößt hatte. Jahrelang hatten wir es bei zwei schlichten Küsschen links und rechts belassen, ohne dass sich unsere Körper dabei berührt hätten, ohne jedes Knistern. Nicht einmal eine Hand um die Taille oder auf der Schulter hatte es gegeben, und unterhalten hatten wir uns eigentlich auch nie wirklich. Nun aber hatten wir uns innerhalb einer flüchtigen Viertelstunde zu einer ungemein körperlichen Aktivität hinreißen lassen, wo doch bisher vor allem Verlegenheit unsere Beziehung beherrscht hatte. In den verhängnisvollen Augenblicken unserer plötzlichen, brutalen Erregtheit hatten wir beide Schreie ausgestoßen – ich wie ein Holzfäller, der stöhnend seine Axt niedergehen lässt, und sie wie eine Sängerin, die wehklagend ihre Stimme erhebt.

Diese Szene war unvereinbar mit jener Valérie Ricard-Schmitt, die neulich abends kerzengerade und mit zusammengehaltenen Knien artig in meinem Wohnzimmer gesessen und stolz von den neuesten Heldentaten ihres Gatten berichtet hatte, nachdem sie kurz zuvor ihre beiden Taugenichtse ermahnt hatte, ihre Kleidung nicht zu beschmutzen. Und doch war es dieselbe Frau, die mich am Tag zuvor angerufen und gerügt hatte, weil ich nichts von mir hatte hören lassen, dieselbe Frau, deren lustvolles Grinsen ich durch das Telefon gespürt hatte, als wir ein zweites Rendezvous ausmachten. Vielleicht war das alles den besonderen Umständen geschuldet, dem Schmetterlingseffekt, den kommunizierenden Röhren, dem Wunsch nach Kompensation – es gab viele Theorien, denen ich aber keine besondere Aufmerksamkeit schenkte, während ich den Tisch für das gemeinsame Frühstück deckte.

Die ganze Familie war nun auf. Gisèle kümmerte sich um die Mädchen, und ich machte keinerlei Anstalten, mich einzuschalten, sondern blieb am Tisch sitzen, hörte mit einem Ohr Radio, las mit einem Auge Zeitung, hielt mit zwei Fingern den Henkel meiner Tasse umfasst und zog bei allem Trubel um mich herum lediglich die Augenbrauen leicht hoch. Als Julie vorüberkam, bat ich sie, mir Kaffee nachzuschenken und eine Brotscheibe in den Toaster zu schieben. Alles war perfekt. Das hatte keine sonderliche Bedeutung, aber es tat manchmal einfach gut, sich zu sagen, dass alles perfekt war.

Gisèle und ich hatten beschlossen, die Mädchen in die Schule zu bringen und anschließend auf den Markt zu gehen. Erst im letzten Augenblick sprang ich unter die Dusche. Ich trocknete mich in aller Ruhe ab, rasierte mich gründlich und putzte mir sorgfältig die Zähne, bevor ich mir pfeifend die Strümpfe anzog. Die Mädchen standen, ihre Schultaschen auf den Rücken, schon bereit, aber ich ließ mir Zeit beim Anziehen meines T-Shirts. Ich füllte auch noch rasch eine Waschmaschine mit Schmutzwäsche und stellte sie an. Diesmal würde ich mich erst beeilen, wenn Gisèle schon fertig war. Pah, jetzt war ich mal dran, mir ein wenig Zeit zu lassen und sorglos zu sein, so oft kam das schließlich nicht vor. Ich sinnierte über die Sorglosigkeit, die anfangs so reichlich vorhanden ist im

Leben. Aber wie schnell ist sie verflogen, und später ist es schwer, noch einmal zu ihr zurückzufinden. Die Haustür wurde geöffnet, dann kehrte Stille ein. Ich nahm einen letzten Schluck Kaffee und lauschte aufmerksam dem Ende eines Berichts im Radio. Draußen im Auto wurde bereits gehupt. Als ich in den Allradwagen stieg, fielen sie über mich her: Ich sei eine richtige Schlafmütze, ein Faulpelz. Ich gab alles bereitwillig zu und gestand, dass ich heute Morgen Lust hatte, mir Zeit zu nehmen und zu trödeln – und lächelte dabei.

Wegen des Marktes mussten wir eine Umleitung fahren, um zur Schule zu gelangen. Dieses Dorf besaß keinerlei Charme, es gab eine einzige lange Durchgangsstraße und einen Dorfplatz in der Mitte. Wie eine Hühnerschar sprangen die Mädchen auf den Gehsteig. Trotz des Menschenauflaufs fanden wir einen Parkplatz in der Nähe des Friseursalons der dicken Christine. Von dort schlenderten wir zu Fuß zu den Marktständen. Hier kaufte ich normalerweise einen Großteil der Lebensmittel. Hier ließ ich mich durch meine Augen und meine Nase inspirieren und entwarf im Geiste den Essensplan für die ganze Woche. Wir drehten eine Runde an den Verkaufstischen vorbei, die Stimmung war angenehm. Am Ende hakte sich Gisèle bei mir ein. Sie wollte noch bei Bruno vorbeigehen und eine Zeitung kaufen. Dort bestellte ich zwei große Tassen Kaffee, während sie sich auf ein Gespräch mit Malika einließ.

Wie auf Kommando kamen an den Markttagen alle, die in den abgelegenen Winkeln der Berge als Züchter oder Landwirte tätig waren, ins Dorf herunter, um ihren wöchentlichen Kontakt mit der Zivilisation nicht zu verpassen. Dennoch gelang es mir, Bruno beiseitezunehmen und ein Thema anzuschneiden, das mich seit dem Vortag beschäftigte. Wie erwartet wollte er seinen Irrtum nicht zugeben. Er behauptete, dass ich zwei Kartons Weißwein und nicht einen Karton Weißwein und einen Karton Rotwein bestellt hätte. Darauf erwiderte ich, das stimme nicht und ich sei allein schon deswegen sicher, weil ich Weißwein nicht sonderlich mochte. Warum hätte ich also einen Karton bestellen sollen, wo mir nichts an Weißwein lag? Natürlich hieß das nicht, dass ich niemals welchen kaufte! Manchmal trank ich sogar welchen, wenn er es genau wissen wolle. Und in diesem Fall war der Karton Weißwein für Francis Condac bestimmt …

»Na, dann musst du dich wohl geirrt haben! Du hast ihm den Rotwein gegeben und aus Versehen selbst den Weißwein behalten …«

»Verflixt, Bruno, wenn ich dir doch sage, dass du mir zwei Kartons Weißwein geliefert hast … Hör auf, alles zu verdrehen.«

»Gut, ich muss das überprüfen. Mag sein, dass sich jemand findet, dem ich Rotwein geliefert habe und der Weißwein wollte, das ist natürlich auch möglich …«

Er war wirklich ätzend, wenn er sich etwas in den Kopf gesetzt hatte. Es hätte nicht viel gefehlt, und er hätte mir mit seinem Misstrauen die Laune verdorben.

Kurz vor zehn Uhr waren wir wieder zu Hause. Bis wir die Einkäufe verstaut, die Tassen vom Frühstück in die Spülmaschine geräumt sowie unter der Pergola einen weiteren Kaffee getrunken und dabei in der Zeitung geblättert hatten, zeigte die Uhr zwanzig nach zehn. Gisèle schien es nicht eilig zu haben, ganz im Gegenteil. Sie genoss die Sonne auf der Außentreppe, bevor sie gemächlich zum Garten hinüberschlenderte, den sie vollkommen entspannt in Augenschein nahm. Sie gab dem Verlangen nach, einen Strauß Nelken zu pflücken. Dann kehrte sie mit einer Zeitschrift ins Wohnzimmer zurück, legte die Beine auf den kleinen Tisch, schlug sie übereinander und blätterte beiläufig durch die Seiten. Mal lachte sie belustigt auf, mal hielt sie verblüfft inne.

Meine Pläne drohten ins Wasser zu fallen. Ich startete einen Versuchsballon, um ihre Absichten auszuloten:

»Was willst du heute Mittag essen?«

»Du hast doch diesen hervorragenden Schinken gekauft. Dazu ein Spiegelei und Salat. Hinterher ein bisschen Käse ... Und ich will unbedingt dieses schöne frische Brot probieren.«

»Oha, das wird aber ein opulentes Mahl ...«, merkte ich an, um zu kaschieren, in welche Bedrängnis mich ihr Ansinnen brachte.

Nun, noch war nichts verloren, was meine Verabredung mit Valérie anging, aber in Anbetracht des Verlaufs, den dieser Vormittag nahm, war nicht auszuschließen, dass meine Frau tatsächlich auf die Idee kam, ihren Arbeitstag erst um fünfzehn Uhr zu beginnen. Das hieß nicht, dass ich an Ort und Stelle festgenagelt war. Natürlich konnte ich unter einem Vorwand das Auto nehmen. Aber es war ärgerlich, ich müsste zu Erklärungen ausholen, eine kurzfristige Ausrede erfinden, und die Vorstellung gefiel mir nicht. Wenn ich schon bei der zweiten Verabredung damit begann, Lügen aufzutischen, wohin würde das demnächst führen? Nein, es war auf jeden

Fall besser, die Ärmel hochzukrempeln und mich fürs Erste mit den Rahmenbedingungen zu arrangieren. Also machte ich mich an die Arbeit. Ich hatte das Mittagessen so vorbereitet, dass wir um genau zwölf Uhr essen konnten. Um halb zwölf war bereits der Tisch gedeckt. Und genau diesen passenden Zeitpunkt wählte Gisèle, um ihre Mutter anzurufen. Etwas Besseres fiel ihr wohl nicht ein. Die Zeitverschiebung spielte keine Rolle: Die alte Schachtel schlief nicht mehr als drei Stunden pro Nacht.

Jetzt blieb mir nichts anderes übrig, als mich nach draußen zu begeben, das war mein einziger Rückzugsort. Zum Glück konnte ich mich hier noch dem Vergnügen überlassen, die liebevoll gehegten, wohl gedeihenden Erzeugnisse in dem gut angelegten Universum meines Gemüsegartens zu betrachten. Bald würde ich daran denken müssen, regelmäßiger zu gießen – jetzt, wo es immer heißer wurde. In der Zisterne war noch reichlich Wasser, das ich für die kommenden Wochen gut würde gebrauchen können und deshalb noch nicht anrühren wollte. So lange wie möglich wollte ich Wasser aus dem Brunnen schöpfen. Im Augenblick sah alles noch wunderbar aus, das Wetter und die Natur legten eine ungetrübte Heiterkeit an den Tag. Man muss Geduld haben, so lautet eine der Lektionen, die die Gartenarbeit uns lehrt. Alle Zwischenfälle und Ärgernisse fielen letztlich nicht weiter ins Gewicht; wie auch immer die nächsten Stunden ablaufen würden, ich würde die empfindsamen Stellen bei Valérie schon wiederfinden. Bei diesem Gedanken durchfuhr mich ein Schauer der Lust, der mich auf meinem Weg zum Hühnerstall begleitete. Ich fand drei Eier und beglückte die fleißigen Hennen als Entschädigung mit etwas Wasser aus der Gießkanne. Der Anblick dieses armseligen Federviehs gefiel mir nicht besonders. Ihre Unfähigkeit stillzusitzen und ihre Art, unentwegt starre Blicke in alle Richtungen zu werfen, hatten nichts Einnehmendes. Trotzdem waren sie sehr nützlich und stellten keine hohen Ansprüche. Heute Abend würde ich sie eine Weile frei laufen lassen, wenn mir noch ein wenig Zeit blieb – dann musste man sie aber auch im Auge behalten, damit sie sich nicht an meinen Beeten labten. Letztes Jahr hatten mir diese sechs Monster mit gierigen Schnäbeln dreißig Brokkoli-Pflänzchen in nicht einmal zehn Minuten abgefressen.

So sahen meine Beschäftigungen aus, jetzt wo ich auf dem Lande lebte. Hin und wieder hatte ich genug von diesem Bauerndasein. Nicht, dass mir die Häuserschluchten unbedingt gefehlt hätten. Aber ich war das städtische Panorama und das städtische Leben gewohnt gewesen. Ich hatte dort meine Bezugspunkte und Bekanntschaften gehabt, ohne dass ich besonders gesellig gewesen wäre. Die Berge hingegen blieben, abgesehen von den wenigen Durchgangsstraßen, eine undurchdringliche Entität, ein geheimnisvolles Reich, das die Fähigkeit besaß, dem Menschen ein Gefühl seiner eigenen Geringfügigkeit, seines Alleinseins und seiner Abgeschiedenheit zu vermitteln. Das waren meine Gedanken, während ich hier und da Steine auflas, die aus der Erde des Gemüsegartens herausragten. Die Größeren warf ich in Richtung des Waldrandes. Oder war es eher das Bedürfnis, wieder den Ort zu wechseln, die Lust auf einen neuen Lebensabschnitt, der Wunsch, einen Schlussstrich unter das zu ziehen, was ich hier irgendwie doch aufgebaut hatte? Der Gemüseanbau, der Hühnerstall, die nicht gerade tiefgründigen Bekanntschaften, der Rückzug nach innen …? Hinter mir drang aus weiter Ferne eine laute Stimme zu mir herüber und brachte mich in die Wirklichkeit zurück. Es war Gisèle:

»Hallo, ich werde noch zu spät kommen. Können wir essen?«

Ich war als Erster angekommen und hatte einen Kaffee getrunken. Vor mir lag eine aufgeschlagene Zeitung, der ich jedoch keine große Beachtung schenkte. Da Valérie noch immer nicht auftauchte, bestellte ich einen zweiten Kaffee. Sie war mindestens schon zwanzig Minuten zu spät. Jedoch regte sich bei mir keinerlei Unmut, ich war bereit, ergeben zu warten, und darauf gefasst, die Verspätungen, die Verzögerungen, die Verschiebungen und Absagen hinzunehmen, mit denen sie mich konfrontieren mochte. Das Café war eines von der Sorte, wo die livrierten Kellner im Allgemeinen eher Tee servierten als die üblichen Alkoholika. Wir hatten verabredet, uns drinnen zu treffen, wie man es bei einem heimlichen Rendezvous vorsichtshalber tut, und das erwies sich jetzt als umso nützlicher, da eine dicke Wolkenschicht den Himmel erobert hatte. Frische Windböen fuhren in die frühsommerlich luftige Kleidung und ließen sie plötzlich unpassend erscheinen. In der Nacht sollten zweiunddreißig Millimeter wohltuender Regen fallen, die mein Garten gut gebrauchen konnte.

Ich erkannte sie schon von Weitem durch die Glasscheibe, eine blasse kleine Gestalt, die den Platz überquerte, dann das ausgeprägte Wiegen ihrer Hüften, den geschmeidigen Gang, der es nicht eilig hatte, das Haar, das über die Schultern fiel. Der Wind wehte durch die Weiden. Die Erregung stieg ein paar Grad an und war schließlich kaum noch auszuhalten. Je näher sie kam, desto besser konnte ich die Details ihrer Kleidung ausmachen: ein weißes Kleid oder ein weißer Rock, flache Schuhe, und ein langärmliges Jäckchen hatte sie vorsichtshalber auch dabei. Endlich stieß sie kraftvoll die Tür auf, entdeckte mich und kam mit einem freudigen Lächeln auf mich zu.

»Ich bin fürchterlich spät dran!«, stellte sie leichthin fest – gerade so, als hätte sie gesagt: »Was für ein schöner Tag ist das heute!«

Dann band sie sich das Haar zu einem Pferdeschwanz zusammen und setzte sich, ohne mich zu küssen. Kaum war ihr Pferdeschwanz zur Ruhe gekommen, eilte der Kellner – leise wie auf Samtpfoten wandelnd – auch schon herbei. Während Valérie ein Mineralwasser bestellte, fiel mir auf, dass sie eine strahlende Haut hatte.

»Was soll jetzt geschehen, Franck?«

Damit hatte sie mich kalt erwischt. Diese Art von Grundsatzfragen hatte ich nicht vorhergesehen. Und ich wusste aus Erfahrung, dass man bei solchen plötzlich aufgeworfenen Ratespielchen viel verlieren konnte, wenn man sich unüberlegt darauf einließ. Da konnte man wirklich ins Fettnäpfchen treten. Außerdem hatte ich selbst keine Ahnung; daher entschloss ich mich, den Dummen zu spielen.

»Ich weiß nicht … Ich werde nicht in der Lage sein, Hotelzimmer nach Belieben zu bezahlen. Ich verdiene ja kein Geld, wie du weißt. Bei uns bringt Gisèle das Geld nach Hause. Ich bin finanziell nicht unabhängig, und somit bleibt mir kein großer Handlungsspielraum. Bei dir ist es vermutlich genauso, oder?«

»Wie soll ich das denn verstehen? Du schlägst mir also vor, hin und wieder im Grünen eine Nummer zu schieben? Willst du, dass ich mir einen Zeckenbiss einfange?«

Wir wurden unterbrochen, da der Kellner wieder bei uns auftauchte. Solange er uns bediente, schwiegen wir beharrlich. Derweil fiel mir ein, dass ich vergessen hatte, die Wäsche aufzuhängen.

»Wie soll es mittelfristig deiner Meinung nach weitergehen?«, nahm sie die Fragerei wieder auf. »Haben wir eine Affäre? Oder nur eine Liebelei ohne jede Zukunft? Worauf bist du aus?«

»Du stellst mir viele Fragen. Und das ist dein gutes Recht, du willst wissen, auf was du dich einlässt, wen du vor dir hast, was ich im Sinn habe. Das ist ganz normal. Ich verstehe das ... Aber ich weiß es nicht, Valérie. Ich habe keine Zeit gehabt, zu mir zu kommen, du vermutlich auch nicht. Wir haben einen Schritt ins Ungewisse gemacht. Ich glaube, wir sollten ein wenig Zeit ins Land gehen lassen, ohne uns allzu sehr den Kopf zu zerbrechen. Ganz ehrlich, mehr kann ich dir auch nicht sagen. Jedenfalls habe ich nichts anderes auf Lager ...«

Natürlich musste man damit rechnen, dass die Sache alles andere als einfach sein würde. Und diese Art Gespräche würden in der Zukunft erneut geführt werden müssen, das war absehbar. Für den Augenblick jedoch schien Valérie sich mit diesem ersten Wortschwall zu begnügen. Meine wirren Ausführungen hatten ihren

Fragedurst offenbar gestillt. Umso besser, denn ich hatte keine Lust, noch mehr zu reden, keine Lust, weiter zu argumentieren – ich hatte Lust auf sie, eine totale Lust, eine gierige und drängende Lust.

»Lass uns gehen«, raunte ich ihr zu, obwohl ich ganz genau wusste, dass sie noch keinen einzigen Schluck von ihrem Wasser genommen hatte.

Ich hatte ein Bein zwischen ihre Beine geschoben, um meinen Worten Nachdruck zu verleihen, aber sie schenkte dieser Annäherung keine Beachtung und stürzte sich stattdessen in Betrachtungen über die Ungehörigkeit der ganzen Situation und die Plötzlichkeit unserer Beziehung. Dabei spielte sie unentwegt mit dem in einer Zitronenscheibe steckenden Strohhalm. Ein paar Minuten später beteuerten wir uns wechselseitig, dass wir nie zuvor an dergleichen gedacht hatten: Weder der eine noch die andere hatte sich zu dem einen oder zu der anderen hingezogen gefühlt, zumal keiner von uns das Bedürfnis verspürt hatte, seinen Partner zu betrügen.

Valérie fand Gefallen daran, die Kommunikation weiterzutreiben. Sie verfügte über ein gutes Repertoire an Automatismen und verstand es, ein Gespräch zu lenken. Dabei verströmte sie eine große Natürlichkeit und untermalte ihre Worte mit passenden Gesten. Ich hingegen ließ mich nie wirklich von einem Gespräch fortreißen und hielt meine Hände ruhig. Ich gab nicht viel preis und war stets ein wenig auf der Hut – während Valérie sich kaum zurückhielt. Ihre Äußerungen, Bekundungen und Geständnisse sprudelten ziemlich ungefiltert aus ihr hervor.

Mir wurde rasch klar, dass ich mich nicht zwingend

in das Gespräch einbringen musste. Deshalb fixierte ich mit meinem Blick ganz präzise eine Stelle an ihrer Nasenwurzel, zwischen den Augen. Hier verankert, konnte ich ihr eine ständige Aufmerksamkeit vorgaukeln und dabei meine Gedanken ohne jede Gefahr schweifen lassen: Valéries überschwänglicher Eifer, ihr hemmungsloser Wunsch sich mitzuteilen, ließ auf ein ziemlich armseliges Seelenleben schließen und auf die Unfähigkeit, allein zu sein. Diese Gegebenheiten musste ich im Auge haben, denn es bedeutete, dass sie schon bald ein offenes Ohr für ihre Probleme von mir verlangen würde. Dann müsste ich eine echte sentimentale Betroffenheit an den Tag legen, ihr ewig zuhören und sogar Lösungen finden, oder doch zumindest aufmunternden Trost spenden.

Solche Dinge sieht man als Anfänger in Sachen Untreue nicht in vollem Umfang voraus. Mir wurde schlagartig klar, dass ein Ehebruch sich nicht zwangsläufig auf eine Bettgeschichte beschränkte, sondern womöglich ein echtes psychologisches Beiwerk mit sich brachte.

»Verzeih mir meine Neugier, aber … schläfst du noch mit deiner Frau?«

»Ja, das kommt schon vor. Aber ich nehme an, dass sie öfter mit deinem Mann schläft.«

»Tja, das ist möglich. Carlos hat mich seit Anfang des Jahres nicht mehr angefasst. Abends sehe ich ihn selten vor halb zehn. Ich weiß nicht, was er treibt. Meistens hat er schon zu Abend gegessen, wenn er nach Hause kommt. An seinen freien Tagen geht er zum Sport, spielt Squash oder bringt Paul-Phillip zum Tontaubenschießen. Jedenfalls ist das …«

So wie die Unterhaltung jetzt lief, drohte sie sich endlos in die Länge zu ziehen. Ich verordnete mir ein Bier, das ich in zwei Minuten leerte. Valérie ergriff die Gelegenheit und schwenkte nun über zu den Schwierigkeiten, die sie im Alltag mit ihrer Tochter hatte: Trotzanfälle, Unverschämtheit, Blutarmut und Angstzustände … Das besagte Kind war gerade einmal neun Jahre alt. Ihre Mutter hatte ihr Heim doch wohl nicht verlassen, um diese Dinge auf den Tisch zu bringen!

»Ach, es ist im Augenblick nicht einfach, es ist nicht einfach. Ihre Erziehung ist ein einziger Hindernislauf. Nein, es ist wirklich nicht einfach.«

»Ja, sieht ganz so aus, dass es nicht einfach ist.«

»Ein Problem nach dem anderen tut sich auf …«

»Ja, das wundert mich nicht. Kinder erziehen heißt vor allem Probleme lösen …«

Mit diesem weisen Spruch nahm ich forsch die Bezahlung der Getränke in Angriff, schob meinen Stuhl geräuschvoll auf dem Kachelboden zurück und stand energisch auf.

»Wo hast du geparkt?«

Valérie schlug die Richtung zu den Uferstraßen ein. Im Café hatte ich gezögert, das Thema anzuschneiden, denn ich wusste nicht recht, wie ich es anstellen sollte. Auch jetzt war der Zeitpunkt nicht günstig, aber in diesem Punkt musste ich Klarheit haben.

»Sag mal, Valérie, ich frage mich …«

Ich gab meiner Unterbrechung Raum, um einen größeren Effekt zu erzielen.

»Ich habe letzten Monat einen anonymen Brief erhalten. Von jemandem, der behauptet, Gisèle hätte eine

Beziehung mit einem anderen. Hast du auch Post bekommen?«

»Meine Güte, ich brauche keinen Brief, um zu verstehen, was da vor sich geht. Nein, ich habe nichts bekommen. Und du weißt nicht, wer ihn dir geschickt hat?«

»Nein, ich habe keine Ahnung. Um ehrlich zu sein, habe ich nicht ausgeschlossen, dass du diejenige bist ...«

»Jetzt hört sich aber alles auf! Was ist das denn für eine merkwürdige Idee?«

»Ich dachte ja nur, dass dies eine mögliche Erklärung sein könnte ... Vielleicht hattest du ja Carlos und Gisèle im Verdacht. In diesem Fall, ganz gleich, ob der Verdacht begründet war oder nicht, hätte ein kleiner anonymer Brief nichts geschadet, und die Karten wären auf den Tisch gekommen.«

»Stimmt, es wäre nicht vollkommen idiotisch. Aber wie du siehst, habe ich es vorgezogen, erst einmal mit kategorischen Maßnahmen zu warten, und dann habe ich das direkte Gespräch mit dir gesucht. Im Übrigen weiß ich nicht, ob ich richtig gehandelt habe, wenn ich bedenke, wie du darauf reagiert hast ...«

Das war der Augenblick, um eine Hand zwischen ihre Schenkel gleiten zu lassen.

»Vergiss das wieder«, sagte ich und fuhr mit der Hand an der Innenseite ihres Knies weiter nach oben. »Denk nicht mehr daran. Lass uns lieber etwas anderes tun.«

Wir waren mittlerweile an der gleichen Stelle wie beim letzten Mal angelangt, nur noch ein paar Meter waren auf dem holprigen Weg zurückzulegen. Ich tastete mich bereits unter ihrem Rock weiter nach oben und öffnete die ersten Knöpfe ihrer Bluse.

»Oh, Franck, warte noch kurz ...«

Der kleine Verweis konnte ihre Vorfreude nicht verhehlen – hart und mitleidlos wurde die Handbremse gezogen. Jetzt konnte ich meine Angriffe ausweiten, und sie hielt es für angebracht, mich um etwas Sorgfalt bei ihrem Büstenhalter zu bitten: Das Exemplar, das sie in der letzten Woche getragen hatte, war offenbar in den Mülleimer gewandert.

»Ach, wo wir gerade dabei sind, meinen lachsfarbenen Slip hast du mir auch noch nicht zurückgegeben.«

Ich hatte mich bereits nach hinten bemüht und machte mich fieberhaft an meinem Hosenstall zu schaffen. Ich wollte die Rückbank in ihrer ganzen Länge ausnutzen, aber sie kam mir zuvor und wuchtete sich mit ganzer Kraft auf mich, die Knie in die weichen Polster der Sitze gepresst. Ich fügte mich wie erlöst in die klebrige und mir den Atem raubende Inhaftierung, die mir beinahe jede Bewegungsfreiheit nahm. Blitzschnell fand Valérie zu heftigen rhythmischen Stößen, bei denen ihr Hals immer wieder gegen mein Kinn klatschte. Ihr heftiges Auf und Ab stand in krassem Gegensatz zu ihrer zarten, kleinen fleischfressenden Pflanze.

Als sie sich schließlich erschöpft auf mich sinken ließ, raunte ich ihr ins Ohr, welchen schicksalhaften Weg ihr lachsfarbenes Höschen genommen hatte.

Frühmorgens war ich oft in meinem Garten zu finden. Es machte mir Spaß, ihm die schönsten Stunden des Tages zu widmen, noch dazu an den schönsten Tagen des Jahres, noch dazu in den schönsten Jahren meines Lebens. Die reiche Ausbeute an Zucchini und frühen Tomaten entschädigte mich für die Arbeit, die ich seit dem Winter hier hineingesteckt hatte. Nachmittags ruhte ich mich aus, räumte hier und da etwas auf, las ein wenig, überließ mich dem Müßiggang oder hielt sogar ein Schläfchen, außer an den Tagen, an denen ich Valérie für ein Schäferstündchen traf.

Es war uns zur Gewohnheit geworden, uns gegen vierzehn Uhr bei ihr zu treffen. Da sie nicht arbeitete, war es leicht, passende Zeitfenster zu finden. Außerdem hatte sie vor Kurzem ihre Putzfrau entlassen. Man musste nur geschickt ein paar kritische Eckpunkte umschiffen: Am Mittwoch waren die Kinder da, und auch die Mittagspause ihres Mannes und meiner Frau musste man bedenken, zumal diese nicht immer zur gleichen Zeit stattfand. Ich meinerseits musste rechtzeitig wieder zu Hause sein, um die Mädchen von der Schule abzuholen, und dann ging ja beinahe schon wieder ein neuer Tag los. Damit konnte ich gut leben. Wenn wir am Nachmittag eine Kleinigkeit gegessen hatten, machte ich mich mit den Mädchen jetzt häufig auf den Weg in den Wald. Wir hatten damit begonnen, ein Baumhaus zu bauen, was mehrere Tage in Anspruch nahm und die Kinder nicht mehr losließ. Unser Eifer trieb uns sogar dazu, am Wochenende ein Picknick dort zu veranstalten. An einem anderen Abend hatten wir ein riesiges Ratatouille gekocht. Alle hatten beim Gemüseschneiden geholfen, Julie hatte die Zucchini übernommen, ich hatte die Zwiebeln und Paprika geschnitten, während Valouise und Andrea die Tomaten zerlegten.

Bald sprachen sie jedoch von nichts anderem mehr als von der bevorstehenden Feier in der Schule. Die Begeisterung kannte keine Grenzen, die Erwartungen an diese Veranstaltung stiegen ins Unermessliche. Selbst Gisèle hatte den Termin in ihrem Kalender festgehalten. Was ihre Arbeitszeiten anging, so hatte sie keineswegs kürzergetreten. Bis auf wenige Ausnahmen kam sie nicht vor neun Uhr abends nach Hause. Es sah beinahe so aus, als hätten die Viecher den Abend als die bevorzugte Zeit für gesundheitliche Beschwerden auserkoren. Und die anderen Tierärzte hier in der Gegend schienen um diese Zeit bereits das Weite gesucht zu haben. Ich vermutete, dass Ricard-Schmitt bei diesen langen Arbeitstagen eine durchaus beachtliche Rolle spielte, aber jetzt war die Partie wenigstens ausgeglichen: Ich trieb es mit seiner Frau in deren Gästezimmer.

Valérie hatte die Angewohnheit, ihre Vormittage auf einem Liegestuhl am Pool zu verbringen. Mit einem um die Hüfte geschlungenen Pareo lag sie dort, blätterte in Zeitschriften und schwamm hin und wieder ein paar Bahnen. In der größten Nachmittagshitze hing sie vor ihrem Computer, um unbekannten Lesern in irgendwelchen Foren ihre Meinung kundzutun. Sie fand Gefallen daran, dort ihre Erfahrungen zu verbreiten, und manchmal erhielt sie auch Antworten auf Fragen, die sie stellte. Ich blickte mit großem Wohlwollen auf diese Form des kommunikativen Austausches, denn das ersparte mir so manches eintönige Gespräch über ihren Ehemann, diesen uneinfühlsamen Rüpel, ihre unausgeglichene, biestige Tochter, den Sohn, dieses Wunderkind, der einzig und allein zu seinem Vater aufschaute, und auch über ihr eigenes Leben, das so leer und planlos war. Was hatte sie bloß getan, oder nicht getan, um das alles zu verdienen? Sie war doch immer freundlich, versöhnlich, verständnisvoll und für alle da gewesen. Ach, könnte man ihr doch nur genau zeigen, wo sie etwas falsch gemacht hatte!

Man musste keine besonders tiefschürfenden Überlegungen anstellen, um Antworten darauf zu finden: Valérie hatte schreckliche Angst vor dem Alleinsein. Eine Angst, die sich darin äußerte, dass sie von allen geliebt werden wollte. Zweifellos lag hier auch einer der Gründe, warum sie auf meine Annäherung eingegangen war. Auch was uns beide betraf, stellte sie regelmäßig Fragen. Wohin würde uns diese neue Beziehung führen? Es gab doch so viele Unwägbarkeiten! Meine Antwort fiel stets beschwichtigend aus, ich kam auf ihren Hang zur Dramatisierung zu sprechen und betonte, dass wir uns Zeit lassen müssten. Letztlich stimmte das auch, es war schließlich bei allem wichtig, sich Zeit zu lassen. Außerdem war schönes Wetter, die Sommerferien standen unmittelbar bevor; es gab keinen Grund zur Eile, keinen Grund, sich den Kopf zu zerbrechen. Sie erwiderte, dass es ja ganz schön sei, so in den Tag hineinzuleben, dass man sich damit aber nicht zufriedengeben könne, dass es keine Probleme löse, dass es vielmehr eine Art sei, vor ihnen davonzulaufen, und dass sie einen mit Sicherheit umso schlimmer wieder einholen würden. Außerdem hatte sie sich am Computer schlaugemacht: Alle klugen Ratgeber waren einer Meinung. Eine tiefe Traurigkeit war Anlass dafür, den Ehepartner zu betrügen. Hinzu kam, dass man zum Schweigen verurteilt war, wo doch ein ungeheures Redebedürfnis bestand. Wollte man etwas ändern, so musste man mit dem Versteckspiel aufhören. Sonst blieb man in seinem Gefängnis, und sogar den heimlichen Augenblicken mit dem Liebhaber fehlte etwas, denn man saß zwangsläufig zwischen zwei Stühlen und wurde von einem nagenden, immerwährenden Schuldgefühl geplagt.

Was für ein elendes Geschwätz. Bei mir kamen allein dann Gewissensbisse auf, wenn ich meinen Saft verspritzte. In diesen Situationen gab es immer ein paar Sekunden, in denen ich mich irgendwie schuldig fühlte. Aber dann kam ich doch und überließ mich dem perversen Vergnügen, etwas Schändliches zu tun. Genau das war Ehebruch: Man paarte sich ohne Umschweife, mit allem, was an ansteckenden Krankheiten, an Promiskuität, an übertragenen Keimen damit verbunden sein mochte; man entleerte sich in der unrechtmäßigen Gefährtin und beschmutzte den Besitz eines anderen, in etwa so, als werfe man seinen Abfall auf den Rasen des Nachbarn; man behielt seinen Samen nicht ausschließlich der Mutter seiner eigenen Sprösslinge vor.

Am Tag des Schulfestes hatte ich einen guten Teil des Nachmittags damit verbracht, in einem Küchenschrank liegend den Abfluss unter dem Spülbecken zu reparieren. Um einen flexiblen Ersatzschlauch zu besorgen, hatte ich noch einmal in die Stadt fahren müssen. Kurz vor achtzehn Uhr war endlich wieder alles in Ordnung. Die Mädchen waren gerade nach Hause gekommen, aber nach ihrem Geschnatter zu urteilen, war nun Eile geboten. Gisèle war den ganzen Tag mit ihnen unterwegs gewesen. Sie hatten im Hinblick auf ihren Besuch bei den Großeltern einen Einkaufsbummel unternommen. Schon am Tag zuvor hatte sie sich freigenommen, und wir hatten zu zweit eine Wanderung in die Berge unternommen, über alte Zeiten gesprochen und in schönen gemeinsamen Erinnerungen geschwelgt, wie man sie so gerne noch einmal aufleben lässt und dabei etwas ausschmückt.

Meine Frau hatte uns also zwei aufeinanderfolgende Tage gewidmet. Das hatte es definitiv schon seit drei Monaten nicht mehr gegeben.

Noch einmal überprüfte ich, ob der reparierte Schlauch nun dicht war, dann ging ich nach oben, um mich ebenfalls fertig zu machen. Julie zog eine Schnute, weil sie überzeugt war, dass das Fest sich bereits dem Ende zuneigte. Während ich duschte, klopften Valouise und Andrea an die Tür und mahnten zur Eile. Es stimmte schon, dass man mich zu solchen Veranstaltungen immer mitschleppen musste, aber ich gab mir Mühe, und so auch dieses Mal. Vor Ort schlenderten Gisèle und ich an den üblichen Ständen vorbei. Die Kinder tobten herum, es herrschte ein wildes Chaos. Julie tauchte alle fünf Minuten bei uns auf, und wir mussten sie ständig dazu anhalten, mit ihren Freundinnen zu spielen, sonst hätte sie wie eine Klette an uns gehangen. Die beiden anderen hingegen waren rasch in der Menge verschwunden.

Hier und da erkannte ich die Gesichter und grüßte mit einem Kopfnicken, während Gisèle ein Lächeln beisteuerte. Allerdings musste ich ihr jedes Mal erklären, um wen es sich handelte.

»Bist du sicher, dass du hier wohnst?«, scherzte ich irgendwann beiläufig, aber der boshafte Unterton entging ihr nicht.

»Du Giftzwerg … du machst dich über mich lustig …«

Ich weiß nicht, wer für die Beschallung zuständig war, jedenfalls fand ich sie ziemlich übel. Es musste ein Kind sein, denn unentwegt wurde das gleiche Lied gespielt. Ich hatte nichts gegen Wiederholungen und Rituale für die Jugend, im Gegenteil – sie setzen oft Werte in Szene und drücken eine einfache und klare Gefühlslage aus. Wenn aber die Interpretinnen dabei geschminkt waren wie die schlimmsten Aufreißerinnen in so manchem Videoclip, dann ist Schluss bei mir. Und dieses Lied hier, da war ich mir sicher, hatte ich bereits bei Bruno gehört und auch gesehen, der Refrain kam mir jetzt wieder in den Sinn. Wie oft hatte ich ihn schon gefragt, warum er diesen riesigen Bildschirm angebracht hatte, auf dem ständig schäbige Clips liefen? Ihm zufolge war er durch einen Vertrag mit seinem Hauptlieferanten dazu gezwungen. Das mochte sein, aber er konnte ihn dennoch ausschalten, da das Gedudel die meisten Gäste gründlich nervte. Außerdem würde der Lieferant ihm wohl kaum einen Prozess anhängen. Ja, aber das Ding dann wieder einzuschalten war so schwierig, eine technische Meisterleistung geradezu … Mit anderen Worten Bruno, wie er leibt und lebt. Und da kam er auch schon auf uns zu, zusammen mit seiner Frau, und ich war keineswegs böse darüber, mir auf dieser zähen Veranstaltung mit ihnen die Zeit vertreiben zu können. Bevor sie uns erreichten, deutete er einen Tanzschritt an, der bereits seine gelöste Stimmung verriet; Malika hatte wie üblich das zaghafte Lächeln eines hübschen, etwas verängstigten Mädchens aufgesetzt.

Wir ließen unseren wohlfeilen Spötteleien über die Organisation des Abends freien Lauf. Dann hielt ich den Zeitpunkt für gekommen, die Bar aufzusuchen und Getränke zu besorgen. Ich kehrte mit Mineralwasser und zwei Bierflaschen zurück. Gisèle und Malika waren bereits ins Gespräch vertieft und schenkten ihrem Umfeld keine Beachtung mehr. Bruno stieß mit mir an, bevor er verkündete:

»Ich habe jetzt alles geklärt, mein Lieber. Niemand hat anstelle eines Kartons Weißwein einen Karton Rotwein erhalten.«

»Schon gut, ist nicht schlimm. Ich werde den Weißen behalten. Es spielt keine Rolle. Er wird schon getrunken werden. Es ist ja nicht so, dass ich keine einzige Flasche Rotwein mehr im Keller habe.«

»Ich bin sicher, dass du zwei Kartons Weißen bei mir bestellt hast …«

Ich musterte Bruno einen Augenblick samt seinem

wohl getrimmten Ziegenbärtchen, dessen kontinuierliche Pflege ganz schön kompliziert sein musste.

»Bruno, langsam fängst du an, mich zu nerven. Ich weiß, was ich bei dir bestellt habe. Da ist ein Fehler passiert. Ist doch okay, wir sind alle nur Menschen. Außerdem habe ich dir ja gesagt, dass es nicht schlimm ist …«

»Ja, ja, aber ich werde der Sache weiter nachgehen, und irgendwann werden wir wissen, wie es gelaufen ist.«

Ein handfester Streit lag in der Luft, und nach diesen Worten stand mir sogar der Sinn danach. Ich war ihm nicht böse, sondern wollte einfach nur, dass er sein Versehen zugab, und das war doch nicht zu viel verlangt … Da war es ein wahrer Trost, dass das Bier schön kühl war, denn das ist bei solchen Veranstaltungen alles andere als selbstverständlich. Als Fumard auftauchte, leerten wir bereits das zweite Bier, und Bruno, der stets genau Bescheid wusste über die neuesten technologischen Entwicklungen, erzählte mir, dass er gerade ein Paar großartige Reifen gekauft hatte.

»Schon wieder seid ihr beim Fahrradfahren, ihr Helden! Irgendwann werdet ihr noch eure Sättel abmontieren, um es mit ihnen zu treiben!«

Bei diesen Worten vollführte der Automechaniker eine Bewegung, mit der ein eher einfach gestrickter männlicher Holzkopf gern den Geschlechtsakt nachahmt: O-Beine und dazu schnelle, rhythmische Bewegungen mit den Armen. Eine wilde Mischung aus Lach- und Hustenanfall drückte Fumards naive Erheiterung über den eigenen Humor aus.

Ich war auf der Stelle losgezogen, um für Nachschub an Bier zu sorgen, und wir setzten unser Gespräch unter

Männern fort, während wir einige Fläschchen leerten. Unser Kreis vergrößerte sich nach und nach um weiteres derbes Fußvolk, so Lino Gasparini, der als Vertreter für einen Tiefkühlkosthändler arbeitete, und Norbert Bellanger, der sich gern Bobby nennen ließ und die dumme Angewohnheit besaß, seinen Motor laufen zu lassen, während er seinen Sohn bis zum Schultor begleitete – außerdem trug besagter Sohn eine gebleichte Haartolle, was jeden bescheuert aussehen lässt, der sich damit zu schmücken glaubt.

Das Fest war in vollem Gange, und ich hatte mich aus diesem Kreis entfernt, um Valouise und Andrea aufzuspüren. Die beiden durfte man nicht allzu lange unbeobachtet lassen. Vor zwei Monaten hatte ich ihnen kleine, harmlose Flitzebogen gebaut, aber Andrea hatte ihren doch so geschickt verwendet, dass sie ein Huhn um ein Auge gebracht hatte. Ja, genau, sie hatte ein Huhn um ein Auge gebracht, wo die Augen dieser Viecher doch gerade einmal so groß sind wie Mottenlöcher … Ich erwischte sie hinter einer der Buden, wie sie gemeinsam mit drei anderen Knirpsen aus der Vorschule ein Ameisenvolk unter ihren Schuhsohlen dezimierten. Auch Brunos Sohn zählte zu den Helfershelfern. Ich hielt ihnen eine Strafpredigt und scheuchte sie auf den eigentlichen Platz zurück. Dort gab es zum Beispiel ein Angelspiel mit Plastikenten, das weckte vielleicht nicht die gleiche Begeisterung wie das Massakrieren von Insekten, war dafür aber weniger idiotisch. Es gab auch einen Stand, an dem man sich mit Dosenwerfen abreagieren konnte. Sie reihten sich in die Warteschlange ein, und ich blieb einen Augenblick in der

Nähe, um noch einmal einen Kontrollblick zu ihnen hinüberwerfen zu können. Der Bürgermeister war inzwischen auch aufgekreuzt, er zeigte sich mit strahlendem, sonnengebräuntem Teint der Menge und grüßte nach allen Seiten. Einer der Komiker in seiner Begleitung zeigte ihm die Blechbüchsen, da konnte er sich kaum halten vor Lachen, schob die wartende Schlange beiseite und warf mit großer Kraft einen Ball in den Blechhaufen. Als dieser scheppernd einstürzte, ertönte lebhafter Beifall, und mir kam der niederträchtige Gedanke, dass diese dümmlichen Beifallsbekundungen das Schlimmste an der ganzen Sache waren. Ich kannte den Bürgermeister zwar nur vom Sehen, aber mir war klar, dass er an einem solchen Ort von einer Gruppe zur anderen steuern würde, um überall zum Ausdruck zu bringen, wie sehr er für die Bauern hier in den Bergen eintrat, für das edle und ursprüngliche Leben, das sie führten. Er beschwor symbolische Werte wie Geborgenheit und Tradition, die hier stets hochgehalten wurden und durch Angriffe von außen in ihren Grundfesten bedroht waren. Und wenn mich nicht vollständige Verzweiflung packte, während ich ihm zusah, wie er sein Hemd wieder in die Hose steckte, so allein deshalb, weil ich überzeugt war, dass einige in der Zuhörerschaft ebenso wie ich genau erkannten, dass seine feurigen Worte lediglich darauf abzielten, irgendwann einen höheren Posten in irgendeiner Stadtverwaltung zu ergattern.

Als ich zu meinen Trinkkumpanen zurückgekehrt war, hatte Denis den Vorsitzenden der Schulpflegschaft dazu bewogen, eine Runde zu spendieren. Die Unterhaltung drehte sich jetzt wieder vorrangig ums Fahrradfahren;

Bruno beschrieb gerade, wie wir drei uns auf die berüchtigte Bergtour vorbereiteten. Ich entschied mich, die Zuhörerschaft im Glauben zu lassen, ich wäre mit von der Partie.

»Wir haben vor, nackt zu fahren, damit die Medien auf uns aufmerksam werden«, warf ich in einem Anfall von bissigem Humor ein.

Bruno erklärte, dass unterwegs mit Pannen zu rechnen war und man deshalb Ersatzteile und eine Grundausstattung an Werkzeug mitnehmen müsse. Bei einem gebrochenen Rahmen, einem verbogenen Rad oder einer geborstenen Kettenschaltung könne man vor Ort freilich nichts ausrichten. An diesem Punkt wartete Bellanger unvermittelt mit der für Denis schmeichelhaften Feststellung auf, dass er ja offenbar noch ganz schön was auf der Pfanne hatte. Fumard war gerührt über diese Respektsbekundung und tat so, als wollte er sie abwehren, um sie im Grunde nur noch zu steigern. Das sei doch wirklich übertrieben: Er gehöre eben zu einer Generation, für die die Überwindung des inneren Schweinehundes noch eine Bedeutung hatte. Auf jeden Fall sei nichts Geheimnisvolles dabei – Training und noch einmal Training, das allein zahle sich aus.

»Und dazu nur stilles Wasser und dampfgegartes Gemüse …«, ergänzte er todernst, während er sich mit der Hand über seinen Wanst strich. Einen Augenblick genoss er seinen Coup, dann brach ein fröhlicher Hustenanfall aus ihm heraus, in den sein gebanntes Publikum, dem seine früheren Leistungen, Heldentaten und Schelmengeschichten bestens bekannt waren, sogleich lachend einstimmte.

Ich trat innerlich von diesem Rummel zurück und dachte über Denis Fumard nach, diesen einfach gestrickten, zu Anzüglichkeiten und Obszönitäten neigenden Burschen mit seinen nicht zu entfernenden Schmierölresten an den Händen, der offenbar von keinerlei Komplexen heimgesucht wurde, nicht einmal nach der Tragödie, die ihn zehn Jahre zuvor ereilt hatte. In solche Gedanken vertieft, stellte ich einen Vergleich mit der aufgesetzten Kultiviertheit Valéries an. Bei ihr hatte es – vor allem bei unseren ersten Begegnungen – ausgereicht, nackt in ihrem Pool zu schwimmen, um sie in Verlegenheit zu bringen. Es lag ein so ungeheuer großer Unterschied zwischen diesen Individuen, die doch nicht einmal eine Wegstunde voneinander entfernt wohnten, dieselbe Sprache sprachen und zur selben Zeit lebten …

Gisèle unterhielt sich die ganze Zeit über mit anderen Müttern. Als sie meinen Blick auf sich ruhen spürte, lächelte sie mir verschmitzt zu und gab mir damit zu verstehen, als wie harmlos und oberflächlich sie ihre Gesprächspartnerinnen empfand. Bisher hatte ich mich noch nie wirklich für andere Frauen interessiert. Die verheirateten Frauen waren eben mit anderen Männern verheiratet und kamen allein deshalb schon nicht infrage; die alleinstehenden Frauen waren meist darauf aus, nicht alleinstehend zu bleiben und mehr zu verlangen. In beiden Fällen war ein Abenteuer die Quelle für viel Ärger, der in keinem Verhältnis zu einem solchen Abweg stand. Meine Einstellung zu diesem Thema und mein Verhalten hatten sich in letzter Zeit einigermaßen geändert. Als ich jedoch Gisèle so betrachtete, mit den vier oder fünf Bierchen in meinem Blut, wallte die Liebe zu meiner

Ehefrau mit einem Mal auf, und ich wusste, dass der Weg, den ich eingeschlagen hatte, nicht der richtige war, dass es ein Fehler war, sich überbieten zu wollen, anstatt sich zu versöhnen. Ich zwinkerte ihr zu, bevor mich Fumard am Arm packte, der mit rot angelaufenem Gesicht Tränen lachte und sich nur mühevoll von seinem letzten Gag erholte, bevor er nahtlos weitere Späße zum Besten gab, allesamt so schwer verdaulich wie grobe Wurst mit viel Speck und Cholesterin.

Apropos Cholesterin, Denis' Frau tauchte gegen halb acht Uhr auf, mit violettem Haar und Ringellöckchen. Unsere Gruppe hatte sich mittlerweile aufgelöst, und das Ende des Festes lag bereits in der Luft. Die Kinder zankten sich, und die ersten Tränen flossen. Aber da kam es zu einem Augenblick, der für mich beinahe einer Offenbarung gleichkam. Das boshafte Grinsen, mit dem die dicke Christine meine Frau bedachte, ihre Art, den Mund zu verziehen, als sie sie zur Begrüßung auf die Wangen küsste – auf einmal schien mir ganz klar sie der anonyme Briefschreiber zu sein, der mir die Geheimnisse meiner Frau verriet. Mit einem Mal fiel es mir wie Schuppen von den Augen, dass niemand besser infrage kam als sie, solche schmutzigen Dinge zu verbreiten – sie war getrieben von einer allumfassenden Eifersucht, einem schnell aufkeimenden Hass und dem Hang zu Klatsch und übler Nachrede in ihrem näheren Umfeld. Schwieriger war jedoch die Frage zu beantworten, wie sie von der Beziehung erfahren haben konnte. So gesehen gab eher Valérie eine plausible Schuldige ab. Aber ich hatte ihr vollkommen geglaubt, als sie dies im Auto abgestritten hatte. Die dicke Christine konnte über eine Kundin von dieser Geschichte Wind bekommen haben, von jemandem, der Gisèle und Carlos in der Stadt überrascht und eine unangebrachte Geste, eine deplatzierte Liebkosung beobachtet hatte.

Weiter hatte ich meine Sondierungen nicht getrieben; an diesem Abend berührte mich das Thema im Grunde nicht, ich empfand sogar einen leichten Überdruss. Eine schrille Tonfrequenz schallte über den Hof und riss mich aus meinen Erwägungen. Sie stammte von der dicken Christine, die Jennifer anfuhr, dass sie keine Steine auf das Dach des Fahrradunterstandes werfen sollte. Wie von einem Instinkt getrieben, flüchtete die Göre vor ihrer Mutter auf den Pausenhof. Sie war ein ziemlicher Wildfang, dessen Erziehung bisweilen an die Bändigung einer wilden Katze erinnerte. Vermutlich war es für sie nicht leicht, im Schatten einer tragisch verschwundenen unbekannten Schwester aufzuwachsen, weitgehend sich selbst überlassen von den Eltern, die nicht mehr in der Lage zu sein schienen, noch einmal eine unbekümmerte Elternliebe zu empfinden. Dann sprach mich Bruno wieder an:

»Hör mal, mein Lieber, es muss einfach so gelaufen sein, dass du den Karton mit dem Rotwein Condac gegeben hast, in dem Glauben, es sei der Weißwein.«

»Jetzt hör mir mal zu, Bruno. In den nächsten Tagen kommst du einfach bei mir vorbei. Von mir aus gleich morgen. Ich habe nämlich noch keine Zeit gehabt, Francis seinen Karton zu geben. Sie stehen beide noch bei mir in der Küche. Dann werden hoffentlich alle Zweifel bei dir ausgeräumt sein, und du kommst endlich zur Einsicht, dass ich zwei Kartons Weißwein habe …«

Julie tauchte auf und presste sich mit Tränen in den Augen gegen meine Beine. Sie beklagte sich über Jennifer, aber ich schenkte ihr nur beiläufig Aufmerksamkeit, während Bruno weiterhin über das unergründliche Mysterium mit dem Wein grübelte:

»Ich mache das ja jetzt schon ein paar Jährchen mit der Bar, und das wäre wirklich das erste Mal, dass ich eine Bestellung vermasselt habe …«

Die Lehrerin hatte sich nun bei uns eingefunden und fasste Julie bei den Schultern, um ihr dann etwas missbilligend klarzumachen, dass sie nicht so empfindlich sein dürfte und keine Heulsuse sein sollte. Sie wäre doch so vernünftig, hübsch und intelligent, da müsste das doch wohl klappen.

Jetzt war das Maß voll für diesen Abend. Was die Lehrerin da sagte, stimmte zweifellos, gar keine Frage, aber ich fand es vollkommen daneben, Julie so etwas unter diesen Umständen hier in der Öffentlichkeit vorzuhalten, und das machte ich ihr auf der Stelle unmissverständlich klar. Wir hatten uns noch nie verstanden, diese Lehrerin und ich, und nach den ersten Monaten hatte ich es eigentlich aufgegeben, mit ihr zu reden. Es folgte ein hitziger Wortwechsel zwischen uns beiden, den Gisèle mit entsetztem Staunen verfolgte. Am Ende fiel möglicherweise von meiner Seite ein deplatziertes Wort, eine winzige unglückliche Beleidigung, was dazu führte, dass die Lehrerin mit gequälter Miene abzog. Erst jetzt fiel mir auf, dass sich derweil alle Aufmerksamkeit um uns herum auf mich gerichtet hatte und niemand sich zu räuspern wagte.

Nun, so würde man ja wohl nicht auseinandergehen.

Die Kinderschar hatte sich mit Kuchen vollgestopft, sie würden nicht nörgeln, wenn es noch kein Abendessen gäbe. Wir konnten doch wohl zum Abschluss noch etwas bei Bruno trinken, bevor wir uns weiter die Beine in den Bauch standen?

Im Rückblick musste ich zugeben, dass das ein Fehler war. Ich hatte schon genug getrunken, und ich hatte mich mit der Lehrerin herumgestritten. Aber ich konnte ja nicht vorhersehen, dass ich mich zwei Stunden später mit meiner Frau in die Haare kriegen würde.

Wir wankten alle gemeinsam im Rudel zur Bar. Unterwegs gab Denis, der ziemlich in Fahrt war, übermütig einen recht zotigen Witz zum Besten.

»Über den muss ich immer total lachen!«, ächzte er mühsam und konnte sich kaum noch halten. Seine Frau und dieser Idiot von Bellanger stimmten bereitwillig in das unbändige Gelächter ein.

»Oje, der ist ja verrückt!«, brachte Bellanger gerade noch heraus.

»Ja, er ist verrückt!«, wiederholte die dicke Christine.

Da Malika sofort das Fernsehgerät eingeschaltet hatte und dort die unvermeidlichen Videoclips liefen, konnte Fumard es sich in seiner Ausgelassenheit nicht verkneifen, ein paar derbe Tanzschritte zu vollführen und dabei nach Solange Gasparinis Hand zu greifen. Malika schloss sich ihnen ebenfalls an. Leuten beim Tanzen zuzusehen, das war für mich ein seltenes Vergnügen, aber ich empfand dieses Spektakel jedes Mal als höchst aufschlussreich. Ich richtete meine Aufmerksamkeit auf das Ehepaar Bellanger: Er wand sich in seinen Hochwasserhosen herum wie eine lebendige Fackel; sie tapste wie ein dürres Zweiglein lediglich zwischen zwei oder drei Mosaikkacheln hin und her. Auch Gisèle wagte sich am Ende auf die Tanzfläche. Sie wiegte sich weich und sinnlich in den Hüften und wies Denis, der sich ihr rasch genähert hatte, eindeutig zurück. Auch in diesem ganzen Trubel hörte ich das zwanghafte Lachen der dicken Christine heraus, die mit einer Hand im Nacken langsam über die Tanzfläche wogte. Plötzlich versetzte sie mir einen ordentlichen Stoß – das war ihre Art, mich zum Tanzen animieren zu wollen. Ich lehnte die Aufforderung ab. Beim Tanzen sah ich aus, als wäre ich von der Cholera geplagt, und war mithin der Schreck jeder Tanzfläche, dem alle auszuweichen versuchten, aus Angst, ein Funken meiner Lächerlichkeit könnte auf sie überspringen.

Solange Gasparini machte als Erste schlapp, mit geröteten Wangen und schweißgebadet stand sie da in ihrem Blumenkleid. Die anderen verdrückten sich nun ebenfalls von der Tanzfläche und stürzten sich auf ihre Gläser. Die Erregung flachte ab. Jetzt war es Zeit, nach Hause zu gehen. In einem letzten Versuch, das Gelage noch einmal zu verlängern, forderte Denis grölend, dass der Chef uns Würstchen grillen solle. Malika entgegnete, dass es an der Zeit sei, die Bar zu schließen, und Gisèle und Nelly stimmten ihr zu. Sie hatten recht, es reichte nun wirklich.

Der Flughafen lag zwei Stunden westlich von uns. Man musste ein paar Täler durchqueren, außerdem eine ausgedehnte hüglige Hochebene und ein Waldgebiet. Es war noch tiefe Nacht, in meinem Scheinwerferlicht leuchteten die Straßenmarkierungen auf. Dieses Auto flößte Vertrauen ein, der Kombi war einfach unverwüstlich. Der schützende Kokon bot uns Sicherheit, begegnete allen Schwierigkeiten mit unerschrockener Gelassenheit, und so ließen wir mit einem Gefühl der Unverletzlichkeit Kilometer um Kilometer hinter uns. Auf der Rückbank waren die Mädchen rasch eingeschlafen. Ein Gewitter zog auf, auberginefarbene Wolken jagten am Himmel vorüber, und der Wind peitschte sie mit aller Wucht gegen die Hügel. Gisèle war im letzten Moment doch nicht mitgekommen. Ein Notfall hatte sie zu einer Eselin gerufen, die durch ein Ödem unter akuten Atembeschwerden litt.

Um ehrlich zu sein, kam uns dieser Termin gelegen. Seit dem Streit nach dem Schulfest waren wir uns ziemlich aus dem Weg gegangen, hatten unsere Gespräche auf Angelegenheiten beschränkt, die den Haushalt betrafen, und vor den Kindern stillschweigend so getan, als wäre alles wie immer. Als wir an jenem Abend die Bar verlassen hatten, stand unser Kombi etwas weiter entfernt in der Straße, und ich war losgegangen, um mich ans Steuer zu setzen. Das war idiotisch, wie ich zugeben muss. Aber es war einfach nur aus einem Reflex heraus geschehen. Normalerweise tat ich das nie, wenn ich getrunken hatte, aber es war nun auch kein Weltuntergang – gerade einmal drei Kilometer auf einer kleinen, abgelegenen Straße. Als ich meine Schritte zur Fahrertür lenkte, hatte Gisèle mich gefragt, ob ich allen Ernstes die Absicht hätte zu fahren. Es war ihr Tonfall, der mich aufregte. Im Grunde hatte sie recht, das gab ich natürlich gerne zu.

»Schon gut, aber du brauchst nicht in einem solchen Ton mit mir zu reden.«

Wir stiegen in den Wagen, Gisèle setzte sich ans Steuer, und schon ging ein Streit los, in dessen Verlauf sie äußerte, dass ich nicht derjenige war, der sich anmaßen sollte, ihren Tonfall zu rügen. Man denke nur an meinen heftigen Wortwechsel mit der Lehrerin. Die Beschuldigungen folgten jetzt Schlag auf Schlag. Sie konnte sich manchmal wie ein Wadenbeißer aufführen, und ich auch.

»Ist dir eigentlich klar, dass deine Kumpel einfach unterste Schiene sind? An der Bar herumhängen, Bier trinken … das könnt ihr. Noch dazu vor den Kindern, na bravo!«

»Was soll das denn heißen, vor den Kindern? Die Kinder habe ich schließlich dauernd vor mir, im Gegensatz zu dir, meine Liebe!«

»Stimmt. Danke, dass du mich darauf hinweist«, hatte sie mit scharfer Stimme zu mir herübergezischt, um nicht klein beizugeben.

Wir erreichten den Flughafen viel zu früh, und so blieb uns genug Zeit zum Frühstücken, bevor wir uns um die Formalitäten kümmerten. Wir hatten einen begleiteten Flug in Anspruch genommen, und die den Kindern zugewiesene Stewardess kreuzte auf, um sich mit ihnen vertraut zu machen. Sie sollte sie vor allem zu ihrem Anschlussflug begleiten. Ich kaufte ihnen vor den Passkontrollen ein paar Heftchen zum Lesen und durfte sie schließlich sogar bis ins Flugzeug begleiten, wo ich ihnen noch einmal gewisse Verhaltensregeln einschärfte. Julie war den Tränen nahe, aber ich erinnerte sie jetzt nur noch daran, dass sie sich unbedingt zwischen ihre Schwestern setzen sollte. Dann gab ich einer nach der anderen Abschiedsküsschen, atmete ihren Geruch tief ein und drückte sie fest an mich. Alle drei hatten kleine runde Popos, die sich zugleich zart und kompakt anfühlten. Ich würde nie in meinem Leben aufhören, ihre Popos zu streicheln, ja, genau das nahm ich mir im Augenblick des Abschiednehmens vor. Sie hingegen würden mir irgendwann in aller Entschiedenheit untersagen, diesem impulsiven Wunsch nachzugeben.

Sie würden eine schöne Zeit haben, und es gab keinen herzzerreißenden Trennungsschmerz. Außerdem würde ihnen ein wenig Abstand von ihren Eltern guttun, vor allem unter den gegenwärtigen Umständen. Ich war in den Check-in-Bereich zurückgekehrt, und plötzlich fühlte ich mich allein, nicht nur im Sinne von verlassen, sondern auch im Sinne von jeder Verantwortung enthoben. Ich hatte keine Lust, mich sofort wieder hinter das Steuer zu setzen. In der Halle herumzuirren war jetzt genau das Richtige, denn hier gab es keine vorgeschriebene Richtung, wie ich unverzüglich bemerkte. Sofort war ich Teil der Menge, des Gedränges, der Spannung und der Hast. In der klimatisierten Atmosphäre herrschte ein stürmischer Aufruf zum Abenteuer, ein Ansporn zum Verschwinden, ohne ein erklärendes Wort zu hinterlassen.

Es war Zufall, dass ich ins Erdgeschoss geriet, und dort auf den Gehsteig vor dem Taxistand, wo viele der Fahrer auf ihrer Motorhaube saßen. Mittlerweile herrschte bereits eine ziemliche Hitze. Es schien mir eine hervorragende Idee, noch einmal an die Bar im Flughafen zurückzukehren. Dort trank ich ein Bier, es war zwar erst neun Uhr, aber ich würde der Kellnerin nicht erklären, wie lange ich bereits auf den Beinen war. Ich bestellte sogar noch ein zweites Bier. Ich ließ mir alle Zeit der Welt und war mir dessen so ungeheuer bewusst, dass ich es in allen Poren spüren konnte. Jetzt, wo die Kinder fort waren, und in Anbetracht der Beziehung zu meiner Frau, zwang mich nichts und niemand, wie der Blitz zurückzufahren. Das Mädchen hinter der Bar war gerade einmal achtzehn Jahre alt, sie war hübsch, wirkte aber traurig und beflissen. Ich beobachtete heimlich die kleine Lücke zwischen ihren Vorderzähnen. Sie zählte zu jenen zierlichen Personen, die unermüdlich im Einsatz sind, frühmorgens aufstehen, den ganzen Tag klaglos zwischen den Kunden an ihren Tischen hin- und herspringen und sich dann auch noch das Geschirr vom Vortag aufhalsen lassen. Für sie war es sicher nicht so einfach, die vielen Typen in Anzug oder Bermudas in alle Richtungen davonfliegen zu sehen – es sei denn, sie selbst hatte Angst vorm Fliegen. Was hinderte mich eigentlich daran, ihr eine Woche Urlaub vorzuschlagen, ganz gleich wo? Sie stellte das Bier vor mir auf den Tresen, und ich gestehe, dass ich, nach einer Antwort suchend, auf den untersten Knopf ihrer Baumwollbluse starrte. Mir gefiel die Vorstellung, im Kombi durchs Land zu fahren, mit ihr auf dem Beifahrersitz. Sie würde mir ihr Leben erzählen und die nackten Füße auf das Armaturenbrett legen. Letztlich war alles möglich.

Ohne dieser Abschweifung weiteren Raum zu geben, kehrte ich zu einer flüchtigen Lektüre der Zeitung auf dem Tresen zurück. Auf der letzten Seite kündigte der Wetterbericht strahlenden Sonnenschein für die Region an, am Meer würden fantastische Temperaturen herrschen, nicht einmal einhundert Kilometer südlich von hier. Es wäre doch einfach zu dumm, das nicht auszunutzen. Daher schlug ich auf wenig befahrenen Nebenstraßen gemächlich den Weg zur Küste ein.

Unterwegs döste ich ein wenig bei geöffnetem Fenster und seichter Musik aus dem Radio am Rande eines Maisfeldes. Am Meer fuhr ich dann in ein kleines Hafenstädtchen. Dort herrschte ziemlicher Trubel. Es roch nach Meer und Sonnenöl. Mein T-Shirt klebte vom Schweiß durchnässt an meinem Rücken. Im heißen Schatten eines Werbe-Sonnenschirms gönnte ich mir ein Eis und überlegte, welche Pläne ich für die kommenden Wochen hatte, womit ich den Zeitraum bis zur Rückkehr der Kinder meinte. Eine Zeit lang beobachtete ich antriebslos das Kommen und Gehen in der Hoffnung auf eine Art Wink des Schicksals, der meinem planlosen Herumfahren einen neuen Impuls geben würde. Aber ich war am Ende meiner Reise, ich hatte den am weitesten entfernten Punkt erreicht, und mit dieser Erkenntnis erfasste mich eine abgrundtiefe Müdigkeit. Es blieb mir nichts anderes übrig, als den jämmerlichen Rückzug zu einem Nickerchen anzutreten. Tatsächlich schlief ich unter Schatten spendenden Pinien einen guten Teil des Nachmittags im offen stehenden Auto. Das hatte sich ja wirklich gelohnt, so viele Kilometer und dann das … Als ich die Augen wieder aufschlug, fuhr ich ohne noch weitere Zeit zu verlieren an den Strand, um mir eine Abkühlung im Meer zu gönnen. Die starke Strömung der steigenden Flut machte mich wieder richtig wach, als ich nun ausgelassen im Wasser herumtobte und mich wie ein Irrer in die Wellen warf.

Um Punkt zwanzig Uhr zog ich die Handbremse des Kombi. Ich hatte den Weg in die umgekehrte Richtung an einem Stück zurückgelegt und dabei unentwegt Nachrichtensendungen laufen lassen, um mich zu vergewissern, dass kein aktueller Flugzeugabsturz die Liste der Unglücksfälle der zivilen Luftfahrt verlängern würde. Gisèle stand mit einer Flasche Wasser in der Hand in der Küche; sie kam vom Joggen im Wald zurück, ihr Hintern zeichnete sich unter der engen Laufhose ab. Sie trug einen aufreizenden Büstenhalter, der die Brust betonte, die ich so genau kannte: ihr Gewicht, ihre Festigkeit, ihre Zartheit, die Beschaffenheit der Haut. Aber ich war schon eine Ewigkeit nicht mehr in ihren Genuss gekommen, nicht seit jenem Abend, an dem wir die Ricard-Schmitts eingeladen hatten. Es machte mich zusätzlich an, wenn sie sich wie jetzt einen Pferdeschwanz band. An ihrem Hals und auf ihren Schultern glänzte die Haut. Ich begehrte sie heftig, wie sie so lässig und verschwitzt dastand. Wir berichteten einander, was sich ereignet hatte. Ihre Mutter hatte angerufen, die Mädchen waren gut angekommen, das Gepäck war nicht verloren gegangen, alles lief gut, sie hatten vor, direkt an den Strand zu gehen, noch bevor die Koffer ausgepackt wurden. Irgendwann wusste ich nicht mehr so recht, ob wir nun beide sauer aufeinander waren oder wer eigentlich auf wen sauer war.

»Ach, Franck, wie wäre es, wenn wir ins Kino gehen? Es ist so lange her, dass wir Zeit für uns hatten. Ich müsste nur noch schnell duschen.«

Dieser Vorschlag überraschte mich, aber ich nahm ihn mit entspannter Miene an. Zehn Minuten später erschien sie wieder, knapp und offenherzig bekleidet, Sandalen an den nackten Füßen. Ich musste mich beherrschen, um sie im Wagen nicht anzufassen. Sie trug einen engen Acrylrock. Am Straßenrand entfalteten die Sonnenblumen mit ihren zentripetalen Blüten ihre geometrisch ausgerichtete Pracht.

Im Kino ließ ich ihr bei der Platzwahl den Vortritt, und als wir uns setzten, legte ich meine Hand mit Nachdruck auf ihren Oberschenkel, was ihr einen leisen Ausruf der Verwunderung entlockte. Gegen Ende des Films fuhr ich mit meiner Hand erneut ihren Schenkel hinauf und streichelte sie durch ihren Slip hindurch, bis ich ihre Erregung spüren konnte. Auf dem Rückweg sprachen wir nicht über den Film. Ich hatte mich ans Steuer gesetzt, und sie wartete nicht einmal die letzten Ampeln der Stadt ab, um sich an mich zu drängen. Einen Augenblick später richtete sie sich ein wenig auf und sah mich erstaunt an. »Sag bloß, du warst am Meer?«

Ich antwortete lediglich mit einem unentzifferbaren

Gemurmel und legte meine Hand fester um ihren Nacken, während ich mit der anderen das Auto lenkte. Nur der leichte Luftzug, der durch das halb geöffnete Fenster hereindrang, war in der Stille zu hören.

Wir hatten die Hochebene hinter uns gelassen und die ersten Kurven erreicht. Mir stand vor Augen, wie schmerzlich diese letzten Tage gewesen waren, und letztlich galt das Gleiche auch für die Wochen davor.

Ich kam zu dem Schluss, dass sich nichts vorhersehen ließ und nichts unwiderruflich war. Der Wind drehte sich, und es gab wirklich keinen stichhaltigen Grund zu verzweifeln. Genau das dachte möglicherweise auch das Wildschwein, das vor meine Schweinwerfer raste. Es hatte sich in der Entfernung verschätzt. Ich mochte noch so sehr bremsen, der Aufprall war unvermeidlich und endete fatal für den vierbeinigen Geisterfahrer, der seinen Spurt zu spät angesetzt hatte und nun im Straßengraben landete.

Im Bett hatte Gisèle die Initiative ergriffen, sie küsste mich ausgiebig und fuhr mit ihren Händen meinen Körper entlang. Dann zog sie mich zu sich herunter. Aber ich wollte lieber, dass sie oben lag. Widerstrebend willigte sie schließlich ein und setzte sich rittlings auf mich mit ihren festen, gut trainierten Schenkeln und den betörenden Hüften. Ich liebte es, mit ihr zu schlafen. Es gab keine rationale Erklärung dafür, aber jede ihrer rhythmischen Bewegungen brachte mich mehr um meinen Verstand, war wie eine Folter für mich. Ich hatte es beim Sex nicht eilig und zögerte den Höhepunkt gern hinaus, deshalb stemmte ich mich jetzt mit aller Macht gegen den Orgasmus, den sie mir entringen wollte. Um standzuhalten, dachte ich an die haarige Masse, die wir vorhin in den Kofferraum verfrachtet hatten, nachdem wir sie in eine Decke gewickelt hatten. Am Ende hatte das Vieh vielleicht sogar überlebt und verwüstete nun unseren Wagen. Wir hatten vereinbart, dass ich das Auto zu Denis bringen würde. Auf den ersten Blick schien sich der Schaden in Grenzen zu halten, und außerdem würde Denis wissen, was man mit dem Tier anstellen sollte – er war wirklich der Mann für alle Fälle. Mit diesen Überlegungen gewann ich Terrain zurück, ich streichelte ihre Schultern, ihren Rücken und schob mein Becken leicht in ihre Richtung. Der Mond schien durch das Fenster auf unser Bett und tauchte das Schlafzimmer in ein schmeichelndes Dämmerlicht. Außerdem war mittlerweile ein wohltuendes Lüftchen zu spüren. Knetend nahm ich mir ihre Hüften und Oberschenkel vor. Aber bevor ich zu ihren Hinterbacken gelangte, fasste sie nach meinen Händen und führte sie zu ihren Brüsten. Ich ließ sie erst auf meine Handflächen klatschen, um sie dann fest zu umschließen. Sie stöhnte vor Lust auf, ihr Gesichtsausdruck verriet vollkommene Hingabe.

In diesem Verlauf sah ich die Bestätigung, dass ich die richtige Entscheidung damit getroffen hatte, mich nicht auf ihre Untreue zu fokussieren. Ich hatte mich behauptet, ich hatte niemals daran gezweifelt, meine Frau zurückerobern zu können, und das fühlte sich allmählich gut an, es würde sich schon noch auszahlen für mich. Für einen Augenblick fasste ich sogar ins Auge, ihr alles zu erzählen: Was ich über sie und Carlos wusste, was sie über Valérie und mich nicht wusste – gleich, vielleicht würde ich gleich mit ihr reden. Zuerst einmal striegelte sie meine Schultern mit festem Strich, bevor sie meinen Trapezmuskel knetete und dann meine Brustmuskeln mit ihren hohlen Händen umfing. Meine Hände fuhren derweil ihren Hals entlang, glitten an ihren Seiten hinunter bis zu den Lenden, bis sie wieder nach ihnen griff und sie hoch zu ihrem Mund führte, um mich in die Finger zu beißen. Da aber hatte etwas anderes meine Aufmerksamkeit auf sich gezogen. Ich hatte Zeit genug gehabt, um auf ihrem Hintern zufällig ein paar eindeutige Spuren zu entdecken, Spuren, die unterschiedlich ausgeprägten Striemen glichen und sich von ihrer zarten Haut deutlich abhoben. Die ganze Woche über hatte sie, entgegen unserer sonstigen Gewohnheit, mit Unterhose geschlafen. Mir war es seltsam vorgekommen, aber ich hatte keine weiteren Fragen gestellt. So war es also. Dieser verfluchte Ricard-Schmitt hatte sie geschlagen, dieser zynische Lustmolch. Mit der Peitsche? Mit der Hand? Verflixt, für wen hielt er sich eigentlich, dass er meine Frau schlug? Dieses böse Erwachen bewirkte, dass meine Erregung unmittelbar in sich zusammenfiel und mir nur noch ein gekränkter Seufzer entfuhr. Gisèle ließ sich nichts anmerken und machte erst einmal einfach weiter, dann hielt sie inne und sagte lediglich:

»Ist nicht schlimm. Kann passieren.«

Über dem nächsten Morgen lag eine so düstere Stimmung, wie ich sie selten erlebt habe. Dazu packte mich eine ungeheure Niedergeschlagenheit, der ich mich vollständig überließ, da es ohnehin regnete und man draußen nichts erledigen konnte. Dieser Umstand erfüllte mich allerdings nicht mit Ärger, sondern mit Befriedigung, denn der Balsam würde nicht nur meinem Garten, sondern auch der ganzen Region guttun. Seit Wochen herrschte eine ausgesprochene Trockenheit, die der gesamten Pflanzenwelt zu schaffen machte.

Gisèles Aufbruch war mir nicht entgangen, aber ich hatte mich nicht gerührt und war, scheinbar schlafend, im Bett liegen geblieben. Ich hatte keine Lust, sie zu sehen, keine Lust, mir selbst wehzutun. Verblüffung und Demütigung – so sah die vorherrschende Gefühlslage aus, die sich in meinem Gehirn breitmachte. Meine Pein hatte also noch kein Ende, so viel stand jetzt fest. Ich nahm das zur Kenntnis, verschob weitere Überlegungen jedoch auf einen späteren Zeitpunkt, zu dem ich wieder einen klareren Kopf haben würde. Diese Geschichte mit den Striemen auf den Hinterbacken meiner Frau warf zahlreiche Fragen und Möglichkeiten auf, die zu ergründen ich mich jedoch morgens um zwanzig vor acht nicht in der Lage sah. Ich trank einen Kaffee in der Küche. Bei Regenwetter roch es in unserer Hütte nach den alten Holzbalken. Der Duft von Holz und Staub verschmolz zu einem Geruch, den ich als sehr angenehm empfand. An meinem Platz hielt ich es nicht lange aus. Ich ging von Zimmer zu Zimmer und warf die Kaffeemaschine noch einmal an, um für Nachschub zu sorgen. Nach ein paar weiteren Tassen klingelte das Telefon. Es war Bruno. Ihm ging es gut. Mir ebenfalls. Wie bitte? Warum nicht, ich hatte am Vormittag nichts Großartiges vor. Und der Regen machte mir nichts aus. Außerdem passte es gut. Ich musste mich ablenken.

Ich fuhr in seinem Windschatten. Er hatte ziemlich ausführlich und zu wiederholtem Male irgendetwas zum Besten gegeben, ohne dass ich genug Wortfetzen verstanden hätte, um mir den Inhalt seiner Sätze vollständig zu erschließen. Nachdem ich zum dritten oder vierten Mal um eine Wiederholung gebeten hatte, beschloss ich, ihm keine weitere Aufmerksamkeit zu schenken. Mir gingen ohnehin genug Dinge im Kopf herum – meine Frau ließ sich von ihrem Kollegen den Hintern versohlen, und ich hatte allen Grund anzunehmen, dass ihr das gefiel. Wenn es so war, dann musste Gisèle auch danach verlangt haben. Aber warum bei ihm und nicht bei mir? Sicher, weil sie mit Ricard-Schmitt mehr Spaß hatte als mit mir. Ich wusste ja nicht, wie weit sie ihre schmutzigen Spielchen trieben. Aber mehr wollte ich mir auch nicht vorstellen. Es war kompliziert, und es war spekulativ. Ich grübelte unentwegt über das Thema nach, ohne die Kilometer vorbeiziehen zu fühlen. Gegen Mittag waren wir wieder zurück und hatten die Sonne in unsere Gefilde mitgebracht. Letztlich war ich gar nicht mehr so sicher, dass es sich tatsächlich um Schläge gehandelt hatte. Aber es waren eindeutig Spuren zu sehen gewesen. Und solche Striemen handelte man sich nur ein, wenn man sich zumindest entblößt hatte.

Ich ließ mir noch Zeit für ein Bier bei Bruno, dann fuhr ich nach Hause zurück, stellte mein Fahrrad ab und hastete zum Telefon: Ich musste Valérie sehen.

»Wo warst du denn? Gehst du nicht mehr ans Telefon?«

»Ich habe dir doch gesagt, dass ich zum Flughafen musste. Und da habe ich mir unterwegs etwas Zeit gelassen …«

»Meine Güte, und ich blase hier zwei Tage Trübsal.«

»Hör zu, ich kann in einer Dreiviertelstunde bei dir sein. Dann mache ich alles wieder gut.«

Ich kam dann doch reichlich spät zu meiner Verabredung, weil ich nicht an das mittlerweile erkaltete Wildschwein im Kofferraum gedacht hatte. Ich hatte es vergessen, dieses Vieh. Also sauste ich noch schnell bei Denis vorbei, der gerade sein Mittagessen beendet hatte und schläfrig in seinem Sessel kaum einen Meter vom Fernseher entfernt hing. Er warf einen fachmännischen Blick auf das Auto, hantierte ein wenig an der Stoßstange herum und fragte, was ich denn mit dem armen Opfer angestellt hätte.

»Es wartet brav im Kofferraum unter einer Decke …«

Denis öffnete die Heckklappe, und seine Einschätzung kam prompt und klar:

»Was deine Stoßstange angeht, das ist keine große Sache. Aber bei dem Wildschein hier, da heißt es, jetzt oder nie. Noch kann man es verwerten, weil es keine Wunde hat. Wir müssen es aber sofort ausbluten lassen. Währenddessen schau ich mir deine Karre an.«

Mit ein paar geübten Handgriffen hatte Denis das Tier im Werkstattgraben aufgehängt, genau unter dem Motor eines aufgebockten Lieferwagens. Er setzte zwei oder drei Schnitte in das Fell und kehrte zu unserem Allradwagen zurück, während das Blut nun in eine Ölwanne tropfte. Er ruckelte die Stoßstange vorsichtig hin und her, beulte sie etwas aus, wobei er zischend ein paar Flüche von sich gab, und schon saß sie wieder an Ort und Stelle.

»Sie musste nur wieder richtig in die Haken einrasten.«

Die Werkstatt war ein ziemlich finsterer Ort, an dem ein dichter Schmierölgeruch in der Luft hing. Auf dem Steinboden waren Rußspuren zu sehen, und auf den Seitenregalen stapelten sich alte Werkzeuge.

»Bleib du hier, ich hole mein Chirurgenbesteck, und dann kümmern wir uns um das Wildschwein.«

Um ehrlich zu sein, stand mir bereits das allerschlimmste Gemetzel, ein Schwall von Hämoglobin vor Augen. Ich machte mich darauf gefasst, dass er den Kadaver wie einen Fisch mit der bloßen Hand ausnehmen würde, und ich schloss nicht aus, dass ich mich dabei würde übergeben müssen. Denis kam mit einem Messer zurück, dessen Schneide er an einem Stein wetzte, dann griff er nach einer schmutzigen Zange, in die er das Maul des Tieres hineinzwängte und ächzend scherzte:

»Halt du ihm gleich die Schnauze zu, für den Fall, dass es aufwacht!«

Er begann nun, mit kleinen, umsichtigen Schnitten den Unterleib aufzuritzen. Pfeifend arbeitete er sich vorwärts und entfernte präzise und sauber die Genitalorgane. »Dein Vieh hatte kurz zuvor gepinkelt, das sag ich dir.« Er hielt mir eine schlaffe Harnblase unter die Nase, bevor er das Ganze in die Wanne fallen ließ. Mit ein paar tieferen Schnitten in das Gewebe begann er nun, die Haut abzuziehen, bevor er den Brustkorb öffnete, um mit der Spitze seines Messers vorsichtig die Organe herauszulösen. Dabei bewahrte er von der Entnahme des Verdauungstraktes bis zu der des Herz-Lungen-Bereichs die gleiche methodische Kaltblütigkeit. Und es bereitete ihm ein geradezu pädagogisches Vergnügen, meine Aufmerksamkeit auf die heikle Trennung von Gallenblase und Leber zu lenken.

In einer guten halben Stunde hatte Denis meine Probleme gelöst, und ich dankte ihm überschwänglich für seine Effizienz. Jetzt musste ich nur noch ans andere Ende der Stadt düsen, die Brücke überqueren und ein gutes Stück am Fluss entlangfahren, bis die Straße steil hinaufführte – um dort Valérie zu treffen. Ich sah dem Rendezvous nicht wirklich freudig entgegen. Es brauchte etwas Abstand, um eine solche Tierkörperbeseitigung zu verdauen. Zum Schluss hatte Denis seine elektrische Säge zur Hand genommen, um den Kopf abzutrennen, bevor er das Gerippe mit ruhiger Hand und ohne jede Eile glatt in zwei Teile gesägt hatte. Aber es versprach ein schöner Nachmittag zu werden, die Sonne hatte bereits alle Regenspuren getrocknet. Und Valérie würde vermutlich im Badeanzug am Rande des Pools auf mich warten. Die Sache mit den Spuren auf den Hinterbacken meiner Frau spukte mir hartnäckig im Kopf herum, aber ich sagte mir noch einmal, dass ich letztlich glimpflich davongekommen war, wenn ich bedachte, wie übel dieser Tag begonnen hatte. Es lief eben nicht immer alles so, wie man es sich wünschte; oft galt es, Unvorhersehbares zu bewältigen, und am Ende stand man meist besser da, wenn man es geschafft hatte, sich mit Geduld und Umsicht zu wappnen, selbst wenn man sich dabei auch einmal wegduckte.

Als ich die Steigung erreichte, hatte mich eine freudige Ungeduld gepackt, und ich wurde zapplig wie im Öl schwimmende Pommes frites. Nun ging es hinauf bis zum obersten Hügel der Siedlung, die von symmetrisch verlaufenden, breiten und gut unterhaltenen Straßen durchzogen war. Am Straßenrand waren in regelmäßigen Abständen Bäume gepflanzt und Schilder aufgestellt worden, die die Autofahrer zur allergrößten Vorsicht im Hinblick auf die jüngsten Anwohner mahnten. Hier fanden sich moderne Villen mit extrovertierten Formen, futuristische Holzkonstruktionen, aber auch alte Anwesen, die mit riesigen Fensterfronten den heutigen Ansprüchen gemäß modernisiert worden waren. Die Jogger wurden an der Kuppe des Hügels mit einem Wäldchen beglückt, das man zudem noch mit einem künstlich angelegten See aufgehübscht hatte, auf dem Schwäne ihre Bahnen zogen. Normalerweise war mir immer ein wenig unbehaglich zumute, wenn ich den Kombi in dieses sorgsam angelegte Dekor lenkte, aber heute fühlte ich mich mit meinem Allradgefährt nicht fehl am Platz.

Valérie lackierte sich die Zehennägel in der Nähe des Pools und strahlte mich fröhlich an, als sie mich erblickte. Von hier oben hatte man einen großartigen Blick auf den Fluss, der in diesem Abschnitt recht wild wirkte und den Betrachter mit seinem Ungestüm für eine Weile gefangen nahm. Ich war zu spät, aber das war nicht weiter schlimm, da sie noch mit dem Lackieren beschäftigt war. Sie bot mir derweil einen Cocktail mit Ananas an, den sie extra für mich kreiert hatte. Ich musste ihn lediglich aus dem Kühlschrank holen. Ich trank ihn mit einem Strohhalm, während ich im Pool stand – köstlich, aber reichlich mit Alkohol versehen. Dann zog ich ein paar Bahnen, gab aber unter der Wirkung ihres Fusels bald auf. Die ganze Zeit über hatte Valérie ununterbrochen geredet, hauptsächlich über ihre Gören, und natürlich hatte ich nicht aufmerksam zugehört, zumindest nicht die ganze Zeit – das war einfach nicht möglich. Würde ich tatsächlich jede Distanz aufgeben und alles, was ihr Mundwerk von sich gab, ungehindert an mein Ohr dringen lassen, wäre ich innerlich bereits ein Wrack – mein Gehirn wäre zu einem einzigen Klumpen Johannisbeermus geworden. Aber trotzdem hatte ich das übliche Maß an Klagen über Charlotte vernommen, die nicht Klavier übte, die im Religionsunterricht Unsinn machte, keine Röcke mehr tragen wollte und obendrein einfach chaotisch war, während ihr Sohn eine echtes Sahneschnittchen war, ein kleiner Wonneproppen, der sich leicht lenken ließ, dazu stets ausgeglichen und wunderbar vernünftig war.

»Wo sind deine Kinder eigentlich?«

»Nun, Paul-Phillip ist mit den Pfadfindern im Ferienlager. Charlotte besucht heute Nachmittag einen Workshop in der Gemeinde.«

Inzwischen war Valérie damit beschäftigt, eine erfrischende Lotion auf ihren Beinen zu verteilen. Ich warf einen Blick auf das Produkt.

»Sag mal, hat dein Mann dir schon einmal den Hintern versohlt?«

»Oh Gott, nein! Du fragst manchmal wirklich komische Sachen! Warum willst du das denn wissen?«

»Einfach so. Um etwas zu sagen. Bloße Neugierde …«

»Das ist keine Frage, die man aus bloßer Neugierde stellt.«

»Ach, weißt du, ich stelle mir viele Fragen, seit ich ein betrogener Ehemann bin. Vergiss es einfach. Manche Leute tun einfach seltsame Dinge. Es soll sogar vorkommen, dass jemand sich Wäscheklammern an die Brustwarzen klemmt oder Stricknadeln in die Harnröhre einführt …«

Ich hatte mich auf einen Liegestuhl neben ihr gelegt, mir ein flauschiges Handtuch um die Hüften geschlungen und die Augen im gleißenden Sonnenlicht geschlossen. Sie hatte mir, nicht ohne Bedenken, erlaubt, nackt zu baden – es hatte gedauert, bis sie sich zu dieser Ausnahmeregelung durchgerungen hatte, aber ich kam in meiner Eigenschaft als Liebhaber in den Genuss einer außergewöhnlichen Toleranz –, und auch nach dem Schwimmen verhielt ich mich im Grunde nicht gerade schicklich. Ich fand Gefallen daran, Valéries Schamgefühl auf diese Weise auf die Probe zu stellen. Sie ärgerte sich jedoch nicht über mich. Über den Schatten, der kurz darauf auf meine Schenkel fiel, spürte ich, dass sie sich mir näherte. Gewissheit lieferten mir bald die kleinen aufsteigenden Berührungen ihrer Zungenspitze. Ihre Annäherung erstaunte mich, zählte ein solches Vorgehen doch nicht zu ihren Gewohnheiten, zumindest hatte ich sie noch nie so erlebt.

Sie legte eine einfache Technik an den Tag, ließ sich Zeit bei ihren sanft ausholenden Berührungen, die sehr erholsam waren und eher eine tiefe Entspannung bewirkten als einen den ganzen Körper erfassenden Schauer. Ich hatte die Hände hinter dem Kopf verschränkt und fiel in einen angenehm hypnoseähnlichen Zustand, während Valérie mit ihren gemächlich kreisenden Bewegungen fortfuhr. Das Bild von Gisèle in ihrem eng anliegenden Shirt nach ihrer Laufeinheit kam mir in den Sinn, der Kinobesuch und ihre Bereitschaft, meiner Hand Zugang zu gewähren, um sie zu streicheln, der Verlauf der Heimfahrt, die Salzkristalle unter ihren Lippen. Ein paar Sekunden ergötzte ich mich daran und fühlte, wie meine Erregung stieg. Dann dachte ich plötzlich an Carlos, der meine Frau schlug. Da machte es Klick. Ich gab dem gemeinen Verlangen nach, letztendlich schlicht Rache zu üben. Einen winzigen Augenblick herrschte Schockstarre, doch dann reagierte Valérie umso heftiger. Nach Luft schnappend, wich sie zurück. Als sie endlich ihre Sprache wiedergefunden hatte, stieß sie mit tiefstem Abscheu hervor:

»Das ist wirklich schäbig, was du dir herausnimmst, einfach erbärmlich. Unverschämt. Das hätte ich nicht von dir gedacht, weißt du das?!«

»Entschuldige, Valérie. Es tut mir leid.«

»Klar, es tut dir leid. Du benimmst dich wie ein Tier, demütigst mich, und gleich wirst du auch noch sagen, dass ich daran schuld bin. Ja, ich bin gekränkt … Ich fühle mich beschmutzt …«

»Nein, ich entschuldige mich wirklich. Aber eigentlich … Warte mal. Es geht doch nicht um Ehre … Niemand wurde lächerlich gemacht … Und es bringt einen auch nicht gleich um.«

»Was soll das denn heißen, es bringt einen nicht gleich um?«

Darauf antwortete ich lieber nicht. Im Übrigen hatte sie recht: Ich wusste nicht, was es heißen sollte. Mir kam der scharfsinnige Einfall, uns rasch zwei Cocktails zu servieren, um die Situation nicht durch Untätigkeit in die Länge zu ziehen und weiter zu verschlimmern. Ein Dankeschön wurde mir nicht zuteil, aber sie schien meine Geste, etwas retten zu wollen, gutwillig anzunehmen. Dann forderte sie mich auf, ihren Rücken zu massieren, und mithilfe des Sonnenöls kam ich ihrem Verlangen unverzüglich nach. Eine Weile herrschte Stille, aber dann gestand sie, dass sie meine massierenden Bewegungen als sehr wohltuend empfand – das ließ sich durchaus bereits wieder als ein Kompliment auffassen, auch wenn der Tonfall es nicht verriet.

Sie sah mich einen Augenblick fest an und musterte mich mit einem kleinen, anzüglichen Grinsen, ohne ihre Gefühle preiszugeben. Der Cocktail tat seine betäubende Wirkung. Das Unbehagliche der Situation wich allmählich einer wenn auch ungewissen Offenheit. Ich sprang ins Wasser, um noch einmal ein paar Bahnen zurückzulegen. Valérie sah mir dabei zu, während sie auf dem Bauch lag, ihr Kinn in eine Hand stützte und mit den Füßen in der Luft wedelte. Auf ihrer Nase prangte eine gewaltige Sonnenbrille, ihr Kopf folgte mit leichten Drehbewegungen meinem Hin und Her. Jetzt, wo der Abscheu, die Demütigung durch eine herabsetzende Handlung verblasst war, schien sie eine gewisse Befriedigung aus dem misslichen Vorfall zu ziehen. In diesem Augenblick hätte ich begreifen müssen, dass sich unsere Beziehung komplizieren würde. Valérie war verliebt. Sie hatte sich zu sehr auf mich eingelassen, als dass ich noch ohne Schaden aus dieser Beziehung herauskommen würde.

Dennoch traf ich mich weiterhin regelmäßig mit ihr. Jetzt, wo die Kinder fort waren, war mir die Bedeutung des Wortes Ferien in vollem Umfang bewusst geworden. In ihrer Gegenwart gab es nicht einen einzigen Tag, an dem nicht die Waschmaschine und die Spülmaschine angeworfen werden mussten. Kaum waren sie weg, verringerten sich diese Plackereien enorm, außerdem gab es keine Fahrdienste zur Schule, keine Duschaktionen, keine Wäscheberge, die aufgehängt und wieder zusammengelegt werden mussten. Stundenpläne und Alltagstrott waren außer Kraft, die Mahlzeiten bereiteten mir kein Kopfzerbrechen mehr, auch wenn ich eine gewisse Anlaufzeit benötigte, um nicht weiterhin für fünf Personen zu kochen. Gleiches galt folglich für die Einkäufe, umso mehr, als der Gemüsegarten augenblicklich alle möglichen Erträge lieferte.

Von einem Tag auf den anderen verfügte ich über sehr viel freie Zeit. Auch wenn ich die Annehmlichkeiten dieses Lebens und den ungeheuren Spielraum, den es mir gewährte, sehr wohl schätzte, hatte ich das Gefühl, in der Haut eines anderen zu stecken. Ich verspürte keine Gewissensbisse, wenn ich die Betriebsamkeit meiner Frau sah. Ein erfrischender, süß belebender Jungbrunnen – das bedeutete diese Zeit der Untätigkeit für mich. Ich fühlte mich um zehn Jahre zurückversetzt, in jene schöne, alte Zeit, in der weder die Spontaneität noch die Mobilität durch die Trägheit eines Familienkonvois gelähmt wurde. In jene alte Zeit, in der ich mich lediglich um mich selbst kümmern musste, in der Zwänge ein sehr ferner Begriff waren, von dem man schon einmal gehört hatte, ohne ihn jedoch auf sich zu beziehen, und in der jede wirre Idee, die einer plötzlichen Laune entsprungen war, unmittelbar in die Tat umgesetzt werden konnte, wenn einem der Sinn danach stand. Mit anderen Worten: Ich ließ es mir gut gehen.

Natürlich fiel es mir auch nicht schwer, meine Zeit auszufüllen, da ich Valérie hatte. In zwölf Tagen trafen wir uns sieben oder acht Mal an Nachmittagen, wobei wir natürlich darauf achteten, dass ihre Kinder bei irgendwelchen Aktivitäten waren. Die meisten unserer Treffen fanden in der Villa der Ricard-Schmitts statt, wo ich den Pool ausnutzte, wann immer es ging – so sehr, dass Gisèle eines Morgens ganz erstaunt war über das Ausmaß meiner Bräune. Zwei Mal ließen wir unserer Lust auch unter freiem Himmel ihren Lauf, was allerdings gleichermaßen unbequem und unpassend war. Zudem kostete es uns reichlich Nerven, sodass wir letztlich doch ein sicheres Liebesnest vorzogen. Meine Geliebte gab sich jetzt immer bereitwilliger hin: Sie ließ sich nicht nur viel spontaner auf meine Einfälle ein, sondern ergriff zunehmend auch selbst die Initiative und äußerte ihre eigenen Wünsche weniger zögerlich. Diese Dynamik kam mir sehr entgegen, und so bat ich sie meinerseits, sich weniger oft unter den Achseln zu rasieren; es gab keinerlei Grund, warum nicht auch ich meinen Fantasien freien Lauf lassen sollte. Zunächst hatte sie sich nicht dazu entschließen können und wandte ein, dass dies in den Bereich ihrer körperlichen Intimität falle, dass ich mit einer solchen Forderung ihre weibliche Integrität antaste und es zudem furchtbar peinlich wäre, aber bei unseren folgenden Begegnungen konnte ich sehen, dass sie sich darauf eingelassen hatte.

Wir waren sehr schnell und sehr forsch zu Werke gegangen, Valérie und ich, das war mir bewusst. Mehrere Dämme waren bereits gebrochen. Neulich hatte sie tatsächlich jene ebenso abwegigen wie beunruhigenden Worte von sich gegeben:

»Wenn ich daran denke, dass du noch mit ihr schläfst, werde ich verrückt …«

»Entschuldige, aber so ist es nun einmal. Ich muss schließlich mit meiner Frau schlafen … Alles andere wäre äußerst seltsam. Entschuldige bitte, wenn ich das sage, es hat wirklich nichts mit dir zu tun …«

Mittlerweile hatte ich beschlossen, noch etwas abzuwarten und dann zum Wesentlichen zurückzukehren: Unsere Beziehung war lediglich ein Sommervergnügen, ein flüchtiger Trost – von dieser Einschätzung musste ich sie allerdings noch überzeugen. Fürs Erste hatte ich geplant, die Häufigkeit unserer Treffen zu verringern. Das war vernünftiger. Außerdem brauchte ich bei dem Leben, das ich führte, etwas mehr Ruhe. Ein Übermaß an Sport, Sex und Alkohol stand nun wirklich nicht im Ruf, Erschöpfungszustände bekämpfen zu können. Da war zum Beispiel jene ausgiebige Spritztour gewesen: Am Sonntag nach dem Vorfall mit dem Wildschwein hatten wir uns sehr früh auf den Weg gemacht, Fumard, Bruno und ich, um an einer Rundfahrt teilzunehmen, die oben an einer Berghütte startete. Die obersten Wipfel der Tannen hingen noch halb im Dunst, als wir bereits in die Pedale traten. Nach dem Rennen gab es einen Umtrunk auf dem Parkplatz des Gemeindesaals. Ich war am Ende meiner Kräfte, meine Beine gaben unter mir nach. Wir kippten ein paar Gläser Kir hinunter, bevor wir in einem Landgasthaus weitertranken, wo Denis die Kellnerinnen die ganze Zeit über mit zweideutigen Anspielungen belästigte, während ich bereits dort von dem wunderbaren Nickerchen träumte, das ich in meinem kühlen Zuhause halten würde.

Gisèle weckte mich auf. Wir beschlossen, einen Film auf dem Computer anzuschauen, und ich erholte mich langsam von meiner Tour. Sie hatte Krebse zum Abendessen gekocht, ein Gericht, das sie großartig zubereitete. Es gab keinerlei Grund für mich, nicht liebenswürdig zu sein, und so entkorkte ich eine schöne Flasche Wein.

Bei Tisch entspann sich ein Gespräch über häusliche Angelegenheiten. Wir hatten Nachricht von den Mädchen erhalten. Alles war in Ordnung; Julie hatte ihren eigenen Angaben zufolge seit ihrer Ankunft nicht ein einziges Mal geweint. Das machte mich glücklich, es rührte mich beinahe. Gisèle äußerte, wie still das Haus in Abwesenheit der Kinder sei, und ich ergänzte, dass auch die Organisation längst nicht so aufwendig war wie sonst, womit ich die Hausarbeit meinte. Sie nickte und führte ins Feld, dass man mit Schulbeginn auch eine Putzfrau engagieren könnte, die für ein paar Stunden in der Woche zu uns kam, wenn ich das für erforderlich hielt. Dieses Ansinnen lehnte ich mit großer Entschiedenheit ab. Es kam nicht infrage, dass eine fremde Person ihre Nase in unsere Angelegenheiten steckte. Ich wollte, dass meine Frau weniger arbeitete und mehr Zeit für uns hatte; ich wollte nicht, dass sie ihre lückenhafte Präsenz bei uns dadurch ausglich, dass sie eine Haushälterin bezahlte. Wir waren doch wohl alt genug, um selbst den Feudel zu schwingen.

Seit die Kinder ausgeflogen waren, hatte ich mir angewöhnt, fast jeden Tag um kurz nach sechs Uhr abends zu Bruno zu fahren und dort in der Bar Darts zu spielen. Denis schloss sich uns rasch an. Oft waren wir vier oder fünf Spieler, unter ihnen Bobby Bellanger, Gasparini und manchmal sogar Ruzicka, der für die Gemeinde arbeitete. Das Ganze ging natürlich mit einem gewissen Bierkonsum einher. Diese Trinkgelage fielen nicht weiter ins Gewicht, da ich sie unter Brunos Führung beim Radfahren wieder abtrainierte, denn wir schwangen uns jetzt jeden zweiten Tag in den Sattel. Er beglückwünschte sich dazu, in mir einen so eifrigen Gefährten gefunden zu haben, der noch dazu verblüffende Fortschritte machte. Umgekehrt profitierte ich von seinen Lehrstunden bezüglich mechanischer Grundkenntnisse, die er mir gern zuteilwerden ließ.

Sein Vorhaben einer dreitägigen Rallye nahm konkretere Formen an. Er brannte förmlich darauf, loszulegen – außerdem musste er einmal raus hier. Man munkelte, dass es nicht sonderlich gut lief zwischen ihm und Malika. Das war mir über die dicke Christine zu Ohren gekommen, bei der ich mir die Haare hatte schneiden lassen und die mir in grellen Farben die neuesten Klatschgeschichten weitergab – nicht ohne ihnen hier und da eine melodramatische Note zu verpassen. Inspiration hierzu lieferten ihr die erbärmlichen Zeitschriften, die sie unter dem Vorwand verschlang, ihrer Kundschaft Unterhaltung bieten zu müssen. Allerdings war mir bekannt, dass es in der Beziehung zwischen Malika und Bruno nicht erst seit gestern sehr oft und sehr heftig krachte. Das äußerte ich gegenüber der dicken Christine nun auch, während ich im Spiegel ihr borstiges aschblondes Haar und das dumpfe Fischgesicht darunter musterte, das sich nun zu einem hüstelnden Lachen verzog. Mit einer wegwerfenden Handbewegung wollte sie jetzt offenbar zum Ausdruck bringen, dass alle Gemeinheiten, die sie eben noch von sich gegeben hatte, doch nur ein Scherz waren.

Trotz aller Antipathie, die sie mir innerlich einflößte, und trotz des anonymen Briefs, den sie mir, wie ich vermutete, geschickt hatte, ließ ich auch jetzt noch ein Mindestmaß an Nachsicht ihr gegenüber walten, da mich ihr Schicksal nicht unberührt ließ: Ihre Tochter war eines Tages aus dem Haus gegangen und nie wieder zurückgekehrt, und seither vergilbte das Foto von ihr, das sie mit einem verlegenen Lächeln und einem altmodischen Haarschnitt zeigte, in der Küche. Es war einfach so, dass ich jemanden, der ein solches Leid aushalten musste, nicht verabscheuen konnte. Selbst wenn ich heute sah, wie hart sie zu Jennifer war, und ihre mütterlichen Gefühle infrage stellte, konnte ich nicht ausschließen, dass erst diese Tragödie sie so hatte werden lassen.

Im Dorf schwieg man zu dieser Tragödie. Nur hin und wieder waren Bruchstücke zu vernehmen. Meine – äußerst spärlichen – Kenntnisse darüber stammten von Bruno, der mir vor ein paar Monaten in groben Zügen davon erzählt hatte. Wir fanden einander sympathisch, und er wollte, dass ich Fumards Art besser verstand und nicht in ein Fettnäpfchen trat. In der Folge waren mir indirekt die übelsten Gerüchte zu Ohren gekommen. Manche sprachen von einer elterlichen Schuld, andere berichteten von Hypnose-Sitzungen, bei denen ein Magnetiseur Echos der Verschwundenen hatte auffangen wollen – natürlich zu horrenden Preisen.

Ich hatte Denis nie auf dieses Thema angesprochen. Mein Taktgefühl sagte mir, dass ich hier nichts aufwühlen sollte. Die Tragödie, so grauenvoll sie auch war, lag zehn Jahre zurück. Das Kapitel war abgeschlossen. Geblieben war nur der Schmerz der Eltern. Außerdem zog ich es vor, auch weiterhin möglichst wenig darüber zu wissen. So war es leichter, nicht daran zu denken, vor allem für einen Familienvater wie mich, der durchaus zu Ängsten neigte.

Im letzten Winter hatte Denis mir dann doch nach ein paar Bierchen in einer Bar im Stadtzentrum davon erzählt. Er gestand, dass er die Vorstellung nicht ertrug, Cindy könnte irgendwo festgehalten werden und die ganzen Jahre über eingesperrt gewesen sein. Da wäre es leichter für ihn zu wissen, sie sei tot. Leider wusste er das jedoch nicht – und ihm zufolge gab es nichts Schlimmeres als dieses Nichtwissen. Bis heute hatte niemand irgendetwas gesehen. Die Nachforschungen in der Gegend hatten zu keinerlei Ergebnis geführt. Es gab keine einzige Zeugenaussage, keine einzige Spur. Die Untersuchung hatte ergeben, dass Cindy nicht in den Bus gestiegen war, der sie jeden Morgen in die Schule brachte. Sie hatte offenbar aber auch nicht vorgehabt, von zu Hause fortzulaufen. In ihren Schränken fehlte nichts. Der gesunde Menschenverstand legte nahe, dass sie entführt worden war. Cindy war damals häufig mit einem Jungen zusammen gewesen. Es war nichts Festes, aber die Polizei hatte sich ihn dennoch vorgeknöpft, diese Spur dann jedoch wieder fallen lassen. Zwei Wochen nach ihrem Verschwinden, als die Untersuchungen zunehmend ins Stocken gerieten, war Fumard in der Schule aufgetaucht, um einem Lehrer die Fresse zu polieren. Das wusste ich von Bruno. Der fragliche Lehrer hatte bei Cindy eine künstlerische Ader entdeckt – irgendwann musste sie zu Hause von ihm geschwärmt haben. Vielleicht war es nur ein einziges Mal, aber Denis hatte sich daran erinnert und sich in den Kopf gesetzt, dass hier etwas nicht stimmte. Der Typ hatte Denis nicht angezeigt, obwohl Fumard ihn beinahe umgebracht hatte – das erzählte Bruno zumindest. Aber auch Denis hatte aus dieser Begebenheit kein Geheimnis gemacht, als wir einmal in der Stadt etwas getrunken hatten. Er war nach einigen Bierchen am Ende auch auf Cindys Freund zu sprechen gekommen, und seiner Aussage zufolge war ich der Einzige, der nun davon wusste: Dieser Kerl hatte die Gegend ein paar Jahre nach dem Drama verlassen, aber Denis hatte ihn niemals aus den Augen verloren. Mehrmals im

Jahr unternahm der Automechaniker eine Art Pilgerreise: Wenn seine Angstzustände zu mächtig wurden, machte er sich heimlich auf den Weg, um ihn zu beschatten und sicherzustellen, dass Cindy nicht bei ihm war – und um sich zu vergewissern, dass er keinen mehr oder weniger kriminellen Machenschaften nachging, die in irgendeiner Form darauf schließen ließen, dass er nicht so unschuldig war, wie die Untersuchungen es ergeben hatten.

Über das Dartspiel und das Fahrradfahren, über Geschichten wie den Umzug der Schwägerin, die Arbeiten im Badezimmer oder das zerlegte Wildschwein war ich gefährlich nahe an Bruno und Denis herangerückt; zwischen uns keimte etwas auf, das an freundschaftliche Zuneigung grenzte. Die Krönung war dann ein ausuferndes Trinkgelage – im Grunde wieder einmal eine Radtour, die mit einer äußerst feuchtfröhlichen Sitzung bei Bruno endete. Und das aus gutem Grund, denn als wir uns nach dem Duschen bei Bruno einfanden, erfuhren wir, dass das Glück uns hold gewesen war. Wir hatten alle drei bei einem Hindernisrennen die fünf ersten Pferde richtig vorhergesagt, und diese Wette hatte uns eine hübsche Summe Geld beschert. Bruno rieb sich die Hände.

»Ich habe geahnt, dass wir dabei absahnen werden!«

»Oh Mann, das sagst du jedes Mal!«, entfuhr es mir, aber ich machte keinen Hehl aus meiner Fröhlichkeit.

Mit dem Pfeilewerfen und dem einen oder anderen Bier dazu verstrich die Zeit rasch, und unsere fröhliche Runde war auch nach einundzwanzig Uhr noch beisammen. Nach der offiziellen Schließung zogen wir die Vorhänge zu und setzten unsere Runde fort. Gegen elf

Uhr hämmerte Malika einige Male mit dem Besenstil über unseren Köpfen auf den Boden. Da beschlossen wir, schon reichlich angetrunken, in die Stadt zu fahren und uns dort weiter zu vergnügen. In der kühlen Nachtluft wankten wir bis zu dem Platz, wo unsere Autos geparkt waren. Bruno hatte seinen Führerschein erst vor Kurzem abgeben müssen, vermutlich bei einer ähnlichen Eskapade, wie sie jetzt Gestalt annahm – und er konnte nicht schon wieder das Risiko eingehen, ihn zu verlieren. Das war ein häufiges Thema im Dorf, ebenso wie die Geschwindigkeitskontrollen. Die Burschen scheuten sich nicht, das als Erpressung zu bezeichnen. Sie verdrehten die Fakten gerne so, dass es am Ende ein Fehler der Regierung war, wenn man sie mit hundertzwanzig Sachen oder zwei Gramm Alkohol im Blut anhielt.

Denis setzte sich ans Steuer, er kannte genug Schleichwege, um der Polizei nicht in die Fänge zu geraten. Und er zog Bruno auf, während wir über den Asphalt der Landstraße schaukelten:

»Du solltest mal den Jagdschein machen, den nimmt dir niemand weg, wenn du einmal ein Glas zu viel getrunken hast!«

Fumard steuerte zunächst sein übliches Etablissement an, eine Absteige, in der sich einsame Herzen mittleren Alters trafen. Vor der Bar zog er die Bremse, hinter den Fenstern zeichneten sich vier oder fünf Gestalten ab. Drinnen herrschte Trostlosigkeit, angefangen bei den ausgeblichenen Holzvertäfelungen bis zu den mehr als zerschlissenen Samtbezügen. Am Tresen wartete eine Trinkerin mit zerfurchtem Gesicht auf die große Liebe. Ihr Ausschnitt gab den Blick frei auf einen kräftigen

Hals, was aber den Automechaniker nicht daran hinderte, Kontakt aufzunehmen. Bruno und ich nahmen die Dartscheibe hinten im Saal in Angriff. Der Alkohol hatte uns zwar die Zielsicherheit, nicht aber die Motivation genommen. Gelegentlich warfen wir einen Blick zu Denis und seiner Trinkerin hinüber: Er saß uns zugewandt und redete in einem fort; sie kehrte uns den Rücken zu, stützte sich mit dem Ellbogen auf den Tresen und hatte die Wange auf die Handfläche gelegt.

»Jagdschein oder nicht, mein Lieber«, meinte Bruno jetzt flapsig, »ein so hässliches Entlein – der würde man ja noch einen Dienst erweisen, wenn man sie mit einem Gewehrschuss erledigt …«

Wir lachten uns kaputt. Ich nahm Denis' Liebeleien nicht ernst. Er und seine Frau hatten zusammenstehen müssen, um das Verschwinden ihres Kindes zu bewältigen, und eine solche Aufgabe ließ keinen Platz für Extratouren. Außerdem lebte Fumard sein Verlangen nach Großtuerei gern mit seinem losen Mundwerk aus: Schimpfworte und Unsinn kamen ihm gleichermaßen leicht über die Lippen.

Ich glaube, es war letztlich die füllige Prinzessin, die dafür sorgte, dass wir in eine Diskothek am Stadtrand abzogen. Im Auto – Bruno und ich saßen hinten – schwang die Gute mit einer Stimme, die dem abgehackten Bellen eines alten, heiseren Wachhunds glich, unverständliche Reden. In dem angesteuerten Schuppen herrschte eine furchtbare Stimmung. Im Nachhinein sollte ich mich lediglich an die verschwommenen Umrisse von Denis und seiner Eroberung auf der nahezu leeren Tanzfläche erinnern. Er vollführte alle möglichen Verrenkungen, während sie von einem Absatz auf den anderen torkelte, als würden ihre Knie den Dienst versagen und sich nicht mehr beugen lassen. Bruno und ich kümmerten uns währenddessen um nichts und niemanden, leerten dafür aber an einer Ecke des Tresens mehr Gläser, als uns guttat, und verstrickten uns in ein hitziges Gespräch, von dem ich nichts mehr weiß, gerade so, als hätte eine Kamera die Szene unscharf aufgezeichnet, ohne dass es dabei gelungen war, auch die Dialoge einzufangen.

In der nächsten Aufnahme waren wir unter wüsten Androhungen der Türsteher aus der Diskothek hinausgeflogen, nachdem Denis einen schmächtigen jungen Mann angerempelt hatte, da er sich von ihm angemacht gefühlt hatte. Also wieder zurück zum Auto. Die füllige Prinzessin war verschwunden. In einer Brasserie in der Nähe des Bahnhofs, die die ganze Nacht geöffnet hatte, wollten wir die letzten Scheine unseres Gewinns für ein ordentliches Stück rotes Fleisch mit Pommes verprassen. Als wir gegen fünf Uhr morgens wieder unser Dorf erreichten, setzte Denis uns vor der Bar ab. Wir verabschiedeten uns lauthals über die Straße hinweg, und Fumard stieg wieder ins Auto: Die Tür wurde zugeschlagen, dann drückte er noch kurz auf die Hupe und rauschte davon. Während Bruno seine Schlüssel suchte, erschien Malika bereits wütend am Fenster und überschüttete ihn mit Schimpfworten, auf die er erwiderte: »Oh, ist ja schon gut. Wir sind nur bei Grün über die Ampel gefahren.« Dann murmelte er mit der gelösten Miene eines siegessicheren Trunkenboldes: »Halt einfach die Schnauze …«

Wir amüsierten uns. Es waren schließlich Ferien. Auch Gisèle hatte ihre beruflichen Verpflichtungen etwas zurückgefahren. Normalerweise arbeitete sie zwölf Stunden am Stück, aber jetzt nahm sie sich fünf oder sechs halbe Tage frei. Unsere Wege kreuzten sich öfter als sonst. Sie hatte ihr Laufpensum intensiviert – sie wollte unbedingt ein paar Kilo abnehmen. Deshalb gab es mittlerweile auch vorzugsweise Gemüse und hart gekochte Eier zu den Mahlzeiten.

Mein Garten lieferte jetzt im Sommer die reichhaltigsten Erträge. Kürbisse, Gurken, Melonen, Paprika und Auberginen folgten rasch aufeinander. Manche Erzeugnisse brauchten reichlich Wasser, so auch die Tomaten. Ich hatte mich in diesem Jahr auf zwei Sorten spezialisiert: Die erste Sorte lieferte rote, längliche und leicht marmorierte Früchte, war sehr ertragreich, wenig anfällig für Krankheiten und aromatisch im Geschmack. Francis Condac hatte sie in höchsten Tönen gelobt, als er mir ein kleines Tütchen mit Samen überlassen hatte. Von der zweiten Sorte besaß ich etwa zwanzig kräftige Pflanzen, deren Blätter denen von Kartoffeln glichen und die eine Fülle von recht großen Früchten erwarten ließen. Ihr dunkelrosafarbenes Inneres erinnerte ein wenig an saftiges Ochsenfleisch.

Auch ich ging laufen. Ich hatte mir ein paar Strecken überlegt, die von der Länge her gut passten. Fünfzig Minuten schaffte ich locker. Es ging bergauf und bergab, denn Steigungen schreckten mich keineswegs; ich legte die Anstiege sogar mehrfach zurück, um in Form zu kommen. Eines Morgens kam ich nach einer Laufeinheit im schattigen Wald aus der Dusche, als das Telefon klingelte. Es war Valérie.

»Ach, Valérie. Ich wollte dich auch schon anrufen.«

Ich hatte mehrere Tage verstreichen lassen, ohne Anstrengungen zu unternehmen, mich mit ihr zu treffen, und hütete mich davor, auf ihre zahlreichen Versuche zu reagieren, mich telefonisch zu erreichen. Es war im Übrigen höchst unwahrscheinlich, dass Valérie am Telefon an Gisèle geriet, denn zu Hause nahm meistens ich die Gespräche an. Außerdem glaubte ich annehmen zu dürfen, dass Valérie über die Pläne ihres Mannes auch mehr oder weniger genau Einblick in die beruflichen Termine meiner Frau hatte.

»Franck, ich erreiche dich telefonisch einfach nicht. Es klingelt und klingelt …«

»Ja, das kommt eben vor … Ich höre das Telefon nicht, wenn ich im Garten bin.«

»Seit einer Woche steckst du also ununterbrochen in deinem Garten? Tag und Nacht? Kannst du nicht ab und zu einmal an mich denken oder mich zumindest einmal anrufen? Oh, Franck, ich kann nicht mehr ohne dich sein, das ist mir jetzt klar.«

Sie klang nicht wütend, sondern melancholisch und

desillusioniert. Das war alles andere als günstig. Ich verharrte einen Augenblick sprachlos, dann versuchte ich einen einigermaßen angemessenen Tonfall zu finden und wagte mich vor:

»Aber … natürlich denke ich an dich, Valérie … Es macht mich verlegen, wenn du so etwas sagst. Außerdem weißt du doch, dass Gisèle im Augenblick oft zu Hause ist …«

Um aufrichtig zu sein, wäre mir eine Schimpftirade samt Vorhaltungen lieber gewesen, denn in einer Konfliktsituation war es leichter, sich klar zu positionieren. Der jetzige Verlauf verhieß baldige Unannehmlichkeiten.

»Nun, Carlos ist auf einem Kongress und bis Samstag verreist. Du könntest dich doch an einem Abend frei machen und mit mir ins Theater oder in ein Konzert gehen. Wir könnten im Restaurant essen. Ich würde dann einen Babysitter besorgen.«

»Ja … weißt du, Valérie, das ist ziemlich kompliziert. Weißt du, ich und kulturelle Unternehmungen … Außerdem gehe ich ziemlich selten aus … Ich lese nur Comics. Oder ich überfliege dreimal im Jahr alte Romane aus der Bibliothek. Musik höre ich eigentlich gar nicht …«

Das Gespräch zog sich in die Länge, ohne dass es mir gelang, mich mit schlüssigen Argumenten gegen Valéries Flehen zu wehren. Am Ende musste ich in ein gemeinsames Ausgehen einwilligen.

Also holte ich sie eines Abends bei ihr zu Hause ab und lud sie in ein ziemlich schäbiges Selbstbedienungsrestaurant ein. Zunächst glaubte sie an einen Scherz – sie hatte Schmuck umgelegt und ihr schönstes Kleid angezogen.

Ich setzte ihr meine Argumente auseinander: Die Küche des Etablissements war zugegebenermaßen nicht umwerfend, aber dafür war die Lokalität sicher. Wir saßen hinter einem Pfeiler in einer Ecke des großen Lokals und konnten uns neben den wenigen Besuchern an einem Tag unter der Woche vollkommen unbehelligt fühlen. Die ausladende Silhouette einer künstlichen Palme schützte uns zudem vor den Blicken der Kellner. Das waren doch optimale Bedingungen für ein heimliches Treffen mit seiner Geliebten, oder etwa nicht? Ich konnte sie ja wohl kaum in ein angesagtes Restaurant am Ort ausführen. Carlos kannte alle einigermaßen betuchten Leute in der Stadt, da würde ihm schon irgendjemand unverzüglich eine Nachricht schicken.

Das alles musste ich Wort für Wort einer tief getroffenen Valérie erklären, deren Gesichtsausdruck Entsetzen und Fassungslosigkeit verriet. Wort für Wort musste ich ihr alles wieder und wieder erklären, bis sie sich schließlich, wenngleich nur mit einiger Anstrengung, dazu durchrang, die Situation zu akzeptieren und ihren Stolz und Dünkel beiseitezuschieben. Sie schrieb ihren eleganten Abend ab und fügte sich in ihr Schicksal, wie die aufkeimende Resignation in ihren Gesichtszügen mir verriet. Ich hatte mich noch einmal herausgeredet. Nach diesem Einstieg war es gar nicht so einfach, eine Konversation in Gang zu bringen, aber ich mühte mich redlich, die Mahlzeit mit liebenswürdigen und neutralen Bemerkungen zu beleben und keinerlei Anlass zu Konflikten zu liefern. Dessen ungeachtet rührte sie ihr Seezungenfilet mit dem bunten Gemüse kaum an und ließ es kalt werden. Die Karaffe mit dem Roséwein knöpfte sie sich dafür umso gründlicher vor. Ich stellte fest, dass sie die bittere Pille noch nicht verdaut hatte.

Am Schluss weigerte sie sich, ihr Tablett zurückzubringen, und warf mir einen bitterbösen Blick zu. Ich bestand nicht darauf und ließ sie in Ruhe. Anschließend unternahmen wir eine Spritztour mit dem Kombi, fuhren durch ein Industriegebiet und ließen einen Kreisverkehr nach dem anderen hinter uns, bis wir schließlich in die Stadt zurückkamen, deren Straßen weitgehend menschenleer waren. Über die erleuchteten Uferpromenaden gelangten wir bald wieder aus den bebauten Gebieten hinaus. Ein riesiger Mond, der wie die Reinkarnation einer stellenweise kupferfarben schimmernden Orange wirkte, spiegelte sich im Wasser und war nun die einzige Lichtquelle – bis auf den flüchtigen Kegel meiner Scheinwerfer.

Valérie hatte wieder zu ein wenig besserer Laune zurückgefunden, vor allem aber zu ihrer Schwatzhaftigkeit.

»Ich bin enttäuscht, Franck, auf ganzer Linie enttäuscht. Von heute Abend, von dir … von den Männern überhaupt, glaube ich. Vom Leben im Allgemeinen … Na ja, was soll's, es musste ja irgendwann so kommen … Ich glaube, ich habe begriffen, dass ich die Latte schon immer ziemlich hoch gelegt habe. Meine Erwartungen sind zu groß und vielleicht sogar irrational. Wie naiv ich bin … Ich habe immer in einer Art Blase gelebt. Ich wollte das Beste. Ich muss endlich die Augen aufmachen, besser gesagt, ich habe bereits begonnen, sie aufzumachen. Ich habe viel nachgedacht in letzter Zeit, jetzt, wo alles so verworren ist. Es ist irgendwie schade, dass man die

Dinge zur falschen Zeit begreift. Manchmal sogar erst Jahre später …«

»Du hast sicher recht«, stimmte ich ihr zu, und in meinem Tonfall wetteiferten Naivität und Lässigkeit um die Oberhand. »Aber die Hauptsache ist doch, dass man die Dinge begreift, bevor es zu spät ist, oder etwa nicht?«

Ein paar Sekunden herrschte Schweigen, dann fragte ich sie: »Hast du den Mond gesehen? Sag nicht, dass dich auch diese Landschaft enttäuscht?!«

»Franck, machst du dich über mich lustig?«

»Nein. Nein, denk nicht so was, Valérie.«

Sie ließ ab von ihren Klagen, und es kehrte Ruhe ein, während wir die Anhöhen der südlichen Viertel erreichten. Gleichmütig gab ich zu bedenken, dass es doch ziemlich angenehm hier in meinem Kombi war. Aber sie nahm diese Bemerkung nur zum Anlass, meinen Besitzerstolz mit Füßen zu treten, indem sie die lediglich mechanische Fensteröffnung rügte, den Kassettenrekorder und die dürftige elektronische Ausstattung. Ich ging nicht darauf ein, sondern tat großmütig so, als hätte ich nichts gehört. Ich hatte dieses Auto gekauft, als Julie geboren wurde, und erinnerte mich noch gut an den schweigsamen Automechaniker, der es mir überlassen hatte, an sein von einer dicken Schicht Zahnstein überzogenes Gebiss, seinen wie Stahlwolle gekräuselten Bart, seine gefütterten Stiefel und die gottverlassene Tankstelle, hinter der seine paar Gebrauchtwagen zum Verkauf standen. Dieser hartgesottene Sonderling bediente den Zapfhahn noch eigenhändig, und als wir uns handelseinig geworden waren, hatte er darauf bestanden, mir eine Tankfüllung umsonst zu überlassen. Zugegeben, die Gangschaltung holperte, die Lenkung hatte zu viel Spiel, und auch die Stoßdämpfer waren etwas ausgeleiert, aber es musste schließlich auch nicht immer alles perfekt sein. Diese Karre war mir wichtig, ich liebte sie mit all ihren Vorzügen und Nachteilen.

Trotz der Kränkung empfand ich am Ende dieser nächtlichen Unternehmung eine gewisse Erleichterung. Ich hatte das Gefühl, eine Hürde genommen zu haben. Am liebsten hätte ich unser Treffen damit beendet und wäre nach Hause gefahren, denn nach weiteren Intimitäten stand mir nicht der Sinn.

Es wartete jedoch noch eine weitere Hürde auf mich. Je näher wir ihrem Haus kamen, desto lebhafter wurde Valérie, und vielsagend ließ sie verlauten, dass sie hoffte, der Abend würde besser enden, als er begonnen hatte. Angesichts ihres Elans und ihrer Heftigkeit war ich nicht dreist genug, um ihr Müdigkeit vorzuspielen und sie kaltschnäuzig einfach vor dem Haus abzusetzen. Stattdessen willigte ich ein, mich hinter der Garage zu verstecken, während Valérie das Kindermädchen verabschiedete, und huschte dann ins Gästezimmer, während sie den Kindern Gute Nacht sagte. Nach einer halben Stunde tauchte sie in einem zarten, geöffneten Negligé bei mir auf, das den Blick auf knallrote Unterwäsche freigab. Ich heuchelte Begeisterung über diesen neuen Aufzug und zog sanft an einem der Bänder, worauf sie mich bat, vorsichtig zu sein. Noch einmal äußerte sie ihr Bedauern über den Verlust des legendären zerlegten Büstenhalters und ihres umwerfenden lachsfarbenen Höschens, das sein Dasein in der Mülltonne beendet hatte.

Valérie gab mit Sicherheit horrende Summen für all

diese Dinge aus. Und ich musste zugeben, dass die Beschaffenheit ihrer Unterwäsche ausgesprochen gelungen war – davon zeugten die winzigen Metallhaken, die ich beinahe blind mit nur einer Fingerspitze öffnen konnte, um mit nanometrischer Präzision ihr Dekolleté freizulegen – schon quoll ihre Brust träge wie Gelatine aus ihrer Stoffhülle hervor, während Valérie mich sehnsuchtsvoll anschmachtete. Ihr nächster Einfall fand meine uneingeschränkte Zustimmung: Sie wollte uns etwas zu trinken holen.

Sie war nicht lange weg – gerade einmal lange genug, dass ich mir vor Augen führen konnte, wie lange ich sie nicht angerührt hatte und dass mir diese Schonung heute Abend dabei behilflich sein würde, meine Männlichkeit unter Beweis zu stellen. Sie kehrte mit einer Flasche Wein zurück, und ein Blick aufs Etikett sagte mir, dass Carlos sich für diesen edlen Tropfen in Unkosten gestürzt haben musste. Auf den zusammengeschobenen Kissen lagernd, tranken wir schweigend ein Glas und schenkten dem wahrlich süßen Nektar die gebührende Aufmerksamkeit in diesem großzügigen Zimmer, das, sowohl die Größe als auch die Ausstattung betreffend, weit mehr als ein schlichtes Schlafzimmer war: Ein Schreibtisch war ebenso vorhanden wie ein Frisiertisch, ein paar Sessel und andere Kleinmöbel, die in der Villa sonst keinen Platz gefunden hatten.

Nachdem ich uns mit vollendeter Geste Wein nachgeschenkt hatte, musste ich zugeben, dass ich, entgegen meiner Erwartung, allmählich in Wallung geriet, zumal Valérie mich mit ihrem Fuß immer wieder sanft berührte. Ich dachte an unser erstes Mal, das so gründlich misslungen war, an die Lüsternheit, die mich in meinem Wohnzimmer so gepackt hatte, als wir einander halb nackt gegenüberstanden. Ich dachte daran, wie ich sie gegen ihren Willen bedrängt hatte: Sie war vor mir geflüchtet, und die Reifen ihres Wagens hatten meinem Kombi eine Salve Kieselsteine verpasst. Seitdem hatte sich die Lage entscheidend verändert, und doch lag diese Begebenheit nicht allzu lange zurück.

Als ich meine Weinprobe beendet hatte, versuchte ich, sie an den Hüften zu mir zu ziehen; sie entwand sich in einem spielerischen Rückzug, aber ich bekam sie am Ende doch in meine Gewalt. Während ich sie vollkommen entkleidete, gelang es ihr, das Spiel umzukehren. Sie drückte mich aufs Bett hinunter und warf sich mit ihrem ganzen Gewicht auf meine Glieder. Wie entfesselt ging sie auf mich los. Ihre Pobacken landeten in meinem Gesicht, ein Knie bohrte sich in meinen Unterbauch, und ich bekam ihre scharfen Nägel an verschiedenen Stellen meines Körpers zu spüren. Ich war wie ein Instrument in ihren Händen, niemals zuvor hatte sie ihren erotischen Fantasien so freien Lauf gelassen. Sie trieb ihr unanständiges Spiel so weit, dass ich einiges über mich ergehen lassen musste und am Ende beinahe erstickte, nachdem sie mir ihr Höschen in den Mund gestopft hatte.

Mit geschwollenen Lippen, schmerzendem Körper und verrenkten Schultern verließ ich die Villa der Ricard-Schmitts um ein Uhr morgens. Der Gummizug meiner Unterhose war nur noch ein Schatten seiner selbst. Valérie war eingeschlafen. Die laue Nachtluft umfing mich wie eine alles wiedergutmachende Umarmung. Der weißglühende Schein des Mondes wirkte künstlich und verlieh der schwarzen Erde und dem blauen Nachthimmel eine unnatürliche Helligkeit. Manchmal waren solche Dinge bedeutsam. Der Kombi stand ein Stück weit entfernt, und ich schlug gedankenverloren den Weg durch die Siedlung ein. Eine große Leere breitete sich in mir aus, es gab keinen Winkel in mir, aus dem ich noch hätte Kraft schöpfen können. Ich fühlte mich geplündert, erschöpft und vollkommen ausgelaugt. Zwischen den Zähnen spürte ich noch Haare, in meinem Mund lag ein strenger Geschmack, und an der Innenseite meines einen Oberschenkels schmerzten noch immer die Nachwehen eines Bisses.

Zu Hause duschte ich ausgiebig, wusch mir die Haare, und während mir der Wasserstrahl in den Nacken prasselte, überließ ich mich der Vorstellung, dieser Balsam würde mich wieder auf die Beine bringen. Gisèle schlief tief und fest. Ich schlüpfte neben sie unter die Decke, und ein intensiver Duft von Jasmin und Mandelmilch wehte zu mir herüber. Ich wälzte mich ein paarmal hin und her, da meine blank gescheuerte Haut seltsam empfindlich auf den Kontakt mit dem Leintuch reagierte. Dann streckte ich alle viere von mir und konnte es kaum fassen, dass ich das Gewicht von Valérie Ricard-Schmitt nicht mehr auf mir spürte.

Ich sollte meine Frau erst am nächsten Abend wiedersehen. An jenem Tag ließ ich mich nicht in der Bar blicken, sondern ging stattdessen im Wald laufen. Nach der Dusche zog ich lediglich Boxershorts an und machte es mir im Wohnzimmer gemütlich, wo ich mich in die Lektüre von Comics vertiefte.

»Hattest du gestern einen schönen Abend?«

»Ja«, erwiderte ich leichthin, »ich habe um sieben Uhr einen Film angesehen, und danach war ich bei Bruno, um ein wenig Darts zu spielen.«

Ich reihte eine Lüge an die andere, ganz natürlich, so wie ein Hund bellt, ohne dass es in jedem Fall einen Grund gibt. Hätte sie mich gefragt, welchen Film ich gesehen hatte, so hätte ich zu einer Notlüge gegriffen und schlagfertig einen Titel genannt. Aber sie huschte ohne weitere Fragen unter die Dusche, so wie sie auch neulich nicht nachgebohrt hatte, als ich mit Bruno und Denis in der Diskothek gelandet war. Es war nicht Gisèles Art, mich in eine Ecke zu drängen und auszuhorchen, umgekehrt behelligte sie mich auch nicht mit ihrem eigenen Zeitplan. Und ich machte es genauso: Ich kam und ging, ohne ihr Rechenschaft abzulegen, ich kannte kaum die Namen der Sekretärinnen in der Klinik, mit denen meine Frau befreundet war, und wollte nicht wissen, was sie sich beim gemeinsamen Mittagessen erzählten. Diese kleinen dunklen Zonen waren der Partnerschaft durchaus förderlich, vor allem wenn man bereits einige Jahre zusammen war und sich auch wünschte, dass dies so bliebe.

Als sie ins Wohnzimmer zurückkam, hatte sie lediglich ein Handtuch umgelegt, das sie unter den Achseln verknotet hatte, ein weiteres umhüllte turbanartig ihre Haare.

»Du nutzt also die kinderfreie Zeit, um ein wenig öfter auszugehen. Da hast du recht …«

»Oh, hmm …«, entgegnete ich schwach.

»Du hast auch ein wenig abgenommen. Hast du tatsächlich mehr Muskeln bekommen? Das steht dir ziemlich gut, weißt du das?«

Eine Sekunde später saß sie seitlich auf meinen Knien, ihre feuchte Zunge suchte meinen Mund, fuhr dann meinen Hals hinunter und liebkoste meine Brustwarze. Dann biss sie mich vorsichtig in meine Brustmuskeln. Ich verharrte einen Augenblick sprachlos, bevor sie sich rittlings auf mich setzte, ohne ihr Handtuch festzuhalten. Ich fühlte mich ein wenig überrollt von ihrem Vorgehen. Es war das erste Mal, dass wir Sex hatten – seit der Episode mit den außerehelichen Züchtigungsmerkmalen. In solchen Fällen war es besser, nicht weiter nachzudenken, gewisse Gegebenheiten aus dem Gehirn zu streichen und so zu tun, als sei nichts vorgefallen, sonst steht man am Ende als kompletter Idiot da.

Später am Abend kam Gisèle auf das bevorstehende jährliche Fest bei den Ricard-Schmitts zu sprechen. Während ich die Klappe des Mikrowellengeräts mit wohldosiertem Schwung zuwarf, nannte sie mir sogar das genaue Datum. Mit einem Brummeln nahm ich die Auskunft zur Kenntnis und hielt meinen Blick streng auf mein Zucchinipüree gerichtet, das nun die Angriffswellen des elektrischen Feldes über sich ergehen lassen musste. Allerdings konnte meine Reaktion die fehlende Begeisterung für diese Veranstaltung und meine Überraschung angesichts des baldigen Termins kaum verhehlen. In Wahrheit war mir die Information keineswegs neu. Valérie war mir damit schon reichlich auf die Nerven gegangen. Ich hatte die Nase gestrichen voll von dieser Tanzparty bei den Ricard-Schmitts. Die letzten Ausführungen dazu hatte ich in dem Selbstbedienungsrestaurant über mich ergehen lassen, wo sie es nicht hatte lassen können, mir all ihre Befürchtungen darzulegen, die sie bezüglich dieses heiklen Aufeinandertreffens hegte. In dieser Woche hatte es bereits zwei heftige Regengüsse gegeben, und die aufgescheuchte Valérie hielt es nun für ausgemacht, dass es am Abend der Fummelparty ebenfalls regnen würde. Das wäre das reinste Chaos, der totale Reinfall. Nun besaß das endlose Gerede darüber im Vorhinein, die Beschwörung der bevorstehenden Schlappe und die angsterfüllte Selbstzerfleischung jedoch keinerlei Macht, den drohenden Regen fernzuhalten, oder etwa nicht? Das hielt ich ihr mit allem Nachdruck vor. Mochte ja sein, dass ich sogar recht hatte – jedenfalls wollte sie das Ganze am liebsten schon hinter sich haben, sie wollte, dass die Ferien endlich einen Schlussstrich unter die Anspannung zogen, die die Organisation solcher Festlichkeiten mit sich brachte.

Später sollte ich aus Carlos' Mund erfahren, dass Valérie so weit gegangen war, Kerzen anzuzünden, um Unbillen des Wetters fernzuhalten – ich war erschüttert von den mannigfaltigen Erscheinungsweisen der menschlichen Dummheit.

Inzwischen waren mir drei oder vier Tage Pause vergönnt, in denen Valérie mich nicht beanspruchte, sondern mit den Vorbereitungen beschäftigt war. Ich nutzte diesen Freiraum, um Unkraut in meinem Kräuterbeet zu jäten, den Rasen zu mähen und vor allem, um meinen Brunnen von Sand zu befreien, was mir ziemliche Probleme bereitete. Ich hatte erwogen, Condac um Hilfe zu bitten, aber letztlich hatte ich ihn dann doch nicht kontaktiert – ich war also ganz allein hineingestiegen, obwohl mir klar war, dass das alles andere als professionell war. Die sieben oder acht Eimer Schlamm, die ich nach oben befördert hatte, behoben den Schaden nicht wirklich, aber der Wasserspiegel war immerhin um einen halben Meter gestiegen. Sicherheitshalber deckte ich dann nach dem Gießen im Garten den Boden noch einmal ab, um die Feuchtigkeit an den Wurzeln der Pflanzen möglichst lange zu speichern. Schließlich würden die beiden Gewitter, die Valérie so in Panik versetzt hatten, mein Bewässerungsproblem nicht auf die Schnelle lösen.

Eines Morgens rief sie an, um mir Bericht zu erstatten über den aktuellen Stand der Vorbereitungen – und wenn ich ihr nicht frank und frei an den Kopf warf, dass mir ihre Vorbereitungen vollkommen egal waren, so nur deshalb, weil Gisèle immer wieder um das Telefon herumschwirrte. Valérie hatte der Unentschlossenheit des Feinkosthändlers bezüglich der Häppchen ein Ende bereitet, sie hatte die Lieferung des süßen Gebäcks in die Hände eines Profis gelegt, die Musiker standen bereits fest, und Festzelte waren ebenfalls geordert, für den Fall der Fälle. Ich hatte mir ihre Vorbereitungen anfangs so vorgestellt, dass sie im Supermarkt einen Kofferraum voll Lebensmittel ersteht und anschließend Toasts schmiert – diese Auffassung musste ich beim Zuhören gründlich revidieren. Es folgte eine kurze Abschweifung zu ihren Wetterängsten, bevor sie damit schloss, dass jeden Augenblick der Dekorateur eintreffen musste.

»Ein Dekorateur? Wofür denn ein Dekorateur?«

Die Antwort hatte ich gar nicht gehört, denn ich

schwankte zwischen meiner Verblüffung und der Suche nach einer Lügengeschichte, die ich meiner Frau gleich auftischen konnte. Als ich aufgelegt hatte, war ich erst einmal sprachlos angesichts der ungeheuren Ausmaße, die die Organisation eines solchen Unternehmens annahm, das letztlich die dort zusammengewürfelte Menschenmenge doch nur anöden würde.

Gisèle hatte sich den Tag freigenommen. Wir gingen erst auf den Markt, dann fuhren wir mit offenen Fenstern in die Stadt, um weitere Einkäufe zu erledigen sowie die üblichen Gänge zu Apotheke, Reinigung und Post. Auf der Landstraße blies ein böiger Wind. Ich wollte gerade das Radio einschalten, als sie mich fragte:

»Was hatte es eigentlich mit der Geschichte von diesem Dekorateur auf sich, bei der es dir so die Sprache verschlagen hat?«

»Ach, das war nichts Besonderes. Wirklich nicht. Bruno spinnt in letzter Zeit davon, seine Bar aufzuhübschen. Jetzt kam ihm die Idee, einen Dekorateur hinzuzuziehen. Als wären wir nicht mit zwei oder drei Kumpeln selbst in der Lage, den Pinsel zu schwingen …«

Als wir in der Stadt waren, wollte Gisèle gern bei ein paar Boutiquen vorbeischauen, wenn ich nichts dagegen hätte. Ich war einverstanden. Ich selbst entdeckte eine wirklich schöne Jacke, aber für mich stand von vornherein fest, dass ich sie nicht kaufen würde, da sie zu teuer war und ich sie nicht wirklich benötigte. Einen Augenblick jedoch tat ich so, als zögerte ich, und streifte sie sogar über. Dieses kleine Vergnügen gönnte ich mir, denn es war manchmal ebenso wohltuend, dem Kaufwunsch zu widerstehen, wie ihm nachzugeben. Ich beließ es dann bei einem schlichten blauen Poloshirt, und nach zwei weiteren Boutiquen bedauerte ich bereits, mich auf diesen Bummel eingelassen zu haben. Diese Bekleidungsläden verursachten mir ein allgemeines Unwohlsein, ich fand dort beinahe alles unerträglich: die Musik, die Duftwolken, die Aufmachung der Verkäuferinnen, ihre schmeichelnden Stimmen, die Treuepunkte und die Speckrollen, die man unweigerlich durch den Spalt der Vorhänge in den Umkleidekabinen erblickte.

Wir vereinbarten, uns später in einem Café wieder zu treffen. Ich nutzte die Zwischenzeit, um ein paar Kleinigkeiten für die Mädchen zu kaufen – Kinderschmuck, Bücher und Nippes. Als Gisèles Eltern beschlossen hatten, ihren Alterswohnsitz an den Ort ihrer Jugend zu verlegen, hatte ich es zunächst lediglich als Vorteil gesehen, so viele Kilometer zwischen uns und den ein wenig besitzergreifenden Schwiegereltern zu wissen. Aber da hatte ich nicht daran gedacht, dass meine Töchter irgendwann einmal endlos lange Ferien dort verbringen würden.

Später trank ich ein Bier am Tresen des Cafés und durchblätterte eine Zeitung, zunächst die nationalen, dann die internationalen Seiten, anschließend Gesellschaft, Politik und Wetter. Ein Gewitter wurde nicht vorhergesagt, was ich schade fand. Ich war ein Anhänger der kostenlosen Bewässerung, vor allem wenn sie in diesem Fall als besondere Vergünstigung die zumindest vorläufige Absage des mondänen Gelages der Ricard-Schmitts mit sich brachte. Hinten in dem Blättchen gab es eine Rubrik, die sich der Gärtnerei widmete. Der Autor sang ein Loblied auf die Brennnessel und stellte sie mit aller

Entschlossenheit als Freundin der Gemüsebauern vor, mit dem Ziel, diese gering geachtete Pflanze zu rehabilitieren. Mich konnte er damit allerdings nicht überzeugen, auch wenn ich die Vorzüge dieser Pflanze kannte und wusste, was man in einem Gemüsegarten von ihr erhoffen konnte. Mein Glas war leer. Ich griff nun zu einem Sportblättchen, das lose zusammengelegt auf einem Hocker lag. Wider Erwarten fand ich diese Lektüre unterhaltsam und sogar recht außergewöhnlich. Die Texte waren sehr gut geschrieben, was angesichts der belanglosen Themen ein gewisses Können erforderte. Es blieb mir Zeit, das Blatt zur Hälfte zu lesen, bevor ich Gisèle mit zwei großen Tüten in der Hand vor der Fensterscheibe des Cafés näher kommen sah. Ich trank noch ein weiteres Bier mit ihr. Es ist schön, mit seiner Frau ein Bier zu trinken.

Gisèle hatte sich geschminkt, was sie normalerweise nie tat. Sie trug ein paillettenbesetztes, hoch geschlitztes Abendkleid, dazu mörderisch hohe Absätze und eine auffällige Halskette. Noch bevor das Fest begonnen hatte, flößte mir diese Aufmachung einen unterschwelligen Groll ein, und ich verspürte eine undefinierbare Verärgerung gegen alles und jeden, die beim kleinsten Anlass hochkochen konnte.

Ich mochte solche Feste nicht. Sobald mehr als vier Leute aufeinandertrafen, fühlte ich mich überflüssig und unbehaglich, ja sogar irgendwie bedroht, beinahe so, als könnte mir jemand handgreiflich zu Leibe rücken.

»Franck, dieser Abend ist wichtig für die Klinik, und auch für mich und meine Karriere. Ich würde mich selbst ins Knie schießen, wenn ich da nicht hinginge. Es sind viele wichtige Leute da. Bankleute und Investoren. Ich möchte, dass du dir etwas Mühe gibst. Die Eigentümer der umliegenden Gestüte und die der Reitschule werden ebenfalls kommen. Der neue stellvertretende Direktor des Veterinäramtes ist eingeladen und der Präsident des Hundevereins. Ich verlange ja nicht, dass du unentwegt lächelst, ich möchte nur nicht, dass du eine Fresse ziehst.«

Ich setzte mich ans Steuer des Allradwagens und hätte am liebsten den Rückwärtsgang eingelegt. Als ich an der Bar vorbeikam, sah ich, dass sie geschlossen war. Das war nicht erstaunlich, denn Malika hatte mir am Morgen gesagt, dass Brunos Vater am Tag zuvor gestorben war. Auf der Landstraße öffnete ich das Fenster ein wenig, um frische Luft zu schöpfen.

»Ich werde mir Mühe geben, Gisèle. Abgemacht. Ich verspreche nichts, aber ich werde mir Mühe geben. Im schlimmsten Fall verziehe ich mich in eine dunkle Ecke …«

Wir fuhren durch die vornehme Gegend, in der die Ricard-Schmitts wohnten. Ich tat so, als müsste ich den Weg suchen, brummelte etwas über die Unübersichtlichkeit dieses Viertels, dessen Straßen einander alle ähnelten, und schimpfte über die Anhäufung von Reichtum hier oben, um meiner miesen Stimmung freien Lauf zu lassen.

»Franck, ich hoffe von ganzem Herzen, dass du gleich wieder zu deiner legendären Ruhe zurückfindest …«

Als wir unser Ziel erreichten, war es bereits dunkel, und viele Gäste waren schon eingetroffen, sodass wir unseren Wagen ewig weit weg parken mussten. Sie hatten sogar einen Wachmann mit Walkie-Talkie am Eingang postiert, der jeden einzelnen Gast passieren lassen musste.

Unterhalb der Villa standen entlang der grünen Hecke, die das dort fließende Bächlein säumte, etwa einhundert Gäste in Grüppchen beisammen, während im Hintergrund eine kleine Gruppe von Musikern auf einem

Podest platziert war und das ganze Geschehen mit flotter Swingmusik untermalte. Carlos stand da wie ein Vorposten und hatte etwa zehn Personen um sich geschart, die an seinen Lippen hingen. Er empfing uns herzlich, übertrieb es etwas mit seiner freudigen Überraschung darüber, dass er auch mich begrüßen dürfe, und stellte uns dann seine Gefährten vor, zu denen der stellvertretende Direktor des Veterinäramtes, eine Rechtsanwältin – eine kräftige, blondierte, wohlgenährte Frau im Minirock –, ein Typ aus der Klinik, ein Versicherungsvertreter und ein Mitarbeiter der hiesigen Bank sowie die Chefin einer Autoverleihfirma zählten. Ich hatte Ricard-Schmitt nicht mehr gesehen, seit ich von ihm und Gisèle wusste. Das löste jedoch keinerlei besondere Empfindung bei mir aus – ich schlief mit seiner Frau, er schlief mit meiner Frau, das war ungefähr das Einzige, was uns miteinander verband.

»Und das ist Franck, der Mann meiner Kollegin.«

Die Ehefrau des stellvertretenden Direktors hatte schmale Schultern und einen langen, schlauchartigen Hals. Ich musste einfach dorthin starren. Sie besaß dieses verhexte Etwas, das einen dazu trieb, jemanden aus Neugier immer wieder ins Auge zu fassen, obwohl man ihn abstoßend findet. Ihr bauschiges, altmodisches Kleid machte alles nur noch schlimmer. Es dauerte nicht lange, da brach sie in Entzücken über die milden Temperaturen aus, worauf Carlos ihr zustimmte:

»Der Wettergott meint es wieder einmal gut mit uns! Heute werden wir keinen Regen mehr bekommen! Da haben wir genau den richtigen Zeitpunkt zwischen zwei Regengüssen abgepasst! Am Ende werde ich noch glauben, dass die Kerzen, die meine Frau jedes Jahr anzündet, etwas mit diesem Wunder zu tun haben …«

Seine Worte wurden mit höflichem Lachen quittiert und mit passenden Bemerkungen unterfüttert, da ergriff ich die Gelegenheit, um mit scherzhaftem Unterton einzuwerfen, dass ein ungetrübter Himmel keineswegs alle glücklich machte. Das Gesicht, das ich dazu zog, legte nahe, dass mir selbst Niederschläge durchaus in den Kram passen würden. Das war daneben. Ich hatte meinen Auftritt in den Sand gesetzt.

»Nun, was für Geschäfte treiben Sie denn, dass Sie so griesgrämig sind angesichts des guten Wetters?«, wollte eine Frau wissen, die ein asymmetrisches Cocktailkleid mit nur einem Träger trug.

»Ach, ich arbeite in meinem Garten, wenn nichts anderes zu tun ist. Ansonsten erledige ich die Hausarbeit … Also, ich bin zu Hause und kümmere mich um die Kinder …«

Jetzt wurden mir wohlwollende Blicke zuteil. Gedämpfte Anerkennung erhob sich um mich herum, neben der Überraschung war allerdings ebenso eine gewisse Verlegenheit herauszuhören. Rasch entspannen sich jetzt individuellere Gespräche unter Nachbarn. Der Griff zu einem Glas war zwingend geboten. Da tauchte auch schon ein Kellner bei unserem Grüppchen auf, der zwei Tabletts auf seinen Händen balancierte. Ich griff hastig nach einer Flöte und leerte sie mit zwei Schlucken. Carlos stand neben mir, während der Kellner sich seinen Weg durch die Ansammlung bahnte, und hatte sein Glas ebenfalls schnell geleert. Er nahm sich ein zweites, und ich tat es ihm gleich.

»Wie steht's eigentlich mit deinen Plänen? Ziegen oder Hühner?«

»Ach, diese Idee habe ich wieder verworfen. Ich glaube, dass ich dafür nicht der Richtige bin. Letztlich glaube ich überhaupt, dass ich nicht für Tiere geschaffen bin. Weißt du, schon auf einem Pferd wird mir schwindlig …«

»Du bist mit einer Tierärztin verheiratet. Das ist schon einmal nicht schlecht; allein dadurch hast du doch reichlich mit Tieren zu tun.«

Ich rang mich zu einem höflichen Lachen durch und bemühte mich, die Unterhaltung nicht ins Stocken geraten zu lassen.

»Auf jeden Fall habe ich auch so schon genug zu tun.«

»Ja, das ist echt eine mutige Entscheidung von dir. Ich bewundere dich sehr dafür, dass du diese Rolle übernimmst, die die Gesellschaft ja eher den Frauen zuschreibt.«

Kaum hatte er diese Lüge über die Lippen gebracht, ließ er mich einfach stehen, um sich dem hochgewachsenen Glatzkopf aus dem Krankenhaus zuzuwenden – der nebenbei bemerkt nicht so aussah, als würde er die Flure aufwischen oder Verbandszeug wechseln. Ich warf einen Blick zu Gisèle hinüber, die in eine höchst angeregte Unterhaltung mit dem leitenden Angestellten der Bank und dem Versicherungsvertreter vertieft war, die sich alle beide recht unverhohlen mehr auf ihre Rundungen konzentrierten als auf ihre strahlenden Augen.

Nun, es war offenbar Zeit, dass ich mir einen Ruck gab und mir ein verborgenes Eckchen suchte. In diesem Augenblick hätte ich viel darum gegeben, ganz allein zu

Hause mit einem Tee in meinem Sessel im Wohnzimmer zu sitzen und eine gute Zeitung zu lesen – eine so schlichte Beschäftigung, die in die Tat umzusetzen wahrlich nicht viel erforderte, erschien mir jetzt gleichermaßen unerreichbar und über die Maßen verlockend.

Unweit des Pools war eine Bar aufgebaut worden, der ich mich näherte, um einen Punsch zu bestellen. Diese Nacht verhieß, anstrengend zu werden, und der Punsch konnte sich als treuer Verbündeter erweisen, um die sich anbahnenden Schwierigkeiten zu meistern. Er würde mich zwar nicht wirklich aufheitern können, stellte aber doch immerhin ein positives Element dar neben all den schwelenden Unannehmlichkeiten, die um mich herum lauerten: dieses Gelage bei Valérie; Valérie ganz allgemein; meine Frau, die mich betrog; mein Brunnen, der die unangenehme Neigung hatte, zu versanden; und so weiter und so fort … Rasch kippte ich ohne Gesellschaft einen zweiten Punsch hinunter, dann versuchte ich vergeblich, ein Gespräch mit dem Barmann anzufangen. Von ihm hatte niemand verlangt, dass er etwas sagte. Vielleicht war sogar stillschweigend abgemacht, dass er die Klappe hielt – wie beneidenswert mir das jetzt vorkam.

Bei solchen Gelegenheiten war es in der Tat bedauerlich, dass man keine Freunde hatte. Während ich mich in den abgelegenen Bereich der Terrasse zurückzog, von dem aus man den besten Blick auf den Fluss hatte, bedauerte ich aufrichtig, dass meine beiden Kumpel Denis und Bruno nicht hier waren. Sie hätten am heutigen Abend zweifellos gehörig Eindruck gemacht, da sie sich den Punsch kübelweise hinter die Binde gekippt und dabei in einer Tour Unanständigkeiten und Kalauer von sich gegeben hätten. Hemmungslos hätten sie über die Schnösel in ihren Anzügen gelästert und so unverhohlen auf Hinterteile und Titten geschielt, dass es kaum noch als schicklich durchgehen konnte. Und neben dem stellvertretenden Direktor des Veterinäramtes hätten sie gewiss eine blendende Figur abgegeben.

Ich erinnerte mich daran, dass ich am Abend des Schulfestes über die Abgründe nachgedacht hatte, die die Welt des Dorfes von derjenigen Valéries trennten, und damals war der Vergleich eher zu Ungunsten meines lasterhaften Umgangs ausgefallen. Heute war es umgekehrt. Der Gedanke an Bruno und Denis hier in dieser mondänen Menschenansammlung ließ sie mir indirekt in einem hellen Licht erscheinen – wie zwei durch und durch gutmütige alte Scharlatane. Ja, ihr freundschaftlicher Beistand fehlte mir in dieser Nacht schrecklich – auch wenn der Abend bei ihrer Anwesenheit einen üblen Verlauf hätte nehmen können und Streitereien, Handgreiflichkeiten, zumindest jedoch die eine oder andere Beleidigung vorprogrammiert gewesen wären. So sahen eben die Risiken und Nebenwirkungen einer solchen Eskorte aus. Unterstützt von den entsprechenden Getränken, reichte manchmal ein winziges Missverständnis, eine unpassende Bemerkung, und schon brachen die Dämme, und es ging hoch her.

So war eine ganze Weile verstrichen, während der ich mich unwohl fühlte und zugleich tödlich langweilte. Etwa eine Stunde hing ich ein wenig abseits allein meinen Gedanken nach, und eine Stunde zieht sich inmitten einer so ungastlichen Menge. Wie üblich hatten sich die Leute auch hier in Menschentrauben zusammengefunden, deren Zusammensetzung zwischendurch variierte. Ich fühlte mich außerstande, mich einem dieser Zirkel anzuschließen, dazu fehlte mir die soziale Kompetenz. Zur Not hätte ich ein Gespräch mit einer Einzelperson beginnen können, aber eine solche war weit und breit nicht in Sicht.

Trotzdem näherte ich mich auf leisen Sohlen den belebteren Gefilden. Wer seine Aufmerksamkeit darauf richtete, musste den Geräuschteppich, den die vielen verschiedenen Unterhaltungen erzeugten, wie ein Dröhnen empfinden, das auf Dauer ein ebenso quälendes Pochen hinter den Schläfen verursachte wie der Schlag mit einem Gummiknüppel. Das Wirrwarr all dieser zu einem gewaltigen Strom vereinten Stimmen erreichte eine gehörschädigende Dezibelstärke. Nicht erst seit gestern nahm ich an solchen Abendgesellschaften nur höchst ungern teil, denn all diese Erfahrungen waren mir bereits bekannt.

Von Weitem sah ich Valérie, die in einer Gruppe hysterisch herumfuchtelte und in nervösen Zuckungen den Kopf hob und senkte – offenbar bemüht, Zustimmung zu signalisieren. Ich hatte noch keine Gelegenheit gehabt, sie zu begrüßen, und verspürte im Übrigen auch keine sonderliche Lust dazu. Zudem war es besser, dass man uns nicht zusammen sah. Andererseits hätte es mir immerhin ein wenig Gesellschaft verschafft. Als sie aus meinem Blickfeld verschwunden war, stellte ich Betrachtungen über unsere Beziehung an, wozu ich mich an die Bar begab, um meinen zweiten Liter Punsch in

Angriff zu nehmen. Was zwischen uns war, würde irgendwann zu Ende sein, vermutlich schon recht bald, das stand fest. Nach dem anfänglichen Reiz des Neuen war ich unserer Beziehung rasch überdrüssig geworden, und zwar so sehr, dass ich mich mit aller Erbärmlichkeit fragte, ob sich die vielen Kilometer tatsächlich lohnten: Ich brauchte fast eine halbe Stunde, um in die Stadt zu fahren, und dann noch einmal eine Viertelstunde, um ihre Villa zu erreichen … Aber wie würden wir unser Verhältnis zu Ende bringen können, und welche Konsequenzen würde das nach sich ziehen? Das konnte ich nicht einschätzen, es war einfach unvorhersehbar. Und was den anonymen Brief betraf, wusste ich im Grunde auch nicht so recht, wie es weitergehen sollte, denn ich hatte eigentlich keine neuen Erkenntnisse gewonnen, obwohl ich weiterhin die dicke Christine im Verdacht hatte. Erstaunlich war allerdings, dass Valérie nichts erhalten hatte. Ich erinnerte mich nicht mehr, ob ich über diesen Teil des Rätsels bereits ausreichend nachgedacht hatte. Warum ich und Valérie nicht? Geschickt um den Pool herumschlendernd, hatte ich mich ihr beiläufig genähert.

Sie begegnete mir mit einer ihrer Rolle der Gastgeberin entsprechenden freudigen Höflichkeit und begrüßte mich mit Worten, die sie heute Abend vermutlich schon mehr als einmal an den Mann gebracht hatte. Während wir uns in Richtung der musikalischen Darbietung bewegten, spielten wir unsere jeweiligen Rollen und tauschten ein paar Belanglosigkeiten aus, bis wir irgendwann das Epizentrum der Feindseligkeiten erreicht hatten.

»Franck, was hältst du von den Speisen? Ich für meinen Teil finde sie ziemlich gewöhnlich und bin etwas enttäuscht. Sei bitte ehrlich!«

Ich hatte noch keinen einzigen Bissen zu mir genommen, aber ich beruhigte sie mit überzeugender Miene und fügte noch hinzu:

»Und zu dem Wachposten am Eingang beglückwünsche ich dich auch. Der sieht wirklich wie ein echter Desperado aus …«

»Du machst dich über mich lustig, das ist nicht nett …«

»Oh nein, ich mache mich nicht über dich lustig. Oder wenn, dann nur auf eine nette Weise.«

»Habe ich dir eigentlich schon gesagt, dass Carlos mich ausgeschimpft hat? Die Flasche, die ich neulich aus dem Keller geholt habe, war ein unglaublich teures Exemplar. Er hat getobt vor Wut.«

»Beruhige dich, das hat er sicher schon wieder vergessen. Er hat dich mir gegenüber eben noch in den höchsten Tönen gelobt. Ohne deine Kerzen müssten wir uns sicher alle in die Zelte quetschen …«

Ich reichte ihr einen Punsch, an dem sie in zahlreichen winzigen Schlückchen nippte, während sie hinter ihrem Glas die Menschenansammlung genau ins Auge fasste. Sie trug ein auffallendes Kleid ohne Träger mit Volants in unterschiedlichen Blautönen, dessen Bustier ihren Busen zusammenpresste und die Pölsterchen an ihren Achseln heraustreten ließ – nicht wirklich ein gelungenes Outfit. Dennoch war sie diejenige, die sich jetzt erdreistete, etwas über meine Garderobe verlauten zu lassen.

»Meine Güte, in diesem neonblauen Polohemd kann man dich wirklich nicht übersehen …«

»Neonblau? Stimmt doch gar nicht ... Sag doch gleich betonblau, oder vielleicht lieber kürbisblau, wenn du schon die Farbgebung neu erfinden willst ...«

»Warum läufst du immer im T-Shirt oder im Polo herum?«

»Weiß ich nicht. Vermutlich, weil es mir gefällt. Es ist praktisch und bequem. Auf jeden Fall hatte ich nicht die Absicht, die Aufmerksamkeit auf mich zu lenken, als ich dieses furchtbar banale Kleidungsstück angezogen habe.«

»Du könntest auch einmal Hemden tragen. Warum trägst du nie ein Hemd? Oder wenigstens ein weißes Polo, das sieht elegant aus.«

»Entschuldige bitte. Aber wenn du deine Wäsche selbst waschen würdest, wüsstest du, dass es nichts Ätzenderes gibt als weiße Teile. Man muss eine extra Maschine anwerfen und erst einmal warten, bis man genug Klamotten beisammen hat. Außerdem finde ich es nervig, Hemden anzuziehen, schon wegen der ganzen Knöpfe ... Und bügeln muss man sie auch, wenn man keine Haushälterin hat, und ...«

»Es reicht, Franck! Du hältst mich wohl für vollkommen bescheuert! Stell dir vor, ich weiß ganz gut, wie man Wäsche wäscht. Was habe ich denn gesagt, dass du so herablassend mit mir redest?«

»Stimmt, entschuldige bitte. Es tut mir leid.«

In meiner zänkisch-lustlosen Stimmung war ich wirklich nicht sonderlich zartfühlend mit ihr umgesprungen. Allerdings bestand die einzige Unterhaltung, die sich mir bot, nun darin, Valérie mit Boshaftigkeiten zu überschütten. Ich ließ mir noch einmal nachschenken, bevor ich, einer flüchtigen Inspiration folgend, weiter austeilte:

»Ich möchte noch festhalten, dass du trotz meines tadellosen Auftritts mehr als eineinhalb Stunden gebraucht hast, um zu mir zu kommen …«

»Oh, Franck, du hast getrunken. Hör bitte auf mit diesem unerträglichen Zynismus!«

Tatsächlich hatte ich allmählich ganz schön einen sitzen, und darüber war ich froh. Ich hatte noch alles unter Kontrolle, konnte mir also ruhig weitere Gläser genehmigen und mein flottes Tempo beibehalten. In diesem Stadium musste man lediglich seine Zunge im Zaum halten und darauf achten, nicht zu viel von sich zu geben. Vor allem durfte man sich nicht auf unangemessene Streitgespräche einlassen. Das wollte ich ihr gerade klarmachen, als wir von einer alten Hexe mit aufgespritztem Gesicht unterbrochen wurden, das wohl das scheußliche Werk eines verbissenen Tierpräparators war. Laut Valéries Angaben stand Anne-Sylvie Salas-Banks vor mir, deren Gatte das große Einkaufszentrum in der Nähe der Klinik leitete. Ich meinerseits wurde als der Ehemann von Carlos' Kollegin vorgestellt; und ich verkniff mir den Hinweis, dass auch ich hin und wieder einen Einkaufswagen durch den Supermarkt dort schob.

»Glückwunsch, meine Liebe, du hast wirklich alle wichtigen Personen hier versammelt! Das ganze Viertel ist zugeparkt, das ist wunderbar! Nun ja, zum Glück gehören wir nicht zu denjenigen, die kilometerweit hierher laufen mussten!«

»Sind Sie vielleicht mit dem Bulldozer gekommen?«, flapste ich darauf. »Oder sind Sie gar mit einem Fallschirm aus dem Hubschrauber gesprungen?«

»Ach, Franck hat immer einen Scherz auf den Lippen … Anne-Sy ist ganz einfach zu Fuß gekommen, denn sie ist unsere Nachbarin, Franck. Zwischen den Grundstücken gibt es sogar eine kleine Verbindungstür.«

»Aber die Aktion mit dem Hubschrauber fände ich toll! Nur würde mein lieber Geldgeber da wohl Einspruch erheben.«

Ich tat mich schwer mit solchen vertraulichen Bezugnahmen auf den eigenen finanziellen Status. In falscher Bescheidenheit wurde über Geld gesprochen und angedeutet, dass man die allerbesten Beziehungen pflegte und dass der erwähnte »Einspruch« in keiner Weise ein Hindernis darstellte, sondern lediglich die gespielte Empörung von jemandem, der sich den Launen seiner Angetrauten nicht wirklich widersetzen möchte.

Ich wollte mich zurückziehen, um mein einsames Wandeln durch die Menge fortzusetzen, aber die alte Salas-Banks kam mir zuvor und entschuldigte sich damit, dass sie eine Einladung zum Tanz wahrnehmen müsse. Die lauter werdende Musik forderte mit ihren eingängigen Melodien auch förmlich dazu auf. Die Tanzfläche bevölkerte sich zunehmend mit Kandidaten, die diese Art der Selbstinszenierung liebten und nun mit ihren Armen in der Luft herumfuchtelten, vergnügt dreinschauten und dabei in die Knie gingen und mit den Hinterteilen wackelten.

»Ich kann sie nicht ausstehen. Sie ist einfach abscheulich, und es würde mich nicht wundern, wenn sie gekommen ist, um dich einmal in Augenschein zu nehmen. Sie wird dich hin und wieder hier bemerkt haben. Sie ist eine der schlimmsten Tratschtanten weit und breit. Das passt auch ganz gut, denn ihr Mann ist ein ziemlich übler Finanzhai.«

»Apropos Hai, meinst du, dass wir bald in den Pool springen können?«

»Wahrscheinlich gegen Ende des Fests, wenn nur noch die guten Bekannten da sind. Carlos wird ein paar Badehosen und Handtücher herauslegen.«

»Ich habe jedenfalls schon daran gedacht und meine Badehose unter die Jeans gezogen.«

»Na bravo, sehr hygienisch …«

»Siehst du, du bist nie zufrieden. Es ist nicht in Ordnung, wenn ich nackt bade, und jetzt, wo ich mich dazu durchringe, eine Badehose zu tragen, ist es auch nicht richtig …«

Jetzt war das Maß voll – ihr Absatz landete auf meinen Zehen, bevor sie mich stehen ließ.

Die stillen Örtchen, die man herangeschafft hatte, waren in einem so jämmerlichen Zustand, dass ich lieber das Weite suchte. Es würde sich schon einmal ein Augenblick ergeben, in dem ich mich hinter einem Busch erleichtern könnte. Ich machte einen kleinen Schlenker durch die Küche, die vollkommen verlassen und unbeleuchtet war. Da begriff ich erst, dass der Feinkostlieferant das Buffet von einem Kühlwagen aus bestückte, der unter einem Dach vor der Garage stand. Durch die Aluminium-Rollos hatte ich einen vorzüglichen Blick auf das Geschehen, noch dazu zeichnete sich dieser höchst befriedigende Beobachtungsposten durch einen gedämpften Geräuschpegel aus. Von hier bekam ich die Ovationen mit, die dem Chef-Patissier zuteilwurden, dann diejenigen, die Valérie und schließlich auch Carlos erhielten, den man nun auf das Podium zerrte, wo er seinem Publikum ein wohlwollend aufgenommenes Kompliment machte. Während er sich weiter in Schmeicheleien erging, machte ich mir ein riesiges Sandwich mit Pastete und Cornichons. Da ich unliebsame Begegnungen fürchtete, ging ich die Treppe hinauf und aß oben in aller Ruhe im Arbeitszimmer, wo ich auf erotische Comics von Ricard-Schmitt stieß. In einem Sessel verweilte ich dort einen Augenblick in der wohltuenden Ruhe. Beim Durchblättern der Comics stellte ich mit gerunzelter Stirn erstaunt fest, dass die Ausschweifungen bei den Figuren immer mit einer Peitsche, einem Stock, Handschellen oder sonstigen Fesseln einhergingen. Vielleicht holte sich Carlos die Anregungen zu den Frivolitäten, die er mit meiner Frau trieb, hier aus diesen Heften.

Irgendwann zwang ich mich, wieder zu der Menge zurückzukehren, und als ich durch die Tür nach draußen trat, stieß ich auf Gisèle. Sie war auf dem Weg zu den Toiletten. So zerzaust und verschwitzt, wie sie aussah, musste sie sich beim Tanzen ziemlich verausgabt haben.

»Da wirst du ganz schön enttäuscht sein, sie sind kaum besser als die bei Bruno.«

»Alles in Ordnung bei dir? Langweilst du dich auch nicht zu sehr?«

»Ich halte mich mit dem Punsch einigermaßen bei Laune …«

»Soll ich dich dem Typen vorstellen, der die Rennbahn leitet? Du wirst sehen, er ist wirklich nett.«

»Nein, bloß nicht. Ich habe nicht mehr die Kraft, sympathische Leute kennenzulernen. Ich glaube, dafür bin ich zu alt.«

Wie ein Aussätziger, ein einsamer Hund, trottete ich in die Nacht hinaus. Die Lichtquelle war glücklicherweise so ausgerichtet, dass sie sehr gebündelt das Buffet und die Musiker in Szene setzte und damit auch die sich dort tummelnde Menge. In den Randgefilden, die der Dunkelheit überlassen waren, hatte man genug Deckung und konnte herumspazieren, ohne sofort erkannt zu werden. Ich wusste mittlerweile nicht mehr so recht, ob ich eigentlich Durst hatte. Mein Mund war ganz klebrig vom Punsch. Ich fühlte mich haltlos, hatte die Nase gestrichen voll und hätte mich am liebsten zu unserem Wagen getrollt, um auf der Rückbank meine Nachtruhe anzutreten. Die Versuchung dazu war groß, was um diese Zeit durchaus verständlich war. Dennoch beschloss ich, gewissermaßen als Epilog, zuvor noch ein paar der winzigen Törtchen zu vertilgen.

Offenbar hatten die Sandgebäckringe keinen Anklang gefunden, denn nur sie hatten den Ansturm überlebt – und nachdem ich von ihnen gekostet hatte, musste ich zugeben, dass sie ein wenig trocken geraten waren. Als ich am Buffet entlangging, traf ich erneut auf die Anwältin, die wie eine pralle Wurst in ihrem Minirock steckte, aus dem unten ebenso pralle, milchige Stampfer herausragten. Sie war damit beschäftigt, sich den Bauch mit einem Vorrat an Cremetörtchen vollzuschlagen, der sich erstaunlicherweise ebenfalls bis zu diesem Zeitpunkt hatte retten können. Ich versuchte, ihr auszuweichen und so zu tun, als sähe ich sie nicht, in etwa so, wie ich in einer Fußgängerzone über irgendein Ungeheuer hinweggesehen hätte.

»Oh, da ist ja der Herr Gärtner!«

Ihre krächzende Stimme vervollständigte ihren ramponierten Auftritt, und jetzt gab es eigentlich kein Entrinnen mehr für mich. Sie hatte ganz offensichtlich Lust, mit mir zu plaudern oder gar zu vögeln. Ich zeigte jedoch keine Reaktion und überholte sie, ohne auf ihre Anrede einzugehen.

Ein Bier oder ein großes Glas Rotwein, das hätte mir jetzt Freude bereitet. Ich hatte nichts dabei zu verlieren, wenn ich einen Blick auf das Getränkeangebot an der Bar warf. Nur musste ich dazu meine Ellbogen benutzen. Als ich es schließlich geschafft hatte, mich an einen guten Platz vorzudrängeln, wurde ich dort von Nadjesda und Gabriel Guzman angerempelt, die sich ebenfalls einen Weg durch die Menge gebahnt hatten, um sich Nachschub zu holen. Wir wechselten ein paar höfliche Worte – Gabriel war ebenfalls ein Kollege meiner Frau, er besaß die meisten Anteile und war gewissermaßen der Leiter der Klinik. Ich hatte neulich in der hiesigen Zeitung gelesen, dass er in den Verwaltungsrat des Rugbyklubs gewählt worden war. Er bequemte sich, mich zu begrüßen, und erkundigte sich nach den Kindern, wobei ihm lediglich ein einziger Vorname einfiel. Ich tat so, als würde ich seine Frage für aufrichtig halten, und er gab vor, sich für meine Antwort zu interessieren. Bevor er sich davonmachte, um Gesprächspartner seiner Kragenweite zu suchen, tat er noch kund, dass er morgen früh für drei Tage in Urlaub fliegen würde, da er etwas Luft zum Atmen bräuchte. »Weißt du, das sind dann meine eigentlichen Ferien …«

Nadjesda blieb noch einen Augenblick bei mir stehen,

und wir kamen auf unsere Begegnung im Schwimmbad vor Kurzem zu sprechen. Inzwischen wurden uns zwei Gläser Wein gereicht. Ich kannte sie nicht sonderlich gut, aber sie war mir im Grunde nicht unsympathisch. Man konnte sich sogar fragen, warum sie eigentlich bei so einem Wichser wie Gabriel gelandet war. Soweit ich mich erinnerte, hatten sie zwei Töchter, die eine Privatschule besuchten. Höchst erstaunt erfuhr ich, dass die ältere Tochter die Schule bereits im nächsten Jahr abschließen würde. Ja, auf diese Dinge musste man sich einstellen, die Zeit verging schneller, als man dachte. Ob sich ihre Praxis immer noch in der Nähe der Markthalle befand? Schön, dann müsste ich unbedingt bald einmal die Zeit aufbringen vorbeizuschauen, um einen Zahn untersuchen zu lassen, der nicht mehr ganz in Ordnung zu sein schien.

Sie gab mir ihr Kärtchen. Ich fand sie hübsch. Ihre Gesellschaft war mir nicht unangenehm, ganz im Gegenteil, sie verströmte eine Mischung aus Melancholie und Energie. Mit meinen treffenden Anspielungen auf einige Protagonisten des heutigen Abends brachte ich sie mehrmals zum Lachen. In dem Gedränge wurden wir hin und wieder leicht gegeneinandergeschubst. Hinzu kam, dass ich nicht mehr ganz sicher auf den Beinen war. Während wir ein zweites Glas leerten, sprachen wir noch eine Weile über dieses und jenes, dann trennten sich unsere Wege wieder.

Und nun? Ich wusste nicht so recht, was ich noch mit mir anstellen sollte. Die Musiker spielten inzwischen langsame, schmachtende Melodien, zu denen sich die Tänzer in stillschweigender Absprache paarweise zusammengefunden hatten. Ich gähnte innerlich und auch äußerlich. Es war Zeit zum Schlafen.

Aber dann wurde das Zeichen für das große Planschen gegeben. Das wollte ich mir nun doch nicht entgehen lassen. Ein Grüppchen verwöhnter reicher Söhne war mit gutem Beispiel vorangegangen und hatte sich bereits ins Wasser gestürzt, wo nun herumgetollt wurde. Ich gesellte mich sogleich zu ihnen, ebenso wie die enthemmte Anwältin, Carlos, Gabriel Guzman und einige seiner Männerfreunde, zu denen auch der Typ von der Immobilienagentur zählte, der uns unser Haus verkauft hatte, sowie die Chefin des Autoverleihs – und in dem dicken Kerl, der jetzt am Beckenrand herumdiskutierte, während er die Füße ins Wasser hielt, erkannte ich sogar den Typen vom Veterinäramt. Und in dem Moment bereitete es mir ein ausgeprägtes Vergnügen, mitten in dieser ehrenwerten Gesellschaft mit einem Lächeln auf den Lippen reichlich und mit voller Absicht ins Wasser zu pinkeln. Ganz ehrlich, es war fast so gut wie ein Orgasmus, ich verspürte einen Schauer auf meinen Schenkeln und ein Kribbeln entlang der Wirbelsäule.

Kurz darauf stieg ich aus dem Wasser und wollte Gisèle Bescheid sagen, dass ich aufbrechen würde. Da stieß ich unmittelbar auf Valérie, die sehr aufgewühlt und hektisch wirkte und mich mit dramatischem Gesichtsausdruck beiseitezog – als würde Diskretion jetzt keine Rolle mehr spielen.

»Ich weiß nicht, wie ich es dir sagen soll. Ich weiß nicht, wie du es aufnehmen wirst …«

Selbst volltrunken war ich noch in der Lage, Einleitungen dieser Art zu entschlüsseln. Scheiße, damit hätte man rechnen müssen.

»Wie viele Tage bist du schon drüber?«

»Drüber? Aber ich bin doch nicht schwanger! Du lieber Himmel! Es geht um deine Frau, sie und Gabriel Guzman. SIE SCHLÄFT MIT IHM, DA BIN ICH GANZ SICHER. Meine Güte, da wird sie uns schöne Krankheiten weitergeben, dieses Flittchen. Ich verlange von dir, dass du nicht mehr mit ihr schläfst!«

»Jetzt mach aber mal einen Punkt. Wie kommst du denn darauf?«

»Ihre Blicke. Du hast doch sicher schon mal von Körpersprache gehört. Die verrät einiges ganz ohne unser Wissen. Das nennt man non-verbale Kommunikation. Solltest du noch nichts davon gehört haben, dann kläre ich dich jetzt darüber auf. Ich habe sie vorhin beobachtet. Blicke, Gesten, eine unbeholfene Annäherung, einfach nicht zu übersehen. DA LÄUFT WAS, FRANCK!«

»Du spinnst, Valérie. Du drehst ja durch ... Man denkt doch nicht gleich an Ehebruch, wenn man Leute im Gespräch miteinander sieht ... Außerdem darf ich dich daran erinnern, dass Carlos derjenige ist, um den es geht. Und damit ist es auch genug.«

»Wie du willst, Franck. Ich weiß, dass du daran schwer zu schlucken hast.«

Nein, das konnte ich tatsächlich nicht schlucken. Das war zu viel, und Guzman war einfach zu dämlich. Er musste ungefähr fünfzehn Jahre älter sein als Gisèle, alles andere wäre wohl übertrieben. Um Valéries Eingebungen Glauben zu schenken, hätte man wirklich der letzte Hornochse sein müssen – so jemand, der in einem plötzlichen Impuls nach einem Gewehr greift und wegen einer lächerlichen Frage der Ehre ein Unheil anrichtet.

»Ich kann nicht mehr, Valérie. Gute Nacht. Wenn du Gisèle siehst, dann sag ihr bitte, dass ich zum Auto gegangen bin und dort penne.«

Auf dem Weg nach oben warf ich einen finsteren Blick zu der im und um den Pool versammelten Gesellschaft. Niemand sah, wie ich mich davonmachte, und niemand würde meine Abwesenheit bemerken. Ich drehte mich ein letztes Mal um: Unten konnte ich Carlos Ricard-Schmitt und Gabriel Guzman erkennen, die nebeneinander am Rand des Pools standen und komödiantisch die Hände nach vorn streckten, die Knie beugten und einen pathetischen Kopfsprung andeuteten.

Die Sonne drückte schwer auf alles, was sich bewegte, und drang mit ihren feinen Strahlen auch durch die Windengewächse und die Kapuzinerkresse, die sich an den Stahlstangen der Pergola in vielen Verästelungen emporrankten. Auf der angrenzenden Wiese stand das Gras kniehoch. Was hielt mich eigentlich davon ab, zwei oder drei Schafe dort weiden zu lassen? Jedenfalls nicht die Faulheit, einen Hammel am Spieß zu braten. Plötzlich sprang ganz in der Nähe ein Reh im luftigen Zickzack über ein Feld, scheinbar ohne mit den Hufen auch nur einen einzigen Grashalm zu berühren. Entzückt hatte ich das Schauspiel verfolgt, und mit einem Mal nahm mich ein feinsinniger Gedanke gefangen. Bestand nicht ein ungeheurer Kontrast zwischen diesem kecken, flinken Reh und dem Tier hinten in meinem Gefrierschrank, dem eine Patrone aus Denis Fumards Schrotflinte den halben Kopf weggepustet hatte und das nun in der Eiseskälte von dem halben Wildschwein bedrängt wurde, das ich neulich Abend auf dem Heimweg nach dem Kinobesuch angefahren hatte? Da spürte ich unvermittelt eine Hand, die sich sanft auf meine Schulter legte. Ich sah auf und erblickte Gisèle im Nachthemd.

»Was trinkst du da? Aha, dein berühmtes Paracetamol mit Milch … Da bekomme ich auch Lust …«

Ich stand nicht auf.

Ein paar Minuten lang ließ ich meinen Blick still durch den Garten schweifen. Ich sog die ruhige Gelassenheit ein, mit der die Pflanzen die um sie herumschwirrenden Marienkäfer und Schmetterlinge ebenso tolerierten wie die Regenwürmer und Wühlmäuse, die an ihren Wurzeln nagten. Als ich mich von dieser Träumerei losriss, schmierte Gisèle sich gerade Brotscheiben, die sie Stück für Stück in einen Ozean von fünfundsiebzig Zentilitern Kaffee tunkte. Sie war der Meinung, dass sie gestern gepunktet hatten. Carlos hatte einen sehr guten Kontakt zu dem neuen stellvertretenden Direktor des Veterinäramtes geknüpft. Er verstand sich wirklich sehr gut darauf, Öffentlichkeitsarbeit zu betreiben. Mit seiner angenehmen Gesprächsführung, seinem beeindruckenden Werdegang und seinen ausgeprägten Überzeugungen gelang es ihm leicht, die Klinik ins rechte Licht zu rücken, ohne am Ende als Arschkriecher dazustehen. Darin war er einfach besser als Gabriel, der eher ein guter Geschäftsmann war mit scharfem, strategischem Blick und hervorragenden Managerqualitäten, der die Finanzen überblickte und bei juristischen Fragen unabkömmlich war. Also, es war zwar noch nicht in Marmor gemeißelt, dass sie neue Aufträge erhalten würden, aber gepunktet hatten sie auf jeden Fall, das stand fest.

Fest stand auch, dass ich mich mehr oder weniger ins Koma getrunken hatte. An den Rückweg erinnerte ich mich kaum noch. Aber das behielt ich für mich. Wenn ich es verhindern könnte, heute Morgen auch nur ein Wort von mir zu geben, so käme mir das sehr gelegen. Gisèle hatte jetzt mit einem detaillierten Bericht begonnen – der reichlich beschwipste Leiter eines Gestüts hatte sie unglaublich angebaggert, ein Optiker hatte sie ewig und drei Tage vollgequatscht mit all seinen karitativen Projekten, Dingsda hatte sich den Knöchel verstaucht, als er mit dem Fuß in einem Elektrokabel hängen geblieben war, und die besonders trinkfesten Gäste waren am Ende ausgelassen über Carlos' Weinkeller hergefallen …

Hinter meinen dunklen Brillengläsern hörte ich ihr nur mit einem Ohr zu, und zwar deshalb, weil ich mich an Nadjesda erinnerte und daran, wie ich sie gestern angemacht hatte. Betrunken wie ich war, hatte ich tatsächlich mit siegessicherem Imponiergehabe eine Beziehung mit ihr ins Auge gefasst. Ich hatte mich von ihrem liebenswürdigen Gesicht einfangen lassen; sie war angenehm und höflich, zarte Fäden für eine potenzielle Annäherung zwischen uns waren gesponnen; aber sie schien über derartige Spielchen erhaben, und von ihrer unverkrampften Haltung ging eine ruhige erotische Ausstrahlung aus, während andere vor Komplexen umkamen.

»Ach, und gestern Abend war auch noch etwas mit Valérie …«

Gisèle hatte das leichthin gesagt und hielt dann inne, um sich eine Grapefruit zu holen. Diese Eröffnung ließ Raum für Spekulationen. Ich befürchtete, dass Gisèle durch unser ausgedehntes Tête-à-Tête Verdacht geschöpft haben könnte, dass sie ungeahnte Züge an Valérie entdeckt und diese am Ende mit einer unangebrachten Nähe zwischen uns in Verbindung gebracht haben könnte. Vielleicht war sie inzwischen sogar vollkommen im Bilde.

Möglicherweise war jetzt der Augenblick für die Aussprache unter Eheleuten gekommen. Das war kein guter Zeitpunkt für mich, denn ich war alles andere als im Vollbesitz meiner Kräfte. Es würde mir schwerfallen, meine Version des Geschehens darzustellen. Unter Umständen hatten die beiden miteinander geredet, und Valérie hatte das eine oder andere bewusst oder unbewusst durchblicken lassen. Oder Gisèle war über einen der Gäste etwas von dem Klatsch zu Ohren gekommen …

Diese Erwägungen jagten mir durch den Kopf, während ich ihre Rückkehr erwartete, um dann zu erfahren, dass die große Organisatorin des Festes am Ende samt ihrem festlichen Abendkleid im Pool gelandet war. Die Rugbymannschaft hatte es sich nicht nehmen lassen, ihre kräftigen Arme zu diesem Zweck einzusetzen. Ich atmete durch und konnte mir gar ein breites Grinsen anlässlich dieser Information nicht verkneifen. Meiner Frau zufolge war die arme Valérie langsam wieder aufgetaucht wie eine Medusa mit tropfnass herunterhängenden Haaren, verlaufener Schminke und einem am Körper klebenden Kleid, dessen Volants sich im Wasser aufgebläht hatten wie Gelatine.

»Das sah nicht sehr vorteilhaft aus. Wenn du bis zu diesem Zeitpunkt geblieben wärst, hättest du endlich etwas zu lachen gehabt. Ich weiß ja, dass solche Abende für dich nicht einfach sind.«

»Ja, es fühlte sich an, als müsste ich einen Kampf hinter mich bringen. Und ich habe gekämpft. Ich habe mich selbst übertroffen und auch ganz schön etwas eingesteckt. Ich kam mir vor wie ein Aussätziger. Oder wie das einsame Gespenst eines Spukschlosses.«

»Ach, mein Schatz, es tut mir leid, dass ich dir solche Prüfungen zumute. Was hältst du davon, wenn wir einen Ausflug an den Fluss machen, um das alles zu vergessen? Würde dich das auf andere Gedanken bringen und fröhlicher stimmen?«

Das war keine schlechte Idee, im Gegenteil. Ich hatte also die Fahrräder bereitgestellt, während sie einen Picknickkorb bestückte. Unser Lieblingsplatz war nicht allzu weit weg: eine Felsformation, auf der man angenehm lagern konnte am Rande eines Beckens, das groß genug war, um ein paar Züge darin zu schwimmen. Weiter oben sprang das Wasser über einen kleinen Felsvorsprung, und sein munteres Rauschen sorgte für eine angenehme Geräuschkulisse. Es hatte etwas sehr Idyllisches, hier zu essen, es war erquickend und verlockend, gerade am Tag nach einem ausufernden Fest – umso mehr, wenn die eigene Frau einen Bikini und einen knappen Rock trug.

Gisèle hatte die Reste aus dem Kühlschrank zu einem Salat verwertet, außerdem gab es danach noch zwei kleine Melonen. Ich ließ mich bedienen und machte keinen Finger krumm. Während des Badens stellte ich mit großem Vergnügen die Dehnbarkeit unserer Badebekleidung auf die Probe. Anschließend legten wir uns zum Trocknen auf eine Decke, wobei Gisèle ihren Kopf auf meinem Bauch lagerte und mich eindringlich ansah. Die Farbe ihrer Augen schwankte zwischen Braun, Grün und Grau, was eigentlich nicht sehr aufregend klingt, aber trotzdem sehr hübsch war; zudem besaß sie einen warmherzigen Blick.

»Franck, du musst wissen, dass es auch für mich manchmal nicht einfach ist, wenn ich, als Frau und so wie ich gebaut bin, auf den Bauernhöfen auftauche. Oft genug hält man mich gar nicht für eine echte Tierärztin …«

»Ja, das verstehe ich. Und ich finde, dass du ganz schön mutig bist.«

Eine Fortsetzung fand dieses Gespräch nicht, denn Gisèle war auf meinem Bauch eingeschlafen, und auch ich sank alsbald in einen tiefen Schlummer. Gisèle musste mich am Ende richtiggehend wach rütteln, damit ich wieder zu mir kam. Aber es war eine erholsame Unternehmung gewesen – und das war gut so, denn die kommenden Tage sollten sich als sehr unruhig erweisen.

Es war Hochsommer. Pflichten und Zwänge schienen in weite Ferne gerückt zu sein. Das Gefühl einer grenzenlosen Freiheit stellte sich ein, die allerhöchstens durch die Rückkehr der Kinder ihr Ende finden konnte. Es war seltsam: Im Alltag führte ich ein weitgehend friedliches Leben mit meiner Frau, beinahe so, als sei nichts vorgefallen. Sobald sie jedoch das Haus verlassen hatte, war ich mir selbst ausgeliefert. Ich hielt weiterhin mein heimliches, mittlerweile nicht mehr sonderlich erquickliches Verhältnis aufrecht, dessen Ende in meinen Augen jedoch näher rückte wie ein nicht mehr allzu weit entferntes Gewitter. Und als würde das nicht schon reichen, hatte ich noch eine andere Frau ins Visier genommen. Die Verheißung eines weiteren belebenden Abenteuers und die Erregung angesichts dieses neuen Vorhabens spornten mich an.

Auf dem Rückweg vom Fluss hatte ich auf dem Fahrrad über den Fortlauf der Ereignisse nachgedacht – organisatorisch, strategisch und auch funktional galt es klug vorzugehen. Zunächst musste ich Valérie unsere Trennung irgendwie nahebringen und ihren Schock darüber so weit abmildern, bis der Schmerz einigermaßen erträglich war; sie würde bald in die Ferien aufbrechen, darauf würde ich meinen Fokus richten. Hinsichtlich Nadjesda konnte ich die Situation nicht gut einschätzen; vielleicht sollte ich erst einmal meine Fühler vorsichtig ausstrecken und Gelegenheiten zu weiteren Begegnungen schaffen, um Klarheit zu gewinnen. Mit den logistischen Fragen konnte ich mich auch noch zu einem späteren Zeitpunkt befassen …

Nach unserer Ankunft zu Hause war Gisèle mit heftigen Küssen über mich hergefallen, und ich hatte mir gesagt, dass ich irgendwann auch einmal an die Zeit danach denken musste und ganz konkret an das Fiasko, in dem alles enden würde, wenn die Wahrheit ans Licht käme … Nun, so weit war es jetzt noch nicht. An jenem Abend gingen wir sehr spät schlafen, da wir drei oder sogar vier Folgen einer Serie ansahen, die Gisèle ausgeliehen hatte. Es wurde so spät, dass ich am nächsten Morgen nur mit Mühe aus dem Bett kam, als Bruno und Denis um Viertel vor acht vor unserem Haus ungeduldig mit den Füßen scharrten.

Mit ein paar Tritten hatten wir die letzten Häuser hinter uns gelassen und erreichten die abgeschiedene Natur. Am Tag zuvor hatte ich kurz mit Bruno telefoniert. Der Tod seines Vaters schien ihn nicht vollkommen aus der Bahn geworfen zu haben. Die Beerdigung würde am Dienstagmorgen stattfinden, und ich hatte ihm empfohlen, danach in Urlaub zu fahren, um Abstand zu gewinnen, die Sonne und die Wärme auszunutzen und vielleicht etwas Zeit mit seinem Sohn in einem anderen Umfeld zu verbringen als im üblichen Alltag der Bar und des Dorfes. Er hatte mir etwas unpassend mit bedrückter Stimme geantwortet: Er habe die Schnauze voll von allem, wenn es nur nach ihm ginge, so würde er alles verkaufen und allein mit seinem Fahrrad aufbrechen, einfach der Nase nach, ohne sich um das Ziel oder sonstige Eventualitäten zu kümmern, und schon gar nicht um das, was er hinter sich ließe. »Oje …«, hatte ich nur geseufzt, als ich den Hörer auflegte.

Bruno und ich waren unverschämt gut in Form im Vergleich zu Denis, der seit einiger Zeit nicht mehr viel trainierte. Stillschweigend waren wir übereingekommen, ein ordentliches Tempo vorzulegen und zu sehen, ob wir ihn diesmal vielleicht abhängen könnten. Kaum im Sattel, war Fumard beim Thema Anatomie angelangt und auf die Körperteile zu sprechen gekommen, die ihm die liebsten waren. Begeistert schwärmte er von Frauen, die er kürzlich an der Tankstelle, im Fernsehen oder aus seinem Abschleppwagen heraus gesehen hatte. Aber die ersten giftigen Anstiege setzten diesem lockeren Geplauder ein Ende. Jetzt erfüllte nur noch unser keuchender Atem die Stille der in sich ruhenden Natur – bis ich dank einer flacheren Passage Denis fragte, wie es um die Arbeiten stünde, die bei seiner Schwägerin noch zu erledigen sein mussten. Er hatte mir bereits neulich erzählt, dass noch ein paar Klempnerarbeiten, Stromanschlüsse und einige Zwischenwände fehlten, und ich hatte in diesem Zusammenhang meine Hilfe in Aussicht gestellt. Gegen eine ordentliche Heimwerker-Unternehmung hatte ich nichts einzuwenden. Außerdem war das Arbeiten unter

Denis' Anleitung höchst lehrreich für mich, auch wenn ich im Gegenzug den Blick auf seine Arschspalte ertragen musste, die über seinem Gürtel hervorblitzte.

Aber Denis antwortete nicht. Aschfahl im Gesicht hielt er an, und nur mit der allergrößten Mühe konnte ich erschließen, dass er etwas von Erschöpfung murmelte, bevor er zu Boden ging und sich mit einer Hand an die Brust griff. Stoßweise hob sich seine Brust, und sein dichter Bart bewegte sich im Rhythmus seiner flachen und zugleich hastigen Atemzüge auf und ab. Bruno und ich sahen uns erschrocken an. Einen Augenblick später hatte Bruno bereits die Rettungskräfte verständigt und wollte an der nächstgelegenen Straße auf sie warten, während ich bei dem regungslosen Denis bleiben sollte, der mit leerem Blick rücklings hier auf diesem Schotterweg lag. Ich sollte mit ihm sprechen, ihn zum Schlucken anhalten und ihm, wenn möglich, zur Stärkung kleine Portionen von Fruchtmus einflößen. Plötzlich hatte Denis sich zu bewegen begonnen und mehrmals gemurmelt, dass er jetzt Cindy wiedersehen würde, dass sie ihm schon ganz nahe sei, sich nicht verändert hätte und nach ihm rief. Bald würde er alles wissen, sie würde ihm alles erzählen. Da goss ich ihm den Inhalt seiner Trinkflasche über die Brust, um seinen Halluzinationen ein Ende zu bereiten.

Die Rettungskräfte brauchten eine Dreiviertelstunde, um zu uns zu finden. Fünf oder sechs Sanitäter tauchten zu Fuß mit einer Bahre auf, transportierten Denis zum Wagen, und ich folgte ihnen hinunter zur Straße, wo ein Hubschrauber und zwei Streifenwagen inmitten aufleuchtender Blaulichter warteten. Als alle Fahrzeuge verschwunden waren, herrschte mit einem Mal eine unglaubliche Stille an diesem Ort. Bruno war nun geistesgegenwärtig genug, die dicke Christine anzurufen. Sie war bereits im Aufbruch, da die Rettungskräfte sie verständigt hatten. Also mussten wir nur noch den Rückweg auf der Landstraße antreten und uns dabei abwechseln, Fumards Rad mit einer Hand neben uns her zu führen. Gedanklich beschäftigten wir uns mit Fumards Chancen auf Genesung. Der medizinische Einsatzleiter hatte sich zuversichtlich gezeigt, während seine Assistenten unseren Kumpel in den Hubschrauber verfrachteten: Es sei ein kleiner Infarkt oder sogar nur der Ansatz eines kleinen Infarkts, kein Anlass, sich allzu große Sorgen zu machen. Allerdings wusste ich nicht so recht, was ich von dieser Einschätzung des Arztes halten sollte – für mich war ein Infarkt eine Krankheit, die zum Tode führte. Klein oder groß, danach kam nur noch der Tod.

Am darauffolgenden Nachmittag fuhr ich zu Bruno, um mich auf den neuesten Stand zu bringen. Er wollte gerade zum Krankenhaus aufbrechen und bot an, mich mitzunehmen. Das löste nicht gerade Begeisterungsstürme bei mir aus. Ich hatte die Angewohnheit, Pflegeeinrichtungen, Aufbahrungsräume und Friedhöfe zu meiden und so zu tun, als existierten solche Orte nicht, was mir auch weitgehend gelang. Es gab keinerlei Grund, warum ich diese Haltung ändern sollte. Außerdem hat man in Krankenhäusern ständig das Gefühl, den Krankenschwestern im Weg zu stehen und sie über die Maßen zu belästigen, als säße man bei ihnen im Wohnzimmer und versuchte, ihnen irgendeine unnütze Enzyklopädie anzudrehen. Und man denkt unentwegt, man könnte sich mir nichts dir nichts alle möglichen Krankheitserreger einfangen, da man doch immer einem in Tränen aufgelösten Krüppel oder irgendeinem Wrack über den Weg läuft, das am Abkratzen ist. Das lässt sich einfach nicht vermeiden. Aber letztendlich war ich dann doch mitgefahren. Und ganz ehrlich, ich kam aus dem Staunen nicht mehr heraus: Denis hätte es nicht besser gehen können. Er hatte die Intensivstation bereits verlassen. In ein paar Tagen würde er in eine Kureinrichtung fahren und den Ärzten zufolge konnte er in zwei Wochen wieder nach Hause zurückkehren, was Denis forsch auf anderthalb Wochen zusammenstrich.

Zwischen dem Herzanfall und unserem Besuch im Krankenhaus gab es auch noch eine anstrengende Episode mit Valérie, zunächst am Telefon, dann bei ihr zu Hause. Sie hatte am Morgen mehrere Male angerufen, natürlich ohne jemanden zu erreichen, da ich mit Denis und Bruno zu unserer Radtour aufgebrochen war. Und nach Denis' Zusammenbruch hatten Bruno und ich zum Abschluss noch ein Bier auf seine Gesundheit getrunken.

Wieder und wieder hatten wir das Missgeschick unseres Kumpels unter allen möglichen Gesichtspunkten erörtert – als führten wir ein langes Streitgespräch, das zu keiner Lösung führt. Als wir so beieinandersaßen, offenbarte ich Bruno auch, was ich ihm bisher verschwiegen hatte, nämlich die seltsamen Worte, mit denen Denis das Wiedersehen mit seiner toten Tochter beschworen hatte, und Bruno nickte mitfühlend, während er mir einfach nur still zuhörte.

»Ich bin sicher, dass es einer von hier war«, hatte er nach einer Weile schließlich geäußert.

»Du meinst denjenigen, der sie entführt hat?«

»Ja, der Kerl muss von hier gewesen sein. Wer weiß, was er dann mit ihr gemacht hat ... Ich bin sicher, dass sie ganz in der Nähe ist. Ich weiß nicht, vielleicht im Wald verscharrt oder in einen Brunnen geworfen. Und der Typ läuft immer noch frei herum ...«

Wieder stellte sich Schweigen ein. Als könnte ich die düstere Atmosphäre damit verscheuchen, wischte ich mit der Hand über den Tisch, und wir bemühten uns, auf andere Themen zu sprechen zu kommen. »Lassen wir das ruhen. Jetzt gebe ich erst mal einen aus!« Bruno schenkte uns ein, und ich nahm eine Zeitung zur Hand und versuchte, mich auf den erstbesten Artikel zu konzentrieren, aber meine Bemühungen waren vergeblich. Bruno räumte unterdessen mit einem Geschirrtuch über der Schulter und einer tiefen Falte auf der Stirn die Spülmaschine aus.

»Das Härteste an der Sache ist«, fing er wieder an, ohne den Blick zu heben, »dass sie nicht einmal seine Tochter ist ...«

Ich wartete darauf, dass er fortfuhr, aber ich spürte, dass er von mir eine Ermunterung dazu erwartete, so wie immer, wenn man etwas sehr Vertrauliches preisgibt, dies aber zumindest dadurch rechtfertigt, zu der Preisgabe aufgefordert worden zu sein.

»Was soll das heißen?«

»Sie muss schon zwei oder drei Jahre alt gewesen sein, als Denis Christine kennenlernte. Sie hatte sich von ihrem Chef schwängern lassen und erzog ihre Tochter ganz allein. Denis nahm beide, Mutter und Tochter. Das war aber alles vor der Zeit, zu der sie hier auftauchten.«

Uns war fröstlig zumute, und das änderte sich erst, als Ruzicka die Tür der Bar aufstieß.

»So mies wie ihr dreinschaut, da wettet ihr am Ende noch auf dreibeinige Klepper oder gar Schaukelpferdchen!«

Ruzicka war ein ziemlich heruntergekommener Typ mit stoppeligem Knautschgesicht, der in einer Bruchbude am Rand des Dorfes lebte. Er hatte einen harten fremdländischen Akzent, und ich hatte mich schon manches Mal gefragt, wie er hier in diesem Kaff Hilfspolizist hatte werden können, ohne dass ich diese Überlegungen jedoch vertieft hatte.

Etwa um halb eins verließ ich die Bar, nachdem ich noch einige Tassen heißen Kaffees geschlürft hatte, um diese neuen Erkenntnisse über Cindy erst einmal sacken zu lassen.

Anschließend hatte ich geduscht und meine Arbeitskleidung angezogen, um den Garten zu inspizieren, als Valérie mich am Telefon erwischte. Der Termin für ihren Aufbruch in die Ferien stand fest, sie wollten die Stadt nächste Woche verlassen, und sie fragte sich, wie wir die Trennung überstehen sollten. Ihr würde es jedenfalls sehr schwerfallen, sie würde die Tage zählen. Ich wählte die für solche Situationen angebrachten Floskeln und beruhigte sie mit warmer, fürsorglicher Stimme.

»Franck, ich muss dich unbedingt sehen, komm doch heute Nachmittag zu mir. Am besten, du kommst sofort, denn Paul und Charlotte werden erst gegen halb fünf wieder da sein.«

»Das geht nicht so einfach, Valérie. Es hat seit Ewigkeiten nicht geregnet, alles ist vollkommen ausgetrocknet. Ich brauche Stunden, um den Garten zu gießen, sonst riskiere ich ziemliche Einbußen. Außerdem zeigen sich mittlerweile meine ersten Melonen, und die brauchen ganz besonders viel Pflege. Du glaubst gar nicht, wie niedlich die Dinger jetzt noch aussehen.«

»Deine Melonen und deine Bewässerungsprobleme sind mir scheißegal! Vielleicht denkst du auch einmal an meine Probleme! Es ist dringend, Franck!«

»Nun gut, wenn es dringend ist. Dann komme ich natürlich. In Ordnung. Ich kann in einer Stunde bei dir sein.«

»Danke, Franck! Weißt du, das Fest hat noch einen ziemlich schlimmen Ausgang für mich genommen. Hast du schon gehört, dass sie mich ins Wasser geworfen haben?«

»Ja, das hat man mir erzählt. Nicht sehr anständig, das Ganze.«

»Alle konnten sich an dem Schauspiel ergötzen. Und Carlos hat nichts dazu gesagt, er hat nicht einmal den kleinen Finger gerührt, um mir zu helfen … Aber jetzt ist die ganze Tortur vorüber, und ich will nichts mehr davon hören. Die ganze Organisation hat mich so viel Kraft gekostet, und das alles, um mir dann von dieser Schlampe …«

»Schon gut, Valérie, wir sehen uns ja gleich. Dann sprechen wir in aller Ruhe weiter.«

»Ja, ja, du hast recht. Anita Vandenberghe hat sich übrigens auch noch den Knöchel gebrochen. Sie ist am nächsten Tag in aller Frühe in die Notaufnahme gefahren. Sie haben sie den ganzen Morgen dort behalten. Es scheint kompliziert zu sein …«

Schon gab es kein Halten mehr – die Aufnahme wurde mir in allen Einzelheiten dargelegt, und irgendwann schien es mir, als hätte sie es darauf angelegt, mir den letzten Nerv zu rauben.

»Valérie, wenn ich nicht auflege, werde ich nie bei dir aufkreuzen …«

Ich verstand allmählich, warum Carlos es mit meiner Frau trieb: Seine eigene war einfach unausstehlich. Als sie aus dem Pool gestiegen war, war ihr Kleid natürlich tropfnass gewesen. Es hatte an ihrem Körper geklebt und war durchsichtig geworden. Ihre Frisur hatte mit Sicherheit jämmerlich ausgesehen, das Schlimmste jedoch war, dass sie sich trotz allem ein Lächeln hatte abringen müssen und dabei garantiert vollkommen dämlich ausgesehen hatte – wie der Trottel vom Dienst, der immerzu lächelt. Ja, da hatte sie wirklich was mitgemacht …

»Valérie, VALÉRIE! Ich lege jetzt auf.«

Ich legte auf. Der Familienurlaub der Ricard-Schmitts würde mir zweifellos eine große Erleichterung verschaffen. Fünf Sekunden später klingelte das Telefon erneut: Das war sicher Valérie, die mich ausschimpfen wollte, weil ich so rüde zu ihr gewesen war, oder aber sie wollte zu einer Entschuldigung ausholen, weil sie alles so in die Länge zog. Aber nein, es war Condac.

»Hättest du heute am frühen Nachmittag Lust, mir bei einer Sache zu helfen?«

»Lust schon, aber ich kann nicht. Es tut mir leid, Francis. Ich muss unbedingt rasch in die Stadt fahren.«

»Ist nicht schlimm. Mach dir keine Gedanken. Ich komme schon klar.«

»Wirklich schade. Vor allem, weil wir uns auch ewig nicht gesehen haben …«

»Egal. Wie geht es deinem Gemüse? Hast du noch genug Wasser?«

Wir tauschten uns über den neuesten Stand unserer Anbaupläne aus – er hatte auf einer recht großen Fläche Mais ausgesät, um seine Hühner damit zu füttern. Bevor wir uns voneinander verabschiedeten, fassten wir ein baldiges Wiedersehen ins Auge. Und wo ich schon einmal den Hörer in der Hand hatte, versuchte ich noch rasch, Nadjesda Guzman in ihrer Praxis anzurufen.

Der gute alte Francis, dachte ich mit leichter Wehmut, ich hatte einfach keine Zeit mehr, mich mit ihm zu treffen, und das war doch irgendwie schade. Die Flaschen, die ich ihm schenken wollte, warteten noch immer in einer Ecke des Schuppens darauf, ihm übergeben zu werden. Ich müsste ihn wirklich demnächst auf ein Glas einladen, um wieder einmal ein wenig mit ihm zu plaudern. Condac war vielleicht sogar der Mensch, dem ich mich im Umkreis von zweihundert Kilometern am nächsten fühlte. Er war ein angenehmer Zeitgenosse, wenngleich etwas unzugänglich, und mit seinen wissenschaftlichen Spinnereien war er ein Sonderling, wie er im Buche stand. Er hatte sich den Bauernhof gekauft, weil er genug davon hatte, eingesperrt in Laboratorien seine Arbeit zu verrichten. Dann war er ein paar Jahre im Zuge irgendwelcher Kooperationsverhandlungen durch die Welt gereist, bevor er hierher in die Berge zurückkehrte, etwa zu jener Zeit, als auch wir uns hier niedergelassen hatten. Er war einfach zu mir herübergekommen, weder aufdringlich noch herablassend, und hatte mir ganz uneigennützig die Gärtnerei nahegebracht, weil er mich gut leiden konnte. Auch bei einigen handwerklichen Tätigkeiten hatte er mir hilfreich zur Seite gestanden, und umgekehrt war auch ich ihm zur Hand gegangen – trotzdem fand ich jetzt nicht mehr die Zeit, ihn zu sehen … Nadjesda ging ans Telefon. Ja, sie war gut nach Hause gekommen von dem Fest bei den Ricard-Schmitts. Ich auch. Carlos, Gisèle und Gabriel schienen mit dem Erfolg zufrieden gewesen zu sein. Das war das Wichtigste. Ich schaffte es, Ende der Woche einen Termin bei ihr zu vereinbaren – im Augenblick war nicht viel los, und sie nutzte diesen Leerlauf, um ihre Wochenstunden zu reduzieren, bevor sie die Praxis demnächst für zehn Tage ganz schließen würde.

Jetzt musste ich nur noch eiligst in den Kombi springen und mit offenen Fenstern durchstarten. Ich ließ die Hochebene hinter mir, querte das Tal und raste durch die Stadt. Mit vierzig Stundenkilometern ging es über die Brücke, und schon klingelte ich am Eingang des Anwesens der Ricard-Schmitts, wo die Hausherrin sofort bemängelte, dass ich noch in Arbeitsmontur war. Es stimmte, ich hatte vergessen, mich umzuziehen. Allerdings konnte ich mit einer guten Entschuldigung aufwarten: Einer meiner Kumpel vom Radfahren lag im Krankenhaus und kämpfte um sein Leben. Aber ich konnte natürlich alles sofort ausziehen – was ich im Übrigen auch tat, um in den Pool zu springen. Das Wasser war wohltuend kühl. Ich hätte den ganzen Nachmittag dort verbringen und mich schwimmend und tauchend immer mehr diesem flüssigen Element überlassen können.

»Franck, könntest du vielleicht einmal etwas länger als nur ein paar Sekunden über Wasser bleiben?«

Um ihr diesen Gefallen zu tun, hatte ich mich auf zwei Schaumstoffrollen gestützt. Die Grünflächen rings um den Pool befanden sich in makellosem Zustand. Alles war sauber, nicht die geringste Spur verriet, dass sich hier vorgestern Abend einhundert Schmarotzer die ganze Nacht über hatten volllaufen lassen. Unvorstellbar. Ich äußerte mein Erstaunen darüber, um eine Unterhaltung in Gang zu setzen, und Valérie erklärte mir, dass die Reinigungsfirma am Sonntagmorgen in aller Frühe am Werke gewesen war. Ein vierköpfiges Team war aufmarschiert, gut ausgerüstet, hoch motiviert und sehr arbeitswillig – alles Ausländer –, und hatte in nicht einmal drei Stunden wahre Wunderwerke vollbracht. Anschließend folgte prompt der ausführliche Bericht über die elende Art und Weise, wie sie im Wasser gelandet war. Wie den letzten Dreck, ja wie einen Müllsack, den man über Bord wirft, hatte man sie ins Wasser befördert. Sogar bis drei hatten sie noch gezählt, bevor sie losließen. Das Schlimmste war, dass sie bis zum Schluss gehofft hatte, dass alles nur ein lustiges Spiel sei, dass es bei der Andeutung dieses Vorhabens bleiben würde, bis sie diese trügerische Hoffnung fahren lassen musste, als sie auf die spiegelnde Wasseroberfläche des Pools klatschte.

Auf meinen Schaumstoffwürsten ließ ich mich von der sanften Bewegung des Wassers treiben, während ich meine Augen hinter der Sonnenbrille geschlossen hielt. Valérie, die wie immer einen Pareo trug, benetzte lediglich ihre Knöchel und setzte dabei ihre Chronik des Abends fort: Die Stimmung, die Höhepunkte, die Vorlieben bei den Speisen und Getränken, der von Gruppe zu Gruppe weitergetragene Tratsch. Träge und entspannt murmelte ich so etwas wie Zustimmung und ermunterte sie schließlich mit sparsamen Worten zu weiteren Ausführungen. Sie schätzte den Altersdurchschnitt auf etwa vierzig Jahre, was eher hoch angesetzt war, vielleicht war er auch etwas niedriger, sagen wir, achtunddreißig oder neununddreißig. Das wäre dann einer Clique von sehr netten, sehr höflichen jungen Leuten geschuldet, die so freundlich gewesen waren, ebenfalls zu kommen.

Ich wusste, wen Valérie meinte. Karrieregeile Grünschnäbel, die gerade einmal die Schule beendet hatten, erkennbar an ihren lässig über die Schulter geworfenen Pullovern und ihren tief ins Gesicht hängenden Haarsträhnen. Jetzt brannten sie darauf, in der Lokalpolitik oder in einem der hiesigen Unternehmen groß herauszukommen – das war mir nicht entgangen. Sie lauerten auf jede Gelegenheit, sich in den angesagten Gesellschaftskreisen zu zeigen, um dort mit ihrem strahlenden Lächeln oder schleimigen Komplimenten Eindruck zu schinden. Mit einem Schnauben unterbrach ich jetzt ihre Litanei: Mich interessierte eher die Kehrseite der Medaille, die Seitensprünge, die Fehltritte oder sonstige Machenschaften. Hatte sie nicht vielleicht im Mülleimer des Badezimmers benutzte Präservative gefunden? Hatte es nicht vielleicht jemanden gegeben, der unter dem Einfluss unmäßigen Alkoholgenusses einen Skandal heraufbeschworen hatte? Oder eine handfeste Auseinandersetzung? Vielleicht eine Darbietung wie einen Striptease?

Nichts von alledem. Nicole Clergoux, die Juwelierin aus der Innenstadt, hatte immerhin in die kleine Tanne gekotzt, wenn ich so etwas hören wolle. Und diejenigen, die ihr zu Hilfe geeilt waren, hatten die Gelegenheit bekommen, einen Blick auf ihr Hinterteil zu werfen, da ihr Rocksaum im Gummizug ihrer Unterhose stecken geblieben war … Nun, abgesehen von dem unfreiwilligen Bad war letztlich alles gut verlaufen. Valérie hatte bereits die ersten sehr positiven telefonischen Rückmeldungen erhalten, und die Anrufer hatten nicht mit Dank und Komplimenten gespart. Kurz nach vier Uhr brach ich wieder auf, ohne mich aus dem Pool gerührt zu haben. Ich ging nun davon aus, dass dies gewiss das letzte Treffen zwischen mir und Valérie Ricard-Schmitt als meiner Geliebten gewesen war. Darin sollte ich mich jedoch täuschen.

An diesem Abend musste ich mit dem Essen nicht lange auf Gisèle warten. Ich hatte den Grill angezündet, die Glut war vorbereitet, und ich war dabei, das Grillgut auf den Rost zu legen, als die prallen Reifen des Allradwagens zu hören waren. Gisèle küsste mich und warf einen entzückten Blick auf den Grill, wo dünne Zucchinischeiben und zwei in Zitrone und Koriander marinierte Hähnchenfilets lagen. Sie huschte in die Küche und kehrte mit zwei Gläsern Wein zurück. Ohne Umschweife kündigte sie mir die bevorstehende Ankunft unseres Jugendfreundes Marc an. Nach außen nahm ich diese Neuigkeit mit leicht missbilligendem Gesichtsausdruck auf, den ich mit einem Seufzer untermalte. In Wirklichkeit jedoch schmetterte mich die Nachricht ziemlich nieder. Nicht, dass ich Marc Barony verabscheute, aber dass ich ihn bei mir aufnehmen und in die Position desjenigen geraten sollte, der mehrere Tage lang seine Wünsche erfüllen und ihn bei Laune halten soll, ohne zu wissen, wann er wieder abzureisen gedachte, war doch ein starkes Stück. Ich hatte ihn seit unserem Umzug hierher nicht mehr gesehen. Er hatte uns noch nie besucht. Gisèle rief ihn manchmal an, wenn sie Fortbildungen besuchte, und dann kam es hin und wieder zu kurzen Treffen, soweit ich wusste.

Ich stürzte mein Glas hinunter und drehte die Grillklemme um. Immerhin hegte ich die Hoffnung, dass er sich weitgehend selbst beschäftigen würde; niemand zwang uns, die ganze Zeit aufeinanderzuhocken. Ich hoffte auch, dass Gisèle sich etwas Zeit freischaufeln würde. Sie hatte nebenbei den Tisch auf der Terrasse gedeckt und schenkte mir nun Wein nach.

»Er kommt sicher in Begleitung seiner aktuellen Tussi«, gab ich zu bedenken.

»Ja … das lässt sich wohl nicht verhindern«, entfuhr es ihr treuherzig, aber zugleich schwang in ihren Worten eine gehörige Portion Ironie mit.

Sie stand jetzt in der Tür, mit einer Schulter leicht an den Rahmen gelehnt, eine Hand steckte in der Hosentasche, einer ihrer nackten Füße ruhte auf dem anderen. Mein Blick blieb an ihren munteren, hübschen Zehen hängen, nichts konnte diesen Anblick trüben, auch nicht die Ankunft von Marc Barony.

Als wir uns zu Tisch setzten, hatte ich das Thema mit einer kühlen Feststellung beendet, die gleichermaßen resigniert wie pragmatisch klang:

»Immerhin haben wir noch Zeit, das Gästezimmer herzurichten.«

Dann erzählte ich ihr von den dramatischen Ereignissen mit Fumard: die morgendliche Radtour, die brutalen Steigungen, der Infarkt, die Rettungskräfte, die flehentlichen Rufe nach seinem Kind. Ich hatte die Ereignisse noch nicht verdaut. Wir waren zu dritt aufgebrochen, und jetzt waren nur noch zwei von uns übrig – wer würde der Nächste sein? Wir hatten das Tempo absichtlich verschärft, um Denis in Bedrängnis zu bringen. Seltsame Schuldgefühle hatten mich erfasst, beinahe so, als sei ich der Komplize bei einem Mordversuch gewesen. Dabei bestand zu solchen Überlegungen keinerlei Anlass. Denis betrieb seit Jahren Raubbau an seiner Gesundheit – Anisschnaps und fermentierte Getränke gehörten ebenso zu seiner täglichen Nahrungsaufnahme wie tierische Fette auf Weißbrot. Trotzdem kam es mir vor, als hätte ich meinen Teil zu der Attacke beigetragen. Dazu sein wirres Gerede über Cindy, das die düstere Atmosphäre auch nicht gerade aufhellte. Und zu guter Letzt auch noch Brunos Mitteilung, dass Fumard gar nicht der Erzeuger des verschwundenen Mädchens war. Diese Neuigkeit machte die ganze Geschichte noch um ein Vielfaches bedrückender, und es erleichterte mich sehr, sie bei Gisèle loswerden zu können.

Dieses ganze Unwohlsein verschwand erst, nachdem ich den Pilgerweg ins Krankenhaus auf mich genommen hatte. Vierzig Minuten lang hatte ich mich von der Feindseligkeit des sterilen Milieus überrollen lassen, es dann aber unbeschadet wieder verlassen, und allein diese Tatsache flößte mir ein ganz neues Lebensgefühl ein. Ich fühlte mich erstarkt und bereit, alles und jedes in Angriff zu nehmen, gerade so, als wäre ich noch einmal knapp einem Massaker entronnen. Das war auch der Grund dafür, dass mich der zweite anonyme Brief, der mich bei meiner Rückkehr im Briefkasten erwartete, nicht sonderlich beeindruckte. »Dein Flittchen treibt es ganz schön wild!« Ja, klar, das war letztlich nichts Neues …

Außerdem war noch eine Postkarte von den Mädchen eingetroffen, die sie bis zum Rand mit ihren krakeligen Schriftzügen gefüllt hatten. Ich hatte mich ins Wohnzimmer begeben und mich in einen Sessel fallen lassen. Das war das Vernünftigste, was ich tun konnte, denn die Hitze war so unerträglich, dass man weder drinnen noch draußen eine Arbeit in Angriff nehmen konnte. Es war einer jener vollkommen vorhersehbaren Tage, an denen man schon frühmorgens weiß, dass sich bis zum Abend nicht das geringste Wölkchen zeigen wird. Nachdenklich hielt ich die beiden Botschaften in der Hand und versuchte, meine augenblicklichen Emotionen auseinanderzudividieren. Was den anonymen Brief betraf, so löste er nicht wirklich einen Schock bei mir aus – wer auch immer mir auf diese Weise Nachrichten zukommen ließ, würde seine Abreibung schon noch bekommen. Im richtigen Augenblick würde ich gegen ihn oder sie vorgehen. Die Postkarte hingegen übermittelte eine ganze Fülle von Bedeutungen: Sie hatte viele Kilometer zurückgelegt, meine kleinen Plagegeister hatten sie nacheinander in ihren Händen gehalten, hatten Buchstabe um Buchstabe daraufgemalt, um uns einen lieben Gruß zu schicken, und jetzt hielt ich dieses Stück Pappe hier in meinen Händen, konnte den Blick nicht davon losreißen und spürte, wie mir Tränen in die Augen stiegen.

So unvermittelt und heftig, wie manchmal Erinnerungen aus unendlichen Tiefen aufsteigen, tauchten verschiedene Bilder vor mir auf: Valouise, die am Abend vor ihrer Abreise ihr klatschnasses Badehandtuch sorgfältig zusammengelegt in den Kleiderschrank geräumt hatte, Julie, die auf dem Weg zur Schule beinahe losgeheult hatte, weil sie ihr Federmäppchen vergessen hatte, Andrea, die mit ihrem ausgeleierten Flitzebogen und den grob geschnitzten Pfeilen einem Huhn ins Auge geschossen hatte. Als sie noch kleiner war, hatte sie einmal die kleine Batterie meines Weckers verschluckt, und da ich befürchtete, es könnte eine radioaktive Strahlung vorhanden sein, war ich mit ihr in die Notaufnahme gefahren. Ach, und Valouise, die behauptete, Schlangen seien ekelhaft, weil sie sich die ganze Zeit auf dem Boden herumwälzten; und wie gern doch alle drei das Kartenspiel *Leben und Tod* spielten, bei dem man ohne jedes Nachdenken einfach nur eine Karte vor sich aufdeckt, und wer die höherwertige hat, gewinnt. Dabei fanden sie nie ein Ende, obwohl sie aufeinander schimpften wie die Rohrspatzen …

Ich beschloss, ebenfalls etwas zu schreiben. Also schaltete ich den Computer ein, wärmte mir einen Kaffee auf und tippte ein paar Zeilen. Ich beschloss, eine Geschichte für meine kleinen Plagegeister zu verfassen. Damit war ich den ganzen Nachmittag beschäftigt. Mehrmals drang das Klingeln des Telefons zu mir herüber, ohne dass ich abnahm. Das Klingeln blieb für mich einfach nur eine sich über einen kurzen Zeitraum wiederholende Klangfolge.

Zwei eintönige Tage verstrichen, bevor die Ereignisse erneut Fahrt aufnahmen, als müsste stets alles zur gleichen Zeit geschehen. Abgesehen von der Geschichte für meine Töchter hatte ich mich nicht zu großartigen Aktivitäten aufraffen können. Ein einziges Mal hatte ich beschlossen, bei Bruno auf eine Runde am Tresen vorbeizuschauen. Gasparini und Bellanger – die beiden waren erstaunlicherweise unzertrennlich geworden – kamen mit ermutigenden Nachrichten über Denis vom Krankenhaus zurück. Die Ärzte wollten ihn allerdings noch nicht entlassen, da eingehendere Untersuchungen noch ausstünden. Ich war nicht lange in der Bar geblieben. Als ich ging, fielen die ersten dicken Tropfen eines aufziehenden Gewitters, und im Auto hörte ich zufrieden, wie sie immer heftiger über mir auf das Dach prasselten.

Die nachfolgende Regenfront brachte so ausgiebigen und gleichmäßigen Niederschlag, dass man den Eindruck hatte, er könne nie wieder versiegen. Die Bäume, die Erde und der Garten wurden förmlich ertränkt, und die tief hängenden Wolken verdunkelten den Himmel, um uns mit aller Macht dazu zu bringen, den schönen, hellen Tagen nachzutrauern, die wir bisher so reichlich genossen hatten. Wenn ich hin und wieder aus dem Fenster schaute, kamen mir finstere Gedanken in den Sinn, so zum Beispiel Brunos Erwägung in der Bar, nachdem Denis zusammengebrochen war. Seine Vermutung, es könne sich ein Mädchenmörder unter uns befinden, spornte meine Fantasie an, Cindys Verschwinden unter dem Aspekt einer immer noch vorhandenen Bedrohung zu sehen. Ich zog Parallelen zum Tagesablauf meiner eigenen Kinder und konnte nicht umhin, mir das Schlimmste vorzustellen.

Ungeachtet dessen setzte ich meine Energie daran, die Geschichte für sie zu Ende zu schreiben, und schlürfte dabei eine beträchtliche Menge tiefschwarzen Kaffee – lediglich das Klingeln des Telefons unterbrach hin und wieder das Prasseln des Regens. Als Gisèle mich eines Abends bei ihrer Heimkehr am Computer überraschte, zog sie mich auf:

»Sag bloß, du schreibst wieder?!«

Das schöne Wetter kehrte schlagartig und ohne jede Übergangsphase zurück. Die Niederschläge waren nicht langsam abgeklungen, die Aufhellungen hatten sich nicht zaghaft am Himmel durchgesetzt und die Wolken sich nicht allmählich verzogen, um hier und da einem Sonnenstrahl den Weg frei zu machen. Nein, der Regen war einfach verschwunden, als hätte man ein Schleusentor wieder geschlossen, und die Sonne schien plötzlich wieder wie das gleichmäßige Licht eines Projektors, dessen Strahlen ungestört ihr Ziel erreichen. Und als bestünde eine stille Übereinkunft, gerieten die Ereignisse im Sog dieses meteorologischen Wandels wieder in Bewegung.

Ich hatte keinen genauen Plan, wie ich meinen Termin bei Nadjesda Guzman angehen sollte. Im Grunde kannte ich sie nur flüchtig, und viel Zeit würde uns nicht bleiben, da mein Mund die meiste Zeit durch ihre furchtbaren Instrumente blockiert sein würde. Beinahe eine Stunde lang hatte ich in meinem Sessel sitzend über dieses Problem nachgedacht und dabei ein halbes Paket Kekse vertilgt, deren Verfallsdatum nahte. Am Ende hatte ich beschlossen, meine Vorüberlegungen sein zu lassen und alles von der Situation abhängig zu machen – was mich jedoch nicht davor bewahrte, am Vorabend des Rendezvous einige Male im Bett gedanklich zu diesem Thema zurückzukehren. Morgens um sechs war ich dann gut ausgeruht aufgewacht und machte mich in Hochform auf den Weg in den Wald, um eine Runde zu joggen. Ich fühlte mich voller Energie und Vitalität, kurz gesagt, sexuell hochgradig stimuliert, und ebenfalls kurz gesagt, Nadjesda war der Grund dafür.

Gisèle und ich hatten nach meiner morgendlichen Laufeinheit gemeinsam auf der Terrasse gefrühstückt. Um viertel nach acht war ich bereits auf dem Markt, um neun Uhr schaute ich auf einen Kaffee bei Bruno vorbei und um Viertel vor zehn war ich wieder zu Hause. Um drei Uhr war der Termin bei Nadjesda. Es blieb also noch reichlich Zeit. Da klingelte das Telefon. Ich musste endlich rangehen, musste ihr endlich reinen Wein einschenken, aber sie würde kochen, ja, sie würde platzen vor Wut – und tatsächlich, am anderen Ende war eine höchst nervöse Valérie Ricard-Schmitt, die sich meines Erachtens am Rande eines hysterischen Anfalls befand. Ich hatte noch kein Wort herausgebracht, da warf sie mir auch schon Folgendes an den Kopf:

»Ich drehe durch, wenn wir uns nicht in der nächsten halben Stunde sehen können. Ich werde ihnen alles ins Gesicht sagen! Und es ist mir vollkommen egal, wenn mein Urlaub dann ins Wasser fällt!«

»Beruhige dich, Valérie. Immer mit der Ruhe, jetzt komm erst mal wieder zu dir. Ich habe um fünfzehn Uhr einen Termin in der Stadt. Anschließend werde ich versuchen, bei dir vorbeizuschauen.«

»Nein, du kommst jetzt her. Carlos wird gegen dreizehn Uhr mit Paul-Phillip und Charlotte wieder hier sein. Also beeil dich.«

Ich wollte zunächst einwenden, dass meine Zucchini dringend nach mir verlangten, dass ich Möhren ernten müsste, dass meine Zwiebeln gelockert werden wollten, was auch alles stimmte, aber letztlich verzichtete ich darauf, da mir die Situation ziemlich brenzlig zu sein schien. Valéries psychische Verfassung wirkte äußerst labil. Als ich bei ihr eintraf, war sie in der Küche und schluckte mithilfe von etwas Tomatensaft ein paar Tabletten. Sie schmiegte sich an mich und übergab mir ein Päckchen – ein Hemd. Ich hatte schon mehrere Geschenke dieser

Art erhalten und sie allesamt in den erstbesten Mülleimer geworfen, da Gisèle sonst irgendwann misstrauisch geworden wäre. Valérie besaß dieses Laster, dauernd in Geschäfte rennen zu müssen. Sie fuhr allein zu diesem Zweck in die Stadt, manchmal sogar mehrmals am Tag.

»Carlos ist mit Paul-Phillip beim Bowling, und Charlotte ist bei einer Freundin. Ich soll in der Zwischenzeit die Koffer packen … Er behandelt mich wie den letzten Dreck, wie ein Dienstmädchen. Aber das ist ja nichts Neues. Das Schlimmste ist, dass er wahrscheinlich auch noch recht hat.«

»Nicht doch, Valérie. Natürlich hat er nicht recht. Und das weißt du auch genau …«, beschwichtigte ich sie und schenkte mir dabei ein wenig Tomatensaft ein.

Noch hatte ich die Hoffnung, dass ich einigermaßen glimpflich und ohne großen Aufwand davonkäme, so wie man bei einer alten Tante mal kurz für zwanzig Minuten vorbeischaut, in dieser Zeit eine thematisch begrenzte Unterhaltung einfädelt, die keinerlei Chance zum Ausufern bietet, und ein heftiges Feuerwerk abbrennt, das jede Nörgelei unterbindet, bevor man vorgibt, in Eile zu sein, und dies wiederum zum Anlass nimmt, über die Hektik der heutigen Zeit zu klagen, unter der alle Beschäftigten leiden. Valérie jedoch hatte beschlossen, sämtliche Verfehlungen ihres Ehemanns aufzuzählen und sich in ihr abgrundtiefes Leid hineinzusteigern, was ich hier und da mit zaghaften Worten des Trostes abzuschwächen versuchte, während ich zugleich immer wieder zur Wanduhr über dem Herd hinüberschielte. Am Ende warf sie sich mir an den Hals, und wir stolperten rückwärts ins Wohnzimmer – ich mit einem unwirschen Brummen, sie mit einem aufgekratzten Lachen. Ich stieß gegen die Sofalehne, und beinahe hätte sie es dahin gebracht, dass wir beide hintenübergestürzt wären.

»Scheiße, das ist doch der Platz von deinen lieben Kleinen …«

Ich schaffte es also offenbar nicht, mit ihr Schluss zu machen. Aber da die ganze Familie Ricard-Schmitt am nächsten Morgen für zwei Wochen in die Ferien aufbrach, war es ja möglicherweise auch gefährlich, sie mit einer solchen Entscheidung zu überfallen: Alles könnte dann auffliegen, und die zwei ruhigen Wochen, für die ich doch so aussichtsreiche Projekte hatte, wären dahin. Diese Erwägung gab den Ausschlag, und so fügte ich mich darein, sie auf dem Sofa mit einer schnellen Nummer zu beglücken. Kaum zehn Minuten später zog ich mich bereits wieder an. Trotz allem war ich nicht unter Druck geraten, es blieb mir sogar noch Zeit. Und da ich Hunger hatte, nahm ich mir die Freiheit, die Küche in Augenschein zu nehmen und den Kühlschrank zu plündern, in dem ich Schinken, Käse, Gürkchen und Salat fand. Valérie trat hinter mich, legte mir von hinten ihre Hände auf den Bauch, schmiegte ihren Kopf an meinen Nacken und wiegte unsere Körper leicht hin und her.

»Franck, du redest nie von dir … Warum redest du eigentlich nicht mehr?«

»Oh, ich weiß nicht … So bin ich eben. Beim geselligen Beisammensein antwortet meine Frau sogar oft an meiner Stelle. Ich glaube, ich habe es mir wirklich abgewöhnt, die Initiative zu ergreifen …«

»Das ist seltsam. Du redest nicht, und Carlos hört nie zu, wenn man ihm etwas erzählt.«

»Vielleicht hat er genug davon, dir den lieben langen Tag zuzuhören.«

»Willst du mir damit vielleicht etwas sagen?«

»Und du, wolltest du mir vielleicht auch etwas sagen?«

Ich sprang noch kurz in das wohltuende kühle Wasser des Pools, dann verließ ich die Villa. Allerdings blieben mir immer noch knapp zwei Stunden, die ich totschlagen musste. Ich erledigte ein paar Einkäufe im Hinblick auf Marcs Ankunft, wobei ich es vermied, den düsteren Gedanken über die endlos langen Tage Raum zu geben, die er bei uns verbringen würde. Ich hatte Angst vor diesem Besuch, aber ich wehrte mich dagegen, mich schon jetzt von ihm vereinnahmen zu lassen. Es gab keinen Grund, sich bereits im Voraus zu grämen. Als ich den kleinen Supermarkt wieder verließ, war es mit meinem Vorsatz jedoch vorbei: Seine Ankunft würde den ruhig dahinziehenden Tagen ein Ende bereiten, so viel stand fest. In weiser Voraussicht hatte ich eine ordentliche Menge Bier und eine stattliche Auswahl an hochprozentigerem Alkohol gekauft. Das war immer nützlich, um über schwierige Momente hinwegzukommen.

Bei Nadjesda wurde ich pünktlich empfangen, sie begrüßte mich mit zwei Küsschen und einem schönen, aufmunternden und beruhigenden Lächeln. Ich hatte mir nicht die Mühe gemacht, mir noch die Zähne zu putzen, bevor ich Valérie verließ, und das bedauerte ich jetzt. Sie trug keine Bluse, sondern ein weißes, tailliertes Shirt mit kleinen Stickereien und eine cremefarbene, eng anliegende Hose. Mir war klar, dass die Situation nicht besonders geeignet war, um eine Frau anzubaggern, deshalb kam ich auch ohne Umschweife auf mein Problem zu sprechen: Eine zwanzig Jahre alte Zahnfüllung war am Zerbröseln, und es hatte sich anscheinend eine kariöse Stelle gebildet. Seit Kurzem flackerte dort immer wieder ein Schmerz auf. Sie bat mich, auf dem Behandlungsstuhl Platz zu nehmen, und ich kam ihrer Aufforderung etwas zögerlich nach. Meine Angst bekämpfte ich mit einer genauen Inspektion des Hautbildes von Nadjesda, ich musterte ihre Wange, ihren Hals und, soweit es möglich war, auch den Ausschnitt ihres Shirts. Nach einer kurzen, aber eingehenden Untersuchung kam sie zu dem Schluss, dass nichts anderes übrig blieb, als eine Krone auf meinen ruinierten Backenzahn zu setzen. Fürs Erste kam ich mit dem Abschleifen davon, dann wurde ein Abdruck gemacht, und zum Schluss wurde noch Zahnstein entfernt und ein zweiter Termin vereinbart, um die Krone einzusetzen.

»Möchtest du lieber eine Keramikkrone oder eine aus Metall?«, hatte sie mich noch auf dem Sessel gefragt, während sie diesen in Sitzposition zurückfuhr.

Ich hatte schon einiges über die Preise für Zahnersatz aus Keramik gehört – so selten, wie ich lächelte, lohnte sich das nicht, also wählte ich den Metalldeckel.

Nachdem die Untersuchung abgeschlossen war, kamen wir ins Gespräch. Ich erzählte ihr, dass ich nicht vorhatte wegzufahren, dass wir in den nächsten Tagen Gäste erwarteten, und es zeigte sich, dass sie ebenfalls nichts Festes geplant hatte, da man mit Gabriel bis zum letzten Augenblick nicht wusste, was geschehen würde … Drei Minuten waren vergangen, und ich stand noch immer vor ihr, während sie mit dem Hintern an ihrem kleinen Schreibtisch lehnte. Diese Haltung erschien mir in beinahe unerträglichem Maße sinnlich, und ich war kurz davor, mich ihr auf tollkühne Weise zu nähern, sie blitzartig zu überfallen, ja, sie richtiggehend zu überrumpeln. Das damit verbundene Risiko flößte mir keine Angst ein, es war schließlich keine Schande, eine Zurückweisung einstecken zu müssen. Außerdem konnte eine anfängliche Niederlage sehr wohl in einen späteren Erfolg münden, wie ich es bei Valérie gesehen hatte. Trotz meines Lampenfiebers hatte ich mich gerade dazu durchgerungen, mich Nadjesdas Lippen zu nähern – sie hatte auch ohne jegliche Schminke sehr schöne, volle Lippen. Aber sie musste etwas gespürt haben, das konnte ich an dem leicht veränderten Gesichtsausdruck erkennen. Ein winziges Stirnrunzeln verriet eine plötzliche Ahnung, vielleicht sogar einen instinktiven Reflex zur Verteidigung. Ich wollte meinen besten Trumpf ausspielen und sie so sehr bedrängen, dass ich mit der Hand unter ihr Haar fassen und mich gegen sie pressen konnte, aber plötzlich gehorchten mir meine Beine nicht mehr. In dem Augenblick, in dem sie sich bewegen sollten, bremste etwas in meinem Gehirn meinen Elan, mit anderen Worten: Mir fehlte der Mut, ich war wie gelähmt. Ich, der ich eben noch klaglos und heldenhaft die Attacke eines Zahnarztbohrers über mich hatte ergehen lassen, konnte jetzt kaum verhindern, dass mir der Schweiß auf die Stirn trat.

Ein wenig jämmerlich verabschiedete ich mich und überließ das Feld dem nächsten Patienten. Wir hatten einen Termin für nächste Woche vereinbart. Sie hoffte, dass ihr die Krone bis dahin vorliegen würde.

Es war gegen neun Uhr abends, der Himmel war klar, nur am Horizont zeigten sich ein paar pudrige Wölkchen, die von der Sonne in ein glühendes Abendrot getaucht wurden. Marc und Rhoda rauschten in einem zinnoberfarbenen Cabriolet heran. Dort, wo eine Stunde zuvor das Feuer noch munter im Grill gelodert hatte, drohte die Glut bereits zu erlöschen. Sie hielten in der Nähe des Schuppens. Ich genoss die Sekunden vollkommener Stille zwischen dem Ausschalten des Motors und dem Zuschlagen der Autotüren, wohl wissend, dass solch ungetrübte Augenblicke in der nächsten Zeit rar sein würden. Gisèle stand auf, um ihnen entgegenzugehen, ich folgte ihr, und da kamen sie auch schon auf uns zu.

Natürlich musste man sich zunächst einmal herzlich begrüßen. Küsschen hier, Küsschen da, es gab kein Entkommen. So war das mit Marc. Aber ich hatte mich darauf eingestellt, diese Zeremonie rasch hinter mich zu bringen. Eilfertig machte ich mich davon, um für gekühltes Bier zu sorgen, womit ich meine vorausschauenden Bemühungen als Gastgeber unter Beweis stellte. Marc bedauerte sogleich, dass unsere kleinen Kröten ausgeflogen waren, verlieh seiner Enttäuschung allerdings etwas zu betont Ausdruck. Dann richtete er seinen Blick nach draußen und beglückwünschte uns zu der friedlichen Schönheit des Ortes. Rhoda hatte sich zu einem reichlich platten Scherz aufgeschwungen: »Wir werden nicht bleiben können, es gibt ja gar keinen Pool … Aber nein, das war nur ein Witz!«

Letztlich haftete der Situation auf den ersten Blick nichts Dramatisches an.

Wir tranken unser Bier auf der Terrasse und bedachten uns wechselseitig mit wohlplatzierten Ausbrüchen des Staunens und der Bewunderung. Ich hatte mich dazu entschlossen, einfach unentwegt dumm vor mich hin zu lächeln, auch als ich mich erhob, um das schon lange vor ihrer Ankunft entfachte Feuer wieder in Gang zu bringen. Aber auch das kreidete ich ihnen nicht an. Dann fand der Rundgang der Besitzer durch ihr Reich statt, wobei meine Frau das Wort führte und ich hinterhertrottete wie ein kleiner dreibeiniger Hund. Rhoda sah umwerfend aus in ihrem Sommerkleid, er stolzierte in T-Shirt mit Knopfleiste und Leinenhose daher und trug dazu Mokassins ohne Strümpfe. Sein Haar allerdings war lichter geworden, wie mir schien. Einen Bauch hatte er auch angesetzt, und um das Kinn herum war er ebenfalls fülliger geworden, wie ich mit leichter Befriedigung feststellte.

Bevor wir uns zum Abendessen begaben, musste ich noch rasch nach den Makrelen auf dem Grill sehen, um sie im richtigen Augenblick herunterzunehmen, und Gisèle machte sich in der Küche zu schaffen. Da wollte Marc wissen, ob wir einen funktionierenden Computer besäßen, denn er müsste unbedingt einen Blick auf seine Mails werfen. Auch bei diesem Ansinnen übte ich mich in Nachsicht und zwang mich, ein neutrales Wohlwollen an den Tag zu legen. Rhoda hatte es sich inzwischen in einem Sessel gemütlich gemacht, aber Gisèle rief durch das Küchenfenster nach ihr und lud sie gut gelaunt ein, ihr etwas zur Hand zu gehen.

Während der Mahlzeit befleißigte ich mich einer leicht passiven Haltung und brachte mich so wenig wie möglich ein, ohne unhöflich zu sein – ich beschränkte mich darauf, den Bitten der anderen nachzukommen, wie ein Krankenpfleger während seines Nachtdienstes. Die Unterhaltung bestritten vor allem Gisèle und Marc. Sie hatte in groben Zügen von der Abendgesellschaft bei den Ricard-Schmitts erzählt, von ihrer Bedeutung für die Klinik, von deren finanzieller Lage, der feinen Gesellschaft hier vor Ort und dem unfreiwilligen Bad der Gastgeberin. Marc schenkte ihren Ausführungen ein schmales Lächeln, das nicht sehr weit von Herablassung entfernt war, und streute, Bescheidenheit heuchelnd, hier und da ein paar Anekdoten von Festivitäten ganz anderer Kragenweite ein, wie sie in seinen Kreisen gefeiert wurden. Ich meldete mich hin und wieder mit einem kleinen Witz oder einer ergänzenden Beobachtung zu Wort, um zu signalisieren, dass keine Feindseligkeit von mir ausging und ich dem Gespräch aufmerksam folgte. Diese punktuellen Einwürfe gestatteten es mir zugleich, in der lediglich von zwei Kerzen tapfer bekämpften Dunkelheit vor mich hin zu dösen.

Marc hatte allmählich das Zepter übernommen und

erging sich nun, vom Alkohol beflügelt, in Ausführungen über seine neuesten Erfolge, seine letzten großartigen Abendgesellschaften und seine jüngsten schlaflosen Nächte, wobei er ganz nebenbei und scheinbar unabsichtlich die Namen von Berühmtheiten einfließen ließ und sich in der Annahme sonnte, vor uns als der Allertollste dazustehen. Rhoda beobachtete ihn bei seiner Selbstbeweihräucherung mit einer Mischung aus Andacht und naiver Dreistigkeit. Ich wäre jede Wette eingegangen, dass sie genauso eine Nervensäge war wie die Tussis, die haufenweise in Marcs Schmökern zu finden waren. Sie legte eine selbstzufriedene und einfältige Dummheit an den Tag, die beinahe schon unverschämt war. Es schien ihr einziger Anspruch zu sein, sich selbst in ihrer grenzenlosen Beschränktheit treu zu bleiben. Wir hatten gleich zu Anfang erfahren, dass sie bei einem Fernsehsender arbeitete und Drehorte für bestimmte Sendungen auskundschaftete. Sie nahm verschiedene Locations unter die Lupe, führte Tests, ja richtiggehende Untersuchungen durch und kümmerte sich um all die Nebensächlichkeiten, die bei solchen Planungen anfielen. Feste Arbeitszeiten gab es dabei nicht, es handelte sich ja auch nicht um einen Berufsstand. Genau das aber gefiel ihr: Es gab keine Routine, zudem begegneten ihr ständig jede Menge interessante Menschen, von den Moderatoren ganz zu schweigen. Ich hörte bei alldem nur mit einem Ohr zu, und irgendwann inmitten ihrer endlosen Leier stand ich auf, um zum Pinkeln neben den Schuppen zu gehen.

Marc hatte nichts Besseres zu tun gehabt, als sich mit dem Cabriolet hinter meinen Kombi zu quetschen.

Scheinheilig in die Luft guckend, pinkelte ich an einen Reifen ihres Gefährts und bedachte dann auch noch die Karosserie mit einem gehörigen Schwall. Trotz der tiefschwarzen Nacht konnte man die unendliche Tiefe des Kosmos spüren, dieses weiten konvexen Runds mit seinen silbernen Sprenkeln. Ich horchte automatisch in mich hinein und merkte, wie meine Gedanken zu meinen drei Töchtern wanderten, zu meiner Frau, zu mir und meinem Charakter. Man machte mir manchmal zum Vorwurf, nichts zu lieben, ein intoleranter und zynischer Dickschädel zu sein. Man sagte mir nach, ich sei in mich gekehrt, blasiert, empfindlich, jähzornig und voller Vorurteile, und an all dem war auch etwas Wahres dran, das war nichts Neues. Aber mit der Zeit hatte ich die Unausstehlichkeiten in meinem Charakter dadurch kompensiert, dass ich mich zu einem guten Familienvater entwickelt hatte: Einkaufswagen füllen, Mahlzeiten zubereiten, jede Woche auf den Markt gehen, im Garten arbeiten, die Wäsche aufhängen, Staub wischen … Das gab mir etwas Ausgeglichenes, es machte aus mir einen umgänglichen Menschen, dem man vertrauen konnte. Auf mich war Verlass. Zugegeben, seit ein paar Wochen hatte ich mich auf dumme Frauengeschichten eingelassen. Aber abgesehen davon gab ich mich mit schlichten und kostengünstigen Vergnügungen zufrieden: Ich verbrachte gern Zeit mit meinen Mädchen, trank gern Bier mit ein paar Kumpels, durchstreifte gern die Wälder auf einem Fahrrad. Mehr verlangte ich nicht, einfach nur, dass man mich in Ruhe ließ. Vielleicht war das der Grund, warum meine Frau nach etwas anderem Ausschau gehalten hatte. Oder einfach deshalb, weil man mit mir nicht zusammenleben konnte, wegen meiner Prinzipienreiterei, wegen meiner Pedanterie, wegen meines Anteils an den vielen kleinen Ärgernissen des Alltags, wegen meiner Besorgtheit um unsere Töchter, wegen meiner Angewohnheiten, meiner Spinnereien, meines erbärmlichen Langweilertums. Scheiße. Ich sollte noch einmal mit klarem Kopf über all das nachdenken …

Der Abend war dann kurz vor dem Dessert endgültig zur Retrospektive geraten. Wenn man sich lange nicht gesehen hat, wird immer die eine oder andere Erinnerung aufgewärmt, man ruft schöne Augenblicke wach oder besinnt sich auf alte Bekanntschaften. Ohne Alkohol konnte sich diese Phase bisweilen als sehr mühsam erweisen: Die Leute reden viel zu viel, walzen ihre Beiträge bis ins kleinste Detail aus und machen sich nicht klar, dass ihre Geschichten einfach nur todlangweilig sind. Zum Glück war ich etwas beschwipst, sodass auch ich meinen kleinen Beitrag zu dem Erinnerungsbogen leistete. Gisèle und ich hatten Marc im Gymnasium kennengelernt. Drei Jahre lang waren wir in dieselbe Klasse gegangen. Aber auch als Erwachsene hatten wir uns nicht aus den Augen verloren. Ich war schließlich mit Gisèle zusammengezogen, und Marc wohnte hin und wieder bei uns. In dieser Zeit hatten wir alle beide versucht, uns als Schriftsteller einen Namen zu machen. Seine Familie war vermögend und stellte ihm ein monatliches Budget zur Verfügung, sodass er sich nicht um einen Job kümmern musste. Seinen Eltern spielte er vor, er studiere Jura. Gisèle und ich kamen mit Stipendien gerade so über die Runden und nahmen hier und da Gelegenheitsarbeiten an, um den

Geldbeutel aufzubessern. Julie wurde geboren, bevor ihre Mutter das Studium beendet hatte. Wir mussten uns auf die Situation einstellen, was mich jedoch nicht sonderlich störte: Ich widmete ohnehin den Großteil des Tages dem Schreiben, also blieb ich im Wesentlichen zu Hause, kümmerte mich um Julie, wechselte ihre Windeln, gab ihr das Fläschchen – und während ihrer Schlafphasen saß ich am Schreibtisch.

Obwohl Marc sehr viel oberflächlicher war, hatte er Erfolg gehabt. Er war heute im Geschäft. Alle zwei oder drei Jahre brachte er einen Roman heraus und war darüber hinaus im Radio zu hören, wo er in einer Unterhaltungssendung eine Kolumne hatte. In seinen Büchern ging es um Drogen, Discos, Sex, Luxusmarken, um kleine selbstgefällige, betuchte Wichser, die ein untätiges, ausschweifendes Leben führten und ihrem unreifen Narzissmus frönten. In einigen seiner Romane wurde durchaus Anstoß an dieser von ihm beschriebenen Gesellschaft genommen, aber natürlich ohne dass es jemals zu einer ernst zu nehmenden Verurteilung kam. Marc lebte in diesem Milieu, er fühlte sich in diesen Kreisen wohl, und in seinen Büchern begnügte er sich einfach damit, sein Umfeld in Szene zu setzen. Von dem Schüler, der einen Aufsatz über seine Ferien am Strand schreibt, verlangt man schließlich auch nicht, dass er sich zu einer Kritik an der Freizeitkultur aufschwingt. Und die Ironie in Marc Baronys Beschreibungen stellte keineswegs jene Welt infrage, sondern war lediglich eine trickreiche Art des scheinbar etwas peinlich berührten Autors, eine gewisse Distanz zu seinen Helden aufzubauen; diese Art, eine zweite Ebene vorzugeben, bot ihm eine gute Deckung und ein Alibi, um seine Arbeit fortzusetzen.

Diese Feststellungen hatten natürlich nichts mit der Behauptung zu tun, Marc sei ein absolut miserabler Schriftsteller – wie seine Verleumder es glauben machten und damit seinen Ruf des *enfant terrible* untermauerten. Nein, sein Geschreibsel war mittelmäßig, nicht mehr und nicht weniger; aus allen möglichen Töpfen zusammengerührt. In seinen Romanen trank man nicht, man schlürfte oder nippte. Die Sofas waren stets zerschlissen. Die Sonnenuntergänge setzten zwangsläufig den Horizont in Flammen, eine Reise musste einfach zu einem Abenteuer in ferne Welten geraten. Wenn seine Figuren miteinander schliefen, dann begnügten sie sich nicht mit klassischen Orgasmen wie Normalsterbliche, sondern erlebten nie gekannte, berauschende Höhepunkte. Betrachtete man den geistigen Horizont, so spielte das alles in einer ziemlich armseligen Welt, die stilistisch recht platt entfaltet wurde und allerhöchstens durch Wortspiele auf Abiturienten-Niveau bereichert wurde. Einzige Besonderheit seiner Texte war ihre Vulgarität und flapsige Respektlosigkeit. Es fanden sich Sätze wie diese: »Sie war umwerfend schön und rüttelte mich mit einem Schlag wach. Ihr Verlobter besaß eine Fresse, die ich am liebsten mit dem Hammer traktiert hätte. Ich schlürfte mein Bier auf meinem zerschlissenen Sofa. Ich sah ihr tief in die Augen, hinter ihr fiel mein Blick durch die Glasfront auf die weiten Dünen. Eine filmgleiche Kulisse. Gleich würde die Sonne den Himmel in Flammen setzen. Zwei Stunden später ergoss ich mich in einer wunderbaren, reinen Stille. Allerdings in einem sicher nicht reinen Mund.

Es war ein Schock, ein Elektroschock, ein Erdbeben an Gefühlen. Und nebenbei bemerkt, falls es jemanden interessiert, ihre Brüste waren rund wie Pampelmusen.«

Das war das Holz, aus dem mein Gegenüber geschnitzt war. So sah das Gedankengut aus, mit dem dieses Individuum hausieren ging, das jetzt die Aprikosentarte auf seinem Teller zerbröselte, die meine Frau gebacken hatte, und dabei auf unsere älteste Tochter Julie zu sprechen kam. Mit tönender Bassstimme erinnerte er sich daran, wie winzig sie in ihrem Babykorb gewirkt hatte – als hätte er diese Wiege eigenhändig geflochten und als stünde sie ihm noch als rührendes Bild unmittelbar vor Augen. Ich konnte mich kaum zurückhalten, eine andere Erinnerung aus jener Zeit zum Besten zu geben: In einer Nacht hatte Gisèle Marc eine Ohrfeige verpasst, weil er, zugedröhnt bis obenhin, mit Kopfhörern auf den Ohren in seinem Bett rauchte und seine noch glühenden Kippen einfach in den Flur schnipste, während wir im angrenzenden Zimmer schliefen und besagte Wiege mit einer friedlich schlummernden Julie sich ebenfalls in unmittelbarer Nähe befand.

So war es um dieses Genie nämlich in Wahrheit bestellt. Er war wankelmütig, nichtssagend und unerwachsen. Die vielen dummen Puten und Idioten, die er in unsere Wohnung geschleppt hatte, erwähnte ich jetzt ebenso wenig wie die Kohle, die seine Eltern ihm jeden Monat zuschoben, damit er seine Eseleien fortsetzen konnte. Ich hielt ihm auch nicht die lächerlichen Sendungen vor, die er pausenlos im Fernsehen geschaut hatte, und führte nicht aus, welche Mühe es ihn gekostet hatte, einen schmutzigen Teller unter den Wasserhahn zu halten. Trotzdem war das also der Kerl, dessen Bücher man sich aus den Händen riss, den man im Radio hörte und dabei dachte: »Ja, ja, der Typ hat es wirklich drauf, und gebildet ist er auch noch …«

Ich hingegen hatte zehn Jahre fleißig in meinem Kämmerlein geschrieben und sorgsam miteinander verwobene Zeilen verfasst, stets darauf bedacht, den richtigen Ton zu treffen und jede Angeberei zu vermeiden. Ich meißelte an meinen Kapiteln wie an Granitblöcken und bemühte mich, das Konstrukt stets im Lot zu halten. Wenn erforderlich, holte ich zu wuchtigen Schlägen oder tiefen Einschnitten aus, damit sich alles zueinanderfügte. An Übergängen und Schnittstellen feilte ich so lange, bis keine Kanten mehr spürbar waren. Ich versuchte, meinen Figuren über viele Seiten hinweg Tiefe zu verleihen, wobei ich mich eher von intellektueller Korrektheit leiten ließ als vom Bestreben, vordergründig zu verführen. So hatte ich Personen geformt, die am Ende meistenteils auch meine Zuneigung gewonnen hatten. Während dieser Zeit hatte ich auch sehr viel gelesen, ich hatte tagelang in Bibliotheken gesessen, ganz gleich ob es regnete oder sonnig war. Unzählige Romane, derer ich habhaft werden konnte, hatte ich durchgesehen und dabei manchmal nur ein paar Zeilen oder Worte gelesen, Notizen gemacht, Sätze nachgeahmt, Wendungen abgeschrieben, den Aufbau von Erzählungen und die Entwicklung von Handlungssträngen studiert. Und letztendlich hatte mir das Ganze nichts anderes als zehn magere Jahre beschert, ohne dass es mir jemals gelungen wäre, auch nur irgendetwas zu veröffentlichen. Seither hatte ich das

Schreiben aufgegeben. Nun las ich vor allem die Zeitung und Comics.

Marc war zwar noch immer nicht fertig mit seinem semi-mondänen Geschwätz, aber ich hatte mich unter dem Vorwand eingeschaltet, dass die Kerzen gleich in ihrem Wachs ertrinken würden, um dann rasch anzuschließen, dass ich vor Müdigkeit umkäme. Damit hatte ich mich zurückgezogen und sie einfach sitzen gelassen – und zwar an dem noch nicht abgedeckten Tisch, obwohl ich sicher war, dass weder Marc noch Rhoda auf die Idee kommen würden, sich an dem in einem so familiären Rahmen üblichen gemeinsamen Aufräumen zu beteiligen. Ich suchte noch einmal meinen Garten auf und wandelte in der Dunkelheit über die Wege, fuhr mit den Händen durch das Blattwerk, strich zärtlich über ein paar Tomaten und umschloss die wohlgeformtesten wie weibliche Brüste. Ich liebte es, mich diesen nächtlichen, ein wenig traumwandlerischen Inspektionen als reiner Besucher zu überlassen. Sieh an, da hockte eine Kröte regungslos vor sich hin dösend bei den Auberginen. Zuerst wollte ich einen Erdklumpen auf dieses kleine, träge Lebewesen fallen lassen, einfach nur, um zu sehen, was geschehen würde. Aber das war kindisch und sogar grausam, also ließ ich es bleiben. Ich hatte an den Geräuschen erkannt, dass Barony sich ebenfalls in diese Gefilde gebeamt hatte. Da tauchte er auch schon unmittelbar hinter mir auf und erging sich in vorgetäuschter Bewunderung über die üppige Pracht meiner Anpflanzungen.

Auf die paar Fragen, die er mir mit geheucheltem Interesse stellte, antwortete ich einfallsreich und ausschweifend, denn ich wollte ihn mit meiner Gemüsevulgata zudröhnen, bis ihm der Kopf schwirrte. Ich hoffte, ihm mit diesem Manöver vorführen zu können, dass wir inzwischen in zwei vollkommen verschiedenen Welten zu Hause waren. Außerdem wollte ich durchblicken lassen, dass seine Erzählungen über Festivals und Schauspielerinnen, über Filmproduzenten und Fernsehstudios mich entsetzlich langweilten – ungefähr so sehr, wie ihn meine Spritzversuche mit Brennnesselextrakt, meine Schnitttechnik bei den Gartenkürbissen oder die genaue Beschaffenheit meiner zwölf verschiedenen grünen Salatsorten langweilten.

Ohne mich auf eine Grübelei über schlecht endende Freundschaften einzulassen, verhielt es sich einfach so, dass ich nichts mehr mit ihm gemein hatte. Wir waren einmal Freunde gewesen, gute, enge Freunde. Wir waren einander sehr ähnlich gewesen, sogar so sehr, dass wir uns tatsächlich für unzertrennlich gehalten hatten. Wir hatten geglaubt, den anderen notwendig zu brauchen, aber das war zehn Jahre her. Seither hatten wir viel Zeit gehabt, uns zu ändern. Man musste nicht verbissen danach trachten, irgendetwas wieder auferstehen zu lassen, von dem nichts geblieben war. Warum sollte man sich dazu zwingen, warum dem anderen etwas vorgaukeln – vor allem, wenn man, so wie ich, dafür keine sonderliche Begabung besaß?

Nach einer Viertelstunde an Belehrungen hatte ich ihn ein wenig durcheinander und einigermaßen benommen von meinem Geschwätz zur Terrasse zurückbegleitet. Unsere besseren Hälften waren bereits zu Bett gegangen, und ich tat es ihnen gleich, denn ich war ebenfalls ziemlich erledigt. Die liegende Position, die Ruhe, die Dunkelheit, die Einnahme einer in Milch aufgelösten Paracetamol-Tablette und die Präsenz von Gisèle neben mir konnten meinen einsetzenden Kopfschmerzen Einhalt gebieten. Ich war nicht angriffslustig genug, um eine große Diskussion anzustrengen, aber ich konnte es nicht lassen, doch ein wenig Gift zu verspritzen.

»Sag mal, sie haben uns gar nichts mitgebracht, oder täusche ich mich da?«

»Stimmt. Aber wir wissen doch, wie Marc ist. So etwas war zwischen uns noch nie üblich, das musst du zugeben, oder?«

Sie hatte ihren Kopf auf meine Schulter gelegt, und wir plauderten über unsere kleinen Plagegeister, wie sehr sie uns fehlten, und wie wir ihnen ein schönes Essen zubereiten würden, um unser Wiedersehen zu feiern.

»Weißt du überhaupt noch, wie sie heißen?«, scherzte ich.

»Ja, so in etwa … Ach, mir fehlt das Familienleben …«

»Mir auch. Ich kann es kaum erwarten, wieder Fulltime-Dienstmädchen zu sein …«

»Nein, es ist mein Ernst. Ich werde wirklich versuchen, beruflich kürzerzutreten. Das ist nicht einfach nur so dahingesagt …«

Und nach einem kurzen Augenblick des Schweigens fügte sie hinzu:

»Weißt du, vielleicht ist es gar keine schlechte Idee, wenn du wieder mit dem Schreiben anfängst. Ich fand deine Texte immer gut.«

Es wäre eine besondere Vergünstigung, allein im Kühlen das Mittagessen einzunehmen, ohne jede mentale Störung. Als meine Denktätigkeit unmittelbar vor dem endgültigen Wachwerden langsam wieder einsetzte, nahm diese schöne Vorstellung immer klarere Konturen an. Jetzt musste ich nur noch die Augen aufschlagen, um den Morgen in mich aufzunehmen. Sogleich hatte ich an meine theoretischen Erwägungen angeknüpft: In den kommenden Tagen würde ich alles daransetzen, mein Leben zeitlich etwas versetzt zu leben, soweit die Regeln des Anstands es zuließen.

Unten hatte Marc eine Landkarte herumliegen lassen, die ich wie eine Decke auf dem Tisch ausbreitete, um dann die Frühstücksutensilien daraufzustellen. Ich gehörte zu denen, die sich ganz wörtlich in der Betrachtung einer Landkarte verlieren konnten, und zwar so sehr, dass ich meine mit Butter bestrichenen Brotscheiben mehr oder weniger in Kaffee ertränkte, anstatt sie nur kurz mit der Flüssigkeit zu benetzen. Danach stand eine Runde Gießen an, die ich bereitwillig in Angriff nahm, nachdem ich die Hühner aus dem Stall gelassen hatte. In den letzten Wochen war es mir zur Gewohnheit geworden, morgens zu gießen. Allerdings geschah das nicht aus strategischen Gründen, sondern weil ich abends oft etwas anderes geplant hatte – oder etwas Ungeplantes eintrat. Ich war so in Schwung, dass ich mit prüfendem Blick nachsah, was mein Gemüseanbau heute hergab: Eine Generation von Tomaten hatte ihren vollen Reifegrad erreicht, ich pflückte einige von ihnen und erntete auch meine ersten Auberginen. Als ich die gelackt aussehenden violetten Früchte hochhob und mit ihnen zu Gisèle hinüberwinkte, die mittlerweile in einem Liegestuhl ihren Kaffee trank, warf sie mir von der Terrasse eine Kusshand zu, worauf ich als Antwort dankend meinen Hut lüftete.

Die Zeit war schon weit vorangeschritten, die Sonne um einiges höher gestiegen, als ich endlich die wuchernde Kriech-Quecke beseitigt hatte, die sich immer wieder in die Beete hineinfraß. Dafür war meine Lieblingsharke mit ihrer messerscharfen Klinge genau das richtige Werkzeug. Als ich mit einer Schubkarre voller welker Blätter vom Hühnergehege kam, sah ich den Schriftsteller unter der Pergola heraustreten. Seine Gesichtszüge verzerrten sich, als die Sonne jetzt mit voller Wucht auf ihn prallte. Ich schob meine Ladung weiter hoch, grüßte Marc, bat ihn um die Schlüssel zu seinem Schlitten und gab meiner Frau einen Kuss, die, wie sie sagte, im Haus aufgeräumt und unseren Mädchen einen kurzen Gruß geschrieben hatte, jetzt unter die Dusche springen wollte und vorschlug, heute Nachmittag vielleicht einen Spaziergang im Wald zu unternehmen. Ich nickte zustimmend. Dann setzte ich mich ans Steuer des Cabriolets, legte den Rückwärtsgang ein und setzte vorsichtig aus dem Unterstand zurück. Zwei Sekunden später saß Rhoda neben mir auf dem Beifahrersitz. Sie trug ein Top und Shorts und sah ein wenig so aus, als hätte sie noch ihre Nachtwäsche an. Es musste Brot gekauft werden, und ich hatte eigentlich gehofft, das allein tun zu können – samt einem kleinen Abstecher zu Bruno. Aber mir fiel kein plausibler Grund ein, den ich gegen ihren Wunsch, mich zu begleiten, hätte anführen können – noch dazu, wo es das Auto unserer Gäste war.

Ich verspürte keine Lust, mit ihr zu reden, und hätte mich sehr gut damit abfinden können, dass wir beide bis ins Dorf hinein stumm blieben. Aber ich wollte nicht Gefahr laufen, ihren Fragen ausgesetzt zu sein und noch weniger ihrem Vokabular – sie käute unentwegt alle gängigen Themen und Sprüche wider. So beschloss ich, selbst das Zepter in die Hand zu nehmen, und lenkte die Aufmerksamkeit meiner Beifahrerin auf die bunte, vielfältige Landschaft: Ausgangs des Weilers bot sich ein großartiger Blick auf die Berge. Friedlich weidende Rinder, aus der Ferne gerade einmal so groß wie Erbsen, untermalten die Idylle, über die lediglich ein leiser Windhauch strich. So weit das Auge reichte, verströmte die Bergwelt etwas Gesundes und Kraftvolles. Als wir aus der Bäckerei kamen, tröstete ich mich damit, dass der halbe Weg schon geschafft war, aber da schlug Rhoda vor, noch einen Kaffee zu trinken. Ich ahnte, dass dies keine gute Idee war, aber auch jetzt fiel mir nicht ein, was ich dagegen hätte einwenden können.

Es war in der hiesigen Bar nicht üblich, dass blutjunge Starlets auftauchten, die in makellose, nur das Notwendigste bedeckende Stoffe gewandet waren. Unser Erscheinen löste ein verstörtes Schweigen aus, und die Unterhaltungen kamen nur mühsam wieder in Gang. Es war ein guter Teil der üblichen Kundschaft da, ein ganzer Schwung der Stammgäste stand am Tresen, außerdem hatten sich auch Ruzicka, Gasparini und Bellanger eingefunden, die Billard spielten. Meine grundsätzliche Abneigung gegen jede Art der Wichtigtuerei ließ mich davon absehen, Rhoda mit ihnen bekannt zu machen. Lediglich Bruno kam in den Genuss von ein paar erklärenden Worten, als er die Tassen vor uns stellte. Dann schlug ich die Zeitung auf, aber die Stimmung blieb angespannt. Die auf uns gerichteten Blicke machten mir zu schaffen. Ich spürte das übliche Unbehagen in mir aufsteigen, das mich heimsuchte, wenn ich wider Willen in eine Situation geriet, in der ich plötzlich im Mittelpunkt des Interesses stand. Kaum hatte ich die Überschriften auf der ersten Seite des Blättchens entziffert, brachen wir daher auch schon wieder auf – draußen auf dem Gehweg bemerkte ich, dass wir immerhin so lange geblieben waren, dass das Flechtwerk des Barhockers seinen Abdruck auf Rhodas Oberschenkeln hinterlassen hatte – und wohl auch auf den Hinterbacken, wie ihre knappen Shorts es erahnen ließen.

»Oje! Das sind ja vielleicht Hinterwäldler!«

Zugegeben, ganz unrecht hatte sie nicht mit dieser Einschätzung. Aber was hieß das schon? In der Bar fingen sie jetzt sicher an, sich das Maul zu zerreißen:

»Donnerwetter! So ein Flittchen!«

Rückblickend und aus einer gewissen Distanz heraus hätte ich bei genauer Überlegung und analytischer Betrachtung der Einzelheiten, wie sie mir noch vor Augen standen, damals bereits ahnen können, dass Rhoda mit ihrem Gehabe und ihrer lässig-aufreizenden Art, die ihr gewissermaßen zur zweiten Natur geworden war – wie später auch Marc mit seinem Geprahle und seiner Schleimerei –, rasch die geballte Aufmerksamkeit der Dorfbevölkerung auf sich ziehen und unweigerlich das rustikale Gleichgewicht ins Wanken bringen mussten, das unseren ländlichen Mikrokosmos so gut funktionieren ließ.

Wie dem auch sei, wir hatten das rote Gefährt wieder

bestiegen. Ich wusste nicht, wie lange sie noch bei uns bleiben würden, und ärgerte mich, dass dies noch immer vollkommen unklar war. Solche Rahmenbedingungen sollten eigentlich rasch abgesteckt werden, da man nur ungern nachfragt. Natürlich könnte ich die gewünschten Auskünfte auf Umwegen erhalten, indem ich den zu bedenkenden Umfang der anstehenden Einkäufe vorschützte. Nachdem sie ausgiebig am Autoradio herumgedreht hatte, lieferte sie mir gewissermaßen eine Steilvorlage.

»Ich liebe dieses Stück. Das sind Freunde von Marc.«

»Ja, das klingt wie … Ich glaube, ich habe es schon einmal irgendwo gehört. Nicht so bewusst, aber im Hintergrund. Ja, das könnte sein. Weißt du, ich bin häufig in Supermärkten, aber ich kann mich nicht so genau erinnern …«

Da lachte sie spöttisch auf.

»Nein, es kann nicht sein, dass du es in einem Supermarkt gehört hast …«

Wir fuhren an Francis' Hof vorbei, und ich entdeckte seine kräftige Gestalt bei der Arbeit auf seinen Feldern.

»Wo wir gerade beim Supermarkt sind. Ich muss noch für die nächsten Tage einkaufen. Wie lange wollt ihr denn eigentlich bleiben?«

»Ich weiß nicht, das musst du mit Marc klären … Und du bist also auch Schriftsteller?«

»Nein, ich bin Gärtner.«

»Tatsächlich? Marc hat mir etwas anderes gesagt.«

An diesem ersten Tag bereitete es mir ein geradezu unanständiges Vergnügen, immer wieder alles zusammenzutragen, was an Rhoda unausstehlich war. Angefangen mit den eineinhalb Stunden, die sie unweit des Gemüsegartens mit einer Zeitschrift auf einem Handtuch in der Sonne lag, während wir an der Arbeit waren. Gisèle bereitete einen Salat zu, und ich schälte alle möglichen Gartenerzeugnisse, um das Gemüse dann fein zu hacken und im Ofen zu grillen. Marc widmete sich derweil seinem täglichen Ritual der kulturellen Presseschau am Computer und schlürfte dabei genüsslich mehrere Tassen Kaffee.

»Ach, schälst du jetzt auch die Zucchini?«, stichelte Gisèle.

»Ja, wenn ich genervt bin, schäle ich alles. So bin ich eben …«

Durch das Fenster über dem Spülbecken fiel mein Blick auf den leeren Joghurtbecher, der noch in einer Ecke der Terrasse stand; vor einer ganzen Weile, nämlich direkt nach unserer Rückkehr von Bruno und seiner Bar, hatte Rhoda ihr Frühstück nachgeholt und den Becher samt Löffel dort abgestellt, bevor sie ins Bad verschwand. Eine halbe Ewigkeit hatte sie es unter der Dusche ausgehalten, was mir fast schon Tränen der Wut in die Augen getrieben hatte.

»Soll ich dir ein kühles Bier bringen, damit du dich entspannst?«

»In der Tat ist das vielleicht eine gute Idee … Versuchen können wir es ja.«

Ich schwenkte meine Gemüseschnipsel in kochend heißem Öl, und wir beide stießen heimlich an. Sofort entfaltete das Bier seine auflockernde und wohltuend betäubende Wirkung. Eigentlich war meine Stimmung gar nicht so grauenhaft, das musste ich zugeben. Ich war durchaus noch in der Lage, alles im rechten Verhältnis zu sehen, und konnte darauf hoffen, mir durch die Äußerung meiner kritischen Einschätzungen Luft zum Atmen zu verschaffen. Bereits vorhin hatte ich eine ziemlich abschätzige Litanei über Rhodas Aussehen vom Stapel gelassen, als sie in ihrem Bikini durchs Wohnzimmer stolziert war. Gisèle hatte befunden, dass ich übertrieb, und ich hatte von einer weiteren Argumentation abgesehen. Dennoch stand meine Meinung fest: Vordergründig war ihre Gestalt ansehnlich, aber der senffarbene Schimmer ihrer Haut veranlasste mich, von einem schlaffen Muskeltonus auszugehen, wie er Nikotinsüchtigen eigen ist.

Ich hatte mich das ganze Wochenende abgestrampelt und hegte bereits schlimmste Befürchtungen, wie es wohl weiterginge. Gisèle würde wieder in die Klinik fahren, und dann hätte ich sie ganz allein am Hals. Außerdem hatten wir mehr gegessen und getrunken, als vernünftig war, ich hatte keinen Sport getrieben und insgesamt schlecht geschlafen; das waren nicht die besten Voraussetzungen, um Großmut und Toleranz an den Tag zu legen. Am Sonntag hatte ich jedoch, so glaubte ich zumindest, bei Rhoda und Marc erste Anzeichen eines gewissen Überdrusses bemerkt. Als die beiden unter der Pergola zu Mittag aßen, während ich noch im Garten werkelte und dabei die frei herumlaufenden Hühner im Auge behielt, fiel mir zunächst auf, dass Rhoda den hasserfüllten Abscheu nicht unterdrücken konnte, den ihr dieses gefährliche Federvieh einflößte. Als wir später vom Tisch aufstanden, hatte sie mit eisigem Lachen noch einmal den fehlenden Fernseher erwähnt und nur mühsam ihre Verzweiflung im Zaume halten können. Marc spottete im Garten über ihre Entzugserscheinungen und gab zu bedenken, dass dies geradezu heilsam wäre und sie die so gewonnene Zeit zum Lesen nutzen könnte. Darauf hatte sie drei oder vier Bücher in seine Richtung befördert. Ich war noch mit der Hausarbeit beschäftigt, genoss dabei den Wechsel von der Hitze draußen in das angenehm kühle Haus und sah ihnen aus der Ferne neugierig zu. Es war ungefähr vier Uhr nachmittags. Marc hatte im Schatten der Glyzinie ein großes Schreibheft hervorgezogen. Gisèle war nach oben gegangen, um eine Siesta zu halten. Rhoda blätterte auf die Schnelle in einigen Büchern, die ihr unter die Finger kamen, nickte jedoch bald darüber ein. Was den Schriftsteller betraf, so fiel mir bei meinen wiederholten Blicken zu ihm hinüber auf, dass sich die Seiten keineswegs schnell füllten und dass sogar einige zusammengeknüllte Blätter unter dem Tisch lagen. Ich hätte noch eins draufsetzen und ihn daran erinnern können, dass er mir die ein oder andere Episode geklaut hatte, um sie in seinen Büchern unterzubringen. Aber was soll's, letztendlich hatte ich ihm ja die Erlaubnis dazu gegeben, denn ich hatte nichts dagegen einzuwenden, dass meine totgeborenen Manuskripte in einem anderen Projekt Verwendung fanden. Es glich für mich ein wenig dem Vorgang einer Organspende.

Ich zog mich für eine kurze Exkursion in die obere Etage zurück. Gisèle lag schlafend auf dem Bett. Sie war unbekleidet, und das Leintuch bedeckte sie lediglich bis zu den Knien. In schlafendem Zustand inspizierte ich die Willenlose, aber rasch wurden meine Berührungen als Balsam empfunden, und mein sanftes, langsames Zustoßen tat ein Übriges. Als ich wieder herunterkam, setzte ich den Rasenmäher mit lautem Getöse in Gang. Rhoda sprang wütend auf und verschwand in ihr Zimmer. Marc sammelte missmutig seine leeren Blätter ein. Ich sollte ihn nach getaner Arbeit vor dem Computer finden, wo er einige Nachrichten verfasste. Ich schlug ihm vor, eine Runde joggen zu gehen, aber er gab vor, dass seine Übersetzer in heller Aufregung wären.

Als ich nun allein aufbrechen wollte, erklärte Gisèle, dass sie nichts gegen ein bisschen Sport einzuwenden hatte. Schließlich galt es, die kulinarischen Exzesse vom Wochenende abzutrainieren. Gesagt, getan – schon rannten wir beide gemeinsam im Laufschritt durch den Wald. Wir empfanden ein stillschweigendes, schadenfrohes Vergnügen bei dem Gedanken, dass wir unsere beiden Gäste abgehängt und im Haus zurückgelassen hatten – später sollten wir allerdings erfahren, dass sie währenddessen zu Bruno gefahren waren. Es war ein glücklicher Moment für uns, und wir sprachen nicht viel. Die Berge lagen bereits im nächtlichen Dunkel, dessen Zugriff sich rasch ausbreitete. Wir legten an Tempo zu, um nicht von den Schatten eingeholt zu werden.

Das Abendessen, das sich bis spät in die Nacht hinzog und mit reichlich Wein begossen wurde, glich einer Abschiedsfeier am Ende eines gemeinsamen Aufenthalts. Aber letztlich konnte ich das nicht einschätzen, man hatte mir schließlich keinerlei Auskunft zu diesem Thema gegeben. Nach dem Essen gingen wir ein paar Schritte durch den Garten bis zur angrenzenden Wiese. Marc und ich wollten uns einen etwas klareren Kopf verschaffen, bevor wir zu Bett gingen. Der Mond schien hell leuchtend auf uns herunter. Durch die Zweige hindurch war ein in tiefdunklem Blau schimmernder Himmel zu sehen.

»Nun, mein Lieber, lass mir doch gelegentlich deine Romane zukommen, ich werde sehen, was ich tun kann …«

»Halt die Klappe, Marc«, erwiderte ich kumpelhaft.

Dann herrschte erneut Schweigen, und das war mir das Liebste. Ein langer Tag und ein ebensolcher Abend lagen hinter mir, jetzt stand es mir wirklich zu, mich zu entspannen. In der Ferne vernahmen wir die Geräusche nicht näher bestimmbarer Tierbewegungen.

»Ich brauche eine neue Schreibe. Und zwar keine der momentan angesagten, verstehst du? Etwas ganz anderes. Irgendetwas vollkommen Idiotisches. Du siehst kein Fernsehen, du steckst nicht in dem ganzen Schwachsinn drin, von dem wir alle geprägt sind. Es geht um ein Drehbuch. Sag nicht gleich Nein … Ich habe schon alles überarbeitet, zumindest in groben Zügen, und ich möchte, dass du es liest, dass du dich mit deiner Eigenart einbringst. Du hättest vollkommen freie Hand dabei.«

»Marc. Halt einfach die Klappe«, wiederholte ich noch einmal gutmütig.

Trotz des Metallklumpens, den sie mir während einiger grauenhafter Minuten in den Mund gepfropft hatte, fiel mir danach nichts Besseres ein, als Nadjesda einzuladen, eine Kleinigkeit mit mir essen zu gehen. Ich hatte nicht recht gewusst, wie ich vorgehen sollte, aber es war klar, dass wir zumindest etwas Zeit miteinander verbringen mussten. Um ehrlich zu sein, war ich kurz davor, die ganze Sache ad acta zu legen. Ich glaubte nicht wirklich daran und hatte keinen Biss. Dabei ist die Grundvoraussetzung eines solchen Vorhabens schließlich, dass man das Ganze motiviert angeht. Letztlich versuchte ich es mit der einzigen Idee, die mir in den Kopf kam. Sie schien überrascht zu sein, aber sie nahm die Einladung bereitwillig an – ja, sogar mit einer Begeisterung, die mir neuen Schwung verlieh.

In der Brasserie, die wir zu Fuß aufgesucht hatten, sollte ich meinen Teller kaum anrühren, was mir dafür jedoch die Gelegenheit gab, zwanzig Minuten lang die Redehoheit zu übernehmen. Ich war in Fahrt, ich machte Eindruck, ich sprühte vor Geisteswitz, ja, ich fühlte mich gut, ich war locker. Zwanglos vermittelte ich ihr die ganze Heiterkeit, die in meinem Pessimismus lag, ich sprach über mich, über meinen Alltag, über das Leben; dann stellte ich ihr Fragen über sie, über ihre Arbeit. Einmal pro Woche spielte sie Badminton, und auch sie ging regelmäßig joggen; sie kochte gut, sie liebte Blumen, aber sie hatte keine Zeit, um ihren Garten zu pflegen. Zahnärztin war sie ganz zufällig geworden. Der Beruf gefiel ihr, jeder Tag sah anders aus, sie langweilte sich nicht, auch wenn sie bisweilen ziemlich scheußliche Situationen zu bewältigen hatte. Gabriel hatte sie auf einem Campus kennengelernt, er hatte gut ausgesehen und war sehr energetisch gewesen, sie hatte nicht ahnen können, dass sie zehn Jahre später bereits die Hälfte seiner Zähne würde behandeln müssen. Ich fragte sie, ob sie nicht manchmal an die von ihr bearbeiteten Baustellen denken musste, wenn sie ihn küsste. Darüber musste sie schmunzeln und verneinte es. Als sie sich nach meinen kulturellen Vorlieben erkundigen wollte, gelang es mir dank Marc, ihrer Frage geschickt auszuweichen.

»Im Augenblick haben wir Gäste, ja, sie sind fast so etwas wie Freunde. Der Schriftsteller Marc Barony ist bei uns zu Besuch, wenn dir das etwas sagt.«

»Ja, den Namen habe ich schon gehört. Marc Barony … Moderiert er nicht eine Radiosendung? Ich wusste gar nicht, dass du ihn kennst.«

»Oh, ich kenne ihn sogar ziemlich gut … *Zu* gut.«

»Okay, ich verstehe …«

»Er ist vor allem ziemlich eingebildet. Letztlich ist das aber auch egal. Gestern Abend hat er sich als der große Geschichtenvermittler aufgespielt. Kannst du dir das vorstellen? ›Meine Aufgabe ist es, mit Worten etwas zu vermitteln.‹ So ein Quatsch, und meine Aufgabe ist es,

Staub zu saugen … Verflixt noch mal, das könnte er bei Gelegenheit ruhig auch einmal tun.«

Wir mussten alle beide lachen, dann stellte sich Schweigen an unserem Tisch ein. Mit einer raschen Geste machte sie den Kellner auf uns aufmerksam, formte ihre Lippen zu ein paar lautlosen Silben, die ausreichten, um zwei Espresso zu bestellen. Dann wandte sie sich zu mir zurück und sah mich zugleich forschend und sanft an. Es war der Blick von jemandem, der versucht, ein Geheimnis zu lüften.

»Franck, warum hast du mich eingeladen? Du hast Gäste zu Hause. Du bist nicht einmal in der Lage richtig zu kauen … Und dann interessierst du dich auch noch für mich, stellst mir Fragen und vermittelst sogar den Eindruck, dass du den Antworten aufrichtig Gehör schenkst. Du bringst mich zum Lachen. Warum bist du so freundlich? So nett und charmant? Möchtest du mich um etwas bitten? Hast du vor, mit mir anzubandeln? Ich hätte eigentlich gedacht, dass das nicht zu dir passt …«

Mit einer so direkten Ansprache hatte ich nicht gerechnet – sie stürzte mich in einen Augenblick der Sprachlosigkeit. Auf der Suche nach einer Eingebung für eine Antwort, nach einer annehmbaren Ausrede oder vielleicht auch nach einem Notausgang, in den ich mich flüchten könnte, ließ ich meinen Blick durch den hinteren Teil der Bar schweifen und nahm zunächst die Wanduhr, dann den Kleiderständer ins Visier.

»Nicht doch, das muss dir nicht peinlich sein. Es ist sehr nett von dir. Das ist eine schöne Abwechslung zu all den eingebildeten Blödmännern und den widerlichen

Kerlen, die sich normalerweise an mich heranmachen. Mit meiner Frage wollte ich nur sichergehen, dass ich nicht vollkommen falschliege. Ich bin nicht mehr in dem Alter, in dem ich meine Zeit damit vertue, mich auf irgendwelche Holzwege zu begeben ...«

Die Tassen, die der Kellner jetzt vor uns abstellte, gewährten mir einen weiteren Aufschub, um eine Erwiderung zu ersinnen.

»Oh ... ich weiß nicht, ob ich mit dir anbandle, aber ich glaube schon, dass ich dir gern gefallen möchte. Seit ich dich bei den Ricard-Schmitts getroffen habe, muss ich immer wieder an dich denken. Letztlich unternehme ich wohl den Versuch einer Verführung ...«

»So, dann ist ja jetzt alles klar ...«

Sie führte ihre Tasse an die Lippen, leerte sie und stellte sie zurück, bevor sie fortfuhr:

»Nun gut, es ist passiert. Ich bin verführt, ich bin deinem Charme erlegen ...«

»Schön ... Muss ich mich jetzt bei dir bedanken? Ich glaube, das ist in solchen Fällen nicht üblich ... Dann werde ich jetzt einmal bezahlen.«

»Nein, lass das bitte, ich lade dich ein. Du hast ja gar nichts gegessen ...«

»Gut, dieses Mal bin ich einverstanden, danke also. Ich trinke noch rasch meinen Kaffee.«

Sie erhob sich, um am Tresen zu bezahlen, machte noch einen kurzen Abstecher auf die Toiletten und nahm fünf Minuten später erneut mir gegenüber Platz mit den Worten:

»Und was tun wir jetzt?«

Ich hatte es nicht geschafft, während ihrer Abwesenheit einen vernünftigen Plan zu schmieden, nicht einmal ansatzweise hatte ich das weitere Vorgehen abgesteckt. Es gab Hotels in der Stadt, diese Feststellung schloss logisch an unsere Unterhaltung an und lieferte im Grunde meine Antwort auf ihre Frage. Aber ich fühlte mich unbehaglich, und zwar so sehr, dass ich beinahe die Fassung verlor und die Entwicklung mich zu überrollen drohte. Ich verspürte das Bedürfnis, unsere Geständnisse durch eine leichte Berührung zu untermauern, vielleicht sollte ich sie erst einmal unter dem Tisch mit dem Fuß anmachen, bevor ich weitere Schritte unternahm. Letztlich brachte ich dann nichts anderes heraus als:

»Äh … Ich habe keine Ahnung. Und du?«

»Ich auch nicht … Ich habe ein kleines möbliertes Appartement über der Praxis. Vielleicht wäre das ein Anfang? Das könnte uns jetzt gute Dienste tun, was meinst du?«

»Ja … Ich würde ausgesprochen gerne dorthin gehen. Ich habe Zeit … ich meine, ich arbeite schließlich nicht. Aber du hast doch sicher heute Nachmittag noch Patienten …«

»Nun ja, eine halbe Stunde habe ich noch …«

Mir war nicht klar, ob in ihrer Auffassung von Liebe diese Zeitspanne ganz und gar ausreichend oder viel zu knapp war. Um ehrlich zu sein, war ich nicht mehr so recht davon überzeugt, der Situation gewachsen zu sein. Vielleicht würde sie mich als Liebhaber enttäuschend finden. Meinen Zweifeln setzte ich entschlossen ein etwas geheimnisvolles Grinsen entgegen, während ich mit meinem Löffel den braunen Schaum abkratzte, der sich oben an meinem Tassenrand kreisrund abgesetzt hatte.

Dann zwinkerte ich ihr zu, um ihr zu bedeuten, dass ich die Andeutung kapiert hatte.

»Und wenn es sein muss, kann mein erster Patient auch noch ein wenig warten …«

Etwas verblüfft und verunsichert hatte ich das Restaurant verlassen. Das Adrenalin peitschte mein Blut durch die Adern, und ich musste mich zusammenreißen, um nicht vollkommen den Kopf zu verlieren: Kaum hatten wir den Gehweg erreicht, ließ ich mich zu einer banalen Äußerung über die herrschenden Temperaturen hinreißen. Und es kam noch schlimmer. Ein paar Schritte später war ich so weit, dass mir sogar eine so dämliche Bemerkung über die Lippen kam wie: »Passiert das hier gerade wirklich?« Ich beschloss, fortan zu schweigen, konzentrierte mich nur noch auf meine Schritte und ließ mich von der sonnigen Schwerelosigkeit umschmeicheln. Im Grunde gab es nichts Natürlicheres, als den Platz zu überqueren und zielstrebig den Weg zu dem Appartement einzuschlagen, wo Nadjesda sich zu der Feststellung bemüßigt sah, sie hätte seit Ewigkeiten keinen Fuß mehr in das Studio gesetzt, und ich solle dem Staub keine Beachtung schenken. Es gab nichts Natürlicheres, als in dem kühlen Treppenhaus hinaufzusteigen und eine Hand auf ihre Hüfte zu legen, während sie die Tür aufschloss.

Es blieb mir keine Zeit, die Spinnennetze in Augenschein zu nehmen, denn kaum war die Tür hinter uns ins Schloss gefallen, küssten wir uns. Hungrig und unersättlich fielen wir übereinander her, und sofort machte ich mich an der Schnalle ihres Gürtels zu schaffen. Trotzdem fiel es mir schwer zu glauben, dass alles, was hier geschah, tatsächlich wahr sein sollte, und ich zögerte zunächst, mich vollkommen diesem Augenblick hinzugeben und mich mit Haut und Haaren darauf einzulassen. Vielleicht würden im nächsten Moment irgendwelche Mitwisser aus den Wandschränken auftauchen und in schallendes Gelächter über diesen tollen Scherz ausbrechen. Allerdings fügte sich Nadjesdas drängende Zunge nicht in ein solches Bild. Die Knöpfe ihrer Jeans flogen auf, und beim Anblick ihres luftigen Slips vergaß ich jede Vorsicht. Der Augenblick packte uns, alles geriet aus den Fugen – die Leidenschaft warf uns auf schwankendes Neuland, in die ungewisse Eroberung des anderen, und dennoch herrschte ein stillschweigendes Einverständnis, eine traumwandlerische Sicherheit. Durch die zugezogenen Vorhänge des rückwärtigen Fensters drangen helle Sonnenstrahlen herein. Wir drängten uns an der Wand bis ins Wohnzimmer, ohne dass unsere Münder voneinander ließen, aber es war mir inzwischen gelungen, mein Shirt abzustreifen, während sie versuchte, meine Hose zu öffnen – deren Reißverschluss ein besonders gemeines Exemplar seiner Art war.

»Willst du wirklich, was du hier tust? Hast du keine Gewissensbisse?«, hauchte sie.

Ihr Zaudern enttäuschte mich, ich fand, dass sie die Stimmung ein wenig dämpfte. Einen winzigen Augenblick gerieten wir ins Schlingern, dann hatte sie meinen Käfig aufgetan.

»Nun …«, erwiderte ich, »du siehst ja, dass ich ziemlich entschlossen bin, oder?«

Das musste sie zugeben, nun da mein Rohr sich eifrig und prall in ihrer schmeichelnden Hand aufbäumte.

Es blieb uns gerade noch Zeit, um zu duschen. Sie kam mir zuvor, huschte ins Bad und lehnte die Tür hinter sich an. Ich stand im Wohnzimmer herum und sah nicht ein, welchen Nutzen es haben sollte, sich so zu verstecken. Wir hatten uns so unverblümt aufeinander eingelassen, dass Scham nicht mehr angesagt war. Sie hatte mir nichts vorenthalten, als sie in einem bequemen großen Sessel mitten im Wohnzimmer auf meinen Knien saß. Dort hatte sie sich umsichtig und geschickt ihrer Jeans entledigt, während ich mich an ihrer Bluse zu schaffen machte und diese Knopf für Knopf langsam öffnete. Sie hatte ihr Gesicht an meinen Hals geschmiegt, vielleicht um sich in einem Anflug von Schüchternheit meinem Blick zu entziehen. Der Anblick ihres kleinen Pelzes zwischen den Schenkeln löste bei mir wie selten zuvor das Gefühl aus, eine ganz neue Perle zu entdecken. Eine Stunde zuvor noch vollkommen ahnungslos, beschließt eine Frau dann plötzlich, jemandem den Blick auf ihren Busch zu gestatten; sie wirft ihre moralischen Prinzipien über Bord, lässt Keuschheit und Zurückhaltung fahren und eröffnet einem den Zugang zu ihrem innersten Heiligtum. Diese Willensfreiheit war von einer beinahe rührenden Schönheit.

Allein im Wohnzimmer sann ich über diese rührende Schönheit nach, ich empfand eine leichte Frustration, ein idiotisches Gefühl der Enteignung, als sie durch die Tür zu mir herüberrief, ich solle doch zu ihr kommen, sie frage sich schon, was ich eigentlich treibe. Sie musterte mich einen Augenblick mit einem wohlwollenden Lächeln und richtete den Wasserstrahl auf meine Brust, meinen Bauch. Meine Erregung war noch nicht ganz abgeklungen, aber jetzt kam ich erneut in Wallung und nutzte die Gelegenheit, um mit meinen Fingern ihren prallen Hintern zu umfassen, während sich ihre Beine um meine Taille schlangen.

Beim Abtrocknen musterte ich die Knutschflecken, die ich auf ihren Schlüsselbeinen und Brüsten hinterlassen hatte, sowie die leichten roten Abdrücke meiner Zähne auf ihrer zarten Haut; sollte sich ihr Ehemann zufälligerweise heute Abend für ihre Brust interessieren, wäre es gut, wenn sie sich im Voraus eine passende Entschuldigung zurechtgelegt hätte.

»Ach, das Risiko ist gering …«, äußerte sie, während sie sich zielstrebig wieder ankleidete.

»Das heißt … zwischen euch läuft es nicht besonders gut?«

»Doch, schon. Wir sehen uns so selten, dass wir uns schon anstrengen müssten, um in Streit zu geraten. Rechnet man unsere Arbeitsstunden zusammen, so kommen wir vermutlich auf ungefähr einhundertzehn Stunden pro Woche, ohne von den damit verbundenen Aktivitäten zu sprechen … Aber eigentlich läuft es ganz gut; auf jeden Fall gibt es nichts, was einen Ehebruch rechtfertigen würde.«

»Was rechtfertigt ihn dann?«

»Wenn ich das wüsste! Als ich heute Morgen aufstand, habe ich nicht daran gedacht, stell dir das vor … Du hast mich umworben, du bist auf mich zugekommen. Ich habe mich geschmeichelt gefühlt … Du hast mir gefallen. Alles begann sich zu drehen, und ich sagte mir, warum nicht … Alles andere war ausgeblendet, es glich einem Sprung ins Leere. Man springt, oder man springt nicht. Man hat die Wahl, und man muss sich rasch entscheiden.«

Beschwingt und glücklich wie ein Teenager verließ ich das Haus und schlenderte wohltuend erschöpft den Gehsteig entlang. Bevor ich Nadjesda verließ, hatte sie mich noch einmal so hingebungsvoll geküsst, dass es immer noch in mir nachhallte. Auf den Straßen herrschte ein lebhaftes Treiben, Fußgänger und Autos waren unterwegs. Zwischen zwölf und vierzehn Uhr verfiel diese Stadt in einen trägen Stillstand, der so lange währte, bis die arbeitende Bevölkerung das Mittagessen beendet hatte. Ich hatte meinen Kombi wiedergefunden und bahnte mir meinen Weg durch den Verkehr. Zuvor hatte ich mir ein Sandwich gekauft, konnte es aber nur mit Mühe verzehren – dank der Behandlung durch Nadjesda. Ihr zufolge würde dieser Zustand zwei bis drei Tage andauern. Ich würde zunächst das Gefühl eines Fremdkörpers in meinem Mund haben, der nicht recht eingepasst wäre, aber schon bald würde die Krone zu mir gehören wie meine Augen oder meine Nase.

In der Nähe des großen Platzes im Zentrum strömte an einem Zebrastreifen ein Schwall einkaufswilliger Besucher auf die Straße, unter ihnen schöne Frauen in leichter Sommerkleidung. Ich hatte meinen Teil davon abbekommen und konnte mich nicht beklagen. Ich hatte jetzt ein Verhältnis mit den Frauen beider Partner von Gisèle – und das Verblüffendste war, mit welcher Leichtigkeit mir das gelungen war. Jetzt musste ich es nur noch schaffen, alles weiterlaufen zu lassen, ohne mir Sorgen um den Fortgang der Dinge zu machen; ich musste es einfach nur genießen, das konnte doch wirklich nicht so kompliziert sein.

Lediglich die Anwesenheit von Marc und Rhoda verdüsterte mir den Himmel. Seit Gisèle wieder arbeiten ging, war ich der einzige Ansprechpartner der beiden. Ein paar zähe Tage waren ins Land gegangen, die wir mühsam mit der ein oder anderen Aktivität gefüllt hatten. Ihr Unabhängigkeitsdrang ging gegen Null. Zwischen uns war alles gesagt, schon am ersten Abend waren die Würfel gefallen. Dennoch vermittelten sie nicht den Eindruck, als wollten sie uns bald verlassen.

Um Gesprächen mit ihnen allein aus dem Weg zu gehen, hatte ich sie mehrmals mit in die Bar genommen. Sie fanden Gefallen an Bruno und den Stammgästen am Tresen, ganz besonders an Gasparini und diesem Idioten von Bellanger. Ich hatte befürchtet, dass Marc sich womöglich als der große Zampano aufspielt, aber es gab keine Ausschweifungen zu beklagen, außer vielleicht das etwas anstößige Verhalten von Rhoda, das zu ihrem Lebensstil gehörte – ihr Kommunikationsverhalten war stets auf Verführung angelegt, sie wollte durch eine übermäßige physische Präsenz gefallen. Sonst würde sie nicht die meiste Zeit ihres Nachmittags auf einem Liegestuhl in der Sonne braten und sich bis zum Abend kaum rühren. Kochen konnte sie natürlich auch nicht, ebenso wenig wie Marc. Nur einmal hatte ich sie beide am Morgen angeranzt, dass sie doch wohl zu zweit ein Ratatouille-Gemüse zuwege bringen würden. Ich hatte ihnen alles bereitgelegt: das Gemüse am Spülbecken, den Durchschlag daneben, einen Topf, ein Messer, einen Sparschäler und ein Schneidebrett. Sie machten sich nicht gerade frohen Herzens an die Arbeit – Rhoda konnte gar einen Seufzer nicht unterdrücken, Marc kratzte sich sorgenvoll am Kopf –, meisterten diese Herausforderung aber dann doch ohne Mühe.

Am Donnerstag schickte ich sie auf den Markt und nutzte ihre Abwesenheit, um mit Bruno eine Runde Fahrrad zu fahren. Er hatte sich den Bart abgenommen, sodass sich die Aufmerksamkeit seines Gegenübers nicht mehr unwillkürlich auf diesen haarigen Kranz richtete – so wie man auch automatisch einen Fleck Tomatensauce auf einer weißen Jacke fixiert. Die feinen Züge seines Gesichts traten auf einmal klar hervor und passten gut zu seinem athletischen Körper. Als wir zurückkamen, machte ich noch Station in der Bar und aß eine Kleinigkeit mit ihm hinten in der Küche. Er hatte im Schatten des kleinen Innenhofes dicke Würste auf seinen Elektrogrill gelegt, und es dauerte nicht lang, da kam er auf dieses Flittchen zu sprechen, das ich beherbergte und das wohl nichts anbrennen ließ. Mir war schnell klar, dass er mich aushorchen wollte. Er versuchte herauszufinden, ob ich selbst mehr Informationen über das freizügige Auftreten dieser Kreatur besaß. Ich blieb recht vage in meinen Antworten und wechselte so schnell wie möglich das Thema. Als ich nach Hause zurückkehrte, war es ungefähr drei Uhr. Marc und Rhoda hielten ihre Mittagsruhe. Eindeutige Geräusche drangen aus dem Zimmer der beiden, beziehungsweise eigentlich hörte ich nur sie, die ein laszives Stöhnen von sich gab, als besäße Marcs Stachel die Ausmaße eines Tankwagens. Das war nicht verwerflich, aber darum ging es nicht. Sie mussten meine Ankunft einfach gehört haben, der Kombi machte zu viel Lärm. Und ich hatte schließlich nicht an ihrer Tür gelauscht …

Jetzt waren sie schon fast eine Woche bei uns, und es gab keinerlei Anzeichen für einen bevorstehenden Aufbruch.

Nadjesda hatte ich unterdessen nicht wiedergesehen. Ich rief sie täglich an, aber es traten jedes Mal unvorhersehbare Dinge ein, die uns daran hinderten, uns zu treffen. Schließlich hatten wir für den kommenden Samstagnachmittag ein Zeitfenster gefunden. Ganz nebenbei war das mein Geburtstag, wie mir kurz vor dem Auflegen einfiel, aber ich hatte es ihr nicht gesagt, ebenso wenig wie ich erwähnt hatte, dass der Zahn immer noch schmerzte, obwohl die Zeitspanne, die sie anberaumt hatte, schon längst verstrichen war. Ich wollte in diesem Zusammenhang nicht wehleidig erscheinen oder den Eindruck vermitteln, ich zöge Nutzen aus meinen Zahnschmerzen; außerdem hätte sie dann genauer nachgefragt …

Auch Valérie hatte sich inzwischen einmal gemeldet. Sie hatte an dem Morgen angerufen, als ich am Waldrand eine Wildschweinfamilie gesehen hatte.

»Könntest du dich vielleicht dazu durchringen, dir ein Handy anzuschaffen? Was geschieht, wenn ich irgendwann einmal Gisèle am Apparat habe?«

Abgesehen davon hatte sie nichts Besonderes zu vermelden. Sie hatten schönes Wetter gehabt, gut, nur manchmal ein wenig zu viel Wind, aber das Wasser war angenehm, wenn man einmal hineingefunden hatte. Carlos hatte eine Squash-Halle aufgetan, Charlotte war furchtbar gewesen, sie waren Boot gefahren, Paul-Phillip hatte es großartig gefunden …

Gisèle hatte Freitagnachmittag frei; diese Gelegenheit nutzte ich und brach am späten Nachmittag allein zu einer Radrunde auf. Als ich zurückkam, stand Marc am Grill – sie hatten am Tag zuvor auf dem Markt ein großes Stück Rindfleisch gekauft. Er wollte das Fleisch gerade auf eine lächerlich kleine Glut legen, die nicht einmal ausgereicht hätte, um einem Schnitzel einzuheizen. Wir mussten das Feuer noch einmal richtig anfachen, was uns die Gelegenheit verschaffte, in der Zwischenzeit eine Flasche Rotwein zu leeren, während die Damen vor dem Computer saßen und sich eine Flasche Weißwein gönnten.

»Sag mal, hast du eigentlich noch einmal über das Drehbuch nachgedacht, von dem ich dir erzählt habe? Es wäre eine Art Überarbeitung. Aber du hättest vollkommen freie Hand, das habe ich ja versprochen.«

Ich schwieg ein paar Sekunden lang. Die Glut war jetzt heiß genug, ich legte den Rost darüber und das Rindfleisch obenauf.

»Es ist mir wichtig, ich zähle auf dich, du würdest alles mit einem ganz neuen Blick lesen. Außerdem weißt du ja, dass mir immer klar war, dass deine Romane besser sind als meine. Du hast dich einfach nicht richtig verkauft, das ist alles …«

In diesem Augenblick nahm ich Marc seine Äußerungen nicht einmal übel, aber sie bedeuteten mir auch nichts. Ich wollte ganz einfach, dass er mich in Frieden lässt, um meinen eigenen Angelegenheiten in Ruhe nachgehen zu können. Trotz allem ließ ich mir aber nicht den Spaß nehmen, mich scheinbar auf sein kleines Spiel einzulassen. Schließlich konnte ich auf diese Weise ein wenig Vergeltung üben für die hinterhältigen Methoden, mit denen er sich meine Hilfe erschleichen wollte, ohne etwas dafür zu bezahlen außer ein paar grobschlächtigen Schmeicheleien.

»Hmm … Ich weiß nicht so recht, ob ich für die Arbeit im Team geschaffen bin. Das liegt mir nicht so.«

»Das wäre keine Teamarbeit. Du arbeitest ganz allein, du hast das Sagen. Ich vertraue dir mein Drehbuch an, und du bringst deine Ideen ein.«

»Du siehst ja, dass ich sehr beschäftigt bin. Und im Augenblick sind nicht einmal unsere Rotznasen da … Wie viel Zeit würde deine Arbeit denn in Anspruch nehmen? Eine Woche, zwei Wochen?«

»Ja, mit zwei Wochen käme man wohl hin. Es hängt von deinem Arbeitsrhythmus ab, von deiner Inspiration, von …«

»Zwei ganze Wochen … Weißt du, worauf ich Lust hätte? Ich hätte Lust auf ein geräumiges Zimmer mit einem schönen Schreibtisch, in einem Hotel, wo es mehrere Swimmingpools und auch Saunas und Hammams gibt … Vielleicht auch Whirlpools und all diese Wellness-Einrichtungen … Dazu noch ein Restaurant auf Pfahlbauten oberhalb eines Sees. Eine einladende Bar mit einem Barkeeper, der mich mit seinen umwerfenden Cocktailkreationen zum Trinken verführt …«

Meine Ausschweifungen wurden durch die Frauen unterbrochen, die jetzt mit ihren leeren Gläsern auf der Terrasse erschienen. Rhoda rief entzückt: »Es ist einfach wunderbar hier! Das kleine Häuschen, der Grill. Da löst sich jeder Stress in nichts auf!«

Für dich vielleicht, du dumme Gans, giftete ich innerlich und wendete das Fleisch, während Marc hinter mir nun gedankenverloren von sich gab: »Nun ja, Franck, da müssen wir mal schauen. Wenn das deine Bedingungen sind, müssen wir mal schauen …«

Als wir tief in der Nacht zu Bett gingen, hatten wir erneut das Vergnügen, an Rhodas lustvollem Stöhnen teilhaben zu dürfen. Ich vertraute Gisèle an, dass es mich nicht wundern würde, wenn Marc ihr befehlen würde, so zu röhren. Sie äußerte sich nicht zu dieser Vermutung und schmiegte sich an mich, während ich noch hinzufügte:

»Er ist mittlerweile so von sich eingenommen, dass ich es durchaus für möglich halte, dass er sich sogar die Hände wäscht, BEVOR er pinkeln geht.«

Gisèle hatte ihre Beine zwischen meine geschoben, atmete heiser und ließ ihre Finger nun über meine Wangen, meinen Hals und meine Schultern gleiten, während sie sich mit ihrer nackten Brust auf meinen Oberkörper presste. Ich rechnete rasch nach – Carlos und Valérie waren vor einer Woche abgereist, was bedeutete, dass Gisèle seither ohne Liebhaber war, was wiederum bedeutete, dass ich vielleicht die Begierde meiner Frau nur aus diesem Mangel heraus weckte. Es gelang mir nicht, diese Überlegung aus meinem Kopf zu vertreiben. Aus purem Trotz beschloss ich, ihre Annäherung mit ein wenig Gleichgültigkeit zu strafen, und nahm die Unterhaltung wieder auf, obwohl sie an ihren Absichten keinen Zweifel ließ, als sie ihr Knie weiter nach oben zwischen meine Beine drängte.

»Habe ich geträumt oder schaut da so etwas wie eine Tätowierung aus ihrer Bikinihose heraus? Hast du es auch bemerkt, sieht aus wie zwei rote Dreiecke …«

»Ja, das sind die Ohren. Marc hat mir erklärt, dass sie sich einen Katzenkopf auf ihren Schamhügel hat tätowieren lassen.«

»Ah, was für eine Idee … Wann wollen sie wohl endlich wieder aufbrechen? Noch eine Woche halte ich nicht aus …«

»Ein bisschen wirst du dich wohl noch gedulden müssen …«

Ich seufzte. Als ich Gisèle gerade damit erheitern wollte, wie ich Rhoda aufgespürt und ihr das Warmwasser abgedreht hatte, als sie das Badezimmer belagerte und ich der Meinung war, sie hätte genug Duschwasser verschwendet, kam mir eine erneute, über den Flur hallende Stöhnorgie zuvor.

»Zum Glück haben wir keine empfindlichen Ohren«, maulte ich.

»Entspann dich. Wir können es doch genauso machen … Ich könnte auch so schreien. Sogar noch lauter als sie.«

Ich antwortete nicht. Gisèle sah mich verheißungsvoll an und drängte sich entschlossen zu mir.

»So, und jetzt alles Gute zum Geburtstag, mein Liebster«, hauchte sie.

Stand irgendwo geschrieben, dass mir die Post den ganzen Sommer über zusetzen sollte? Am liebsten hätte ich meinen Briefkasten verriegelt, den Schlitz verschweißt. War es vor dem Gesetz eigentlich strafbar, keine Postadresse zu haben?

»Ich bin die Deine. Ich gehöre dir. Ich bin deine Valérie. Alles Gute zum Geburtstag.« So lautete der Gruß, den sie mir auf einer Postkarte aus ihrer Sommerfrische dreist zukommen ließ. Dass sie so weit gegangen war, ließ für die Zukunft nichts Gutes ahnen. Von jetzt an musste ich mit allem rechnen. Abgesehen davon hätte auch Gisèle die Karte finden können, und das wusste Valérie genau. Außerdem hatte sie also meinen Geburtstag ausgekundschaftet, und ich konnte mir nicht erklären, auf welchem Weg das geschehen war. Während ich auf die Terrasse zurückkehrte, hatte ich die Karte entsorgt und Valérie Ricard-Schmitt vergessen – vermutlich wäre ich wütender gewesen, wenn mich nicht meine Verabredung mit Nadjesda gedanklich mit Beschlag belegt hätte.

Gisèle war in die Klinik aufgebrochen. Marc und Rhoda standen auf, als ich gerade eine Steige schöner

Tomaten zu den bunt gemischten anderen Gartenerzeugnissen im Kofferraum des Kombis trug. Ich trank einen Kaffee mit Marc und schützte eine Bestellung vor – zwei Stunden würde ich brauchen, höchstens drei, da ich noch eine Verpflichtung in der Stadt hatte. Kurzum, ich machte keine genauen Angaben, aber offenbar doch so genau, dass Rhoda mir nun leider offenbarte, dass sie gern mit mir fahren würde, um ein bisschen durch die Geschäfte zu schlendern. Jetzt saß ich in der Klemme, denn ich hatte keinen triftigen Grund, sie nicht mitzunehmen. Nun gut, anstatt nach irgendeiner Ausflucht zu suchen, beschloss ich, ihr zwar diesen Gefallen zu tun, sie jedoch gleich in der Stadt abzusetzen. Alles in allem verlor ich zwanzig Minuten, die sie benötigte, um sich fertig zu machen.

Bis wir die Kurven erreichten, führten wir eine Art Dialog beziehungsweise sie versuchte, über verschiedene Themen ein Gespräch anzukurbeln, während sie frenetisch einen Kaugummi kaute und diesen Fremdkörper vollständig in ihre Aussprache integriert hatte. Ich versuchte die Gelegenheit zu nutzen, um etwas darüber herauszubekommen, was Marc mit seinem Drehbuchprojekt eigentlich vorhatte, aber offensichtlich wusste Rhoda nichts. Und dann tippte sie plötzlich wie eine Verrückte auf ihrem Handy herum, als wäre ich mit einem Schlag von der Bildfläche verschwunden.

Wir hatten jetzt die Hochebene erreicht. Der böige Wind war auch im Auto spürbar. Der Tank des Kombis war ziemlich leer. Es war besser, kein Risiko einzugehen. Ich hatte das alles schon erlebt: Man glaubt, dass das Benzin reicht, man fährt bis zum letzten Tropfen, und wenn der Wagen dann streikt, landet man hilflos am Straßenrand und steckt ganz schön in der Scheiße.

»Dir ist klar, dass ich dich in der Stadt rauslasse, ja? Du musst allein klarkommen. Ich hab einen Termin. Und was deinen Geschäftsbummel angeht, brauchst du nicht auf mich zu zählen.«

»Ja, alles klar. Du gehst zu deiner Geliebten … Schon gut, das war blöd!«

Ich war spät dran, so viel war jetzt schon klar. Ich musste erst in die Stadt hineinfahren, um Rhoda abzusetzen, und dann auch noch einen Parkplatz finden. Dennoch bog ich ab, als wir das Gewerbegebiet erreichten, fuhr an der Autoschlange vor der Waschstraße vorbei und fädelte mich in die Spur zur Tankstelle ein. An den Zapfsäulen entschied ich mich, den Tank nur zu einem Drittel zu füllen, um nicht noch mehr Zeit zu verlieren. Durch das geöffnete Fenster hindurch sah ich, wie Rhoda in ihrer Handtasche wühlte.

»Oh neiiin! Ich habe vergessen, Geld einzustecken. Das gibt es doch gar nicht. Du musst mir etwas geben, Marc wird es dir zurückzahlen.«

Mir blieb beinahe die Spucke weg. Aber ich musste ihr wohl oder übel ein paar Scheine geben – das war der Preis, um meine Ruhe vor ihr zu haben. Nun war ich wegen ihr schon zu spät dran; und es würde mich noch mehr Zeit kosten, ihr am Geldautomaten die Scheine zu ziehen – obendrein war ich mir keineswegs sicher, dass ich sie zurückbekommen würde. Und all das nur, weil diese Nervensäge – wenn man notgedrungen von ihr verlangte, sie solle sich rasch zum Aufbruch fertig machen – zuerst an ihr Handy statt an ihre verfluchte Kreditkarte dachte.

Während die letzten Tropfen aus dem Zapfhahn fielen, gelang es mir mit viel Mühe, mich wieder zu beruhigen. Ich blickte nach vorn: Gleich würde ich Nadjesda wiedersehen, wir würden miteinander schlafen, dann würde ich ihr von meinem schmerzenden Zahn berichten, sie würde Abhilfe schaffen – Nadjesda war die Lösung für all meine Probleme, es bestand kein Grund, sich aufzuregen.

Und außerdem brauchte man sich keine Sorgen zu machen, solange es Staatsbürger gab, die am Samstagnachmittag auf den überfüllten Parkplätzen der Supermärkte ihren Schlitten liebevoll abspritzten. Das war doch der Beweis, dass es noch nicht um dieses Land geschehen war und Hoffnung auf eine bessere Gesellschaft bestand.

Ich hatte es auf einen Verzug von dreißig Minuten gebracht, bis ich bei Nadjesda in dem Appartement eintraf. Sie machte mir keine Vorhaltungen. Ich überreichte ihr die Tomaten, die ich am Morgen gepflückt hatte, und sie fand mein Geschenk originell und reizend. Sollte ich jetzt über sie herfallen, als würde ich mich vor Lust verzehren? Vielleicht gehörte es sich, bei einem zweiten Stelldichein ein wenig zivilisierter vorzugehen.

Nadjesda trug ein Bürokleid aus leicht dehnbarem Material mit dünnen Trägern und marineblauen Streifen, dazu Sandalen. Wir standen beiderseits des behelfsmäßigen Bartischs und tranken einen Kaffee, den sie bereits gekocht hatte, und aßen dazu ein paar Törtchen, die sie besorgt hatte. Und obwohl dieses Möbelstück zwischen ihr und mir uns auf Abstand hielt, wehte von ihr der Duft einer nicht lange zurückliegenden Dusche zu mir herüber. Und genauso verhielt es sich auch: Ich erfuhr, dass sie vor einer knappen Stunde ihr Badminton-Training beendet hatte, sich nun topfit und voller Vitalität fühlte und im Übrigen über ein großes Talent zur Beinarbeit verfügte. Von meinem Standort aus blickte ich auf eine Tür, und ich wusste, dass sich hinter dieser Tür ein Schlafzimmer befand. Ich bewegte mich darauf zu und tat so, als wolle ich die Räumlichkeiten in Augenschein nehmen. Das Zimmer war hell, weiß und leer, mit Ausnahme eines Bettes. Nadjesda trat zu mir, unsere Lippen berührten sich, und schon fuhren meine Hände unter ihr Kleid.

Es war später Nachmittag, als ich mich wieder auf den Weg machte. Erschöpft und verausgabt hatte ich das Appartement verlassen, meinen Kombi aufgesucht, mich freudig hinters Steuer gesetzt und schließlich im dicht fließenden Verkehr die Stadtgrenze erreicht. Allmählich beschlich mich die Befürchtung, man könnte ohne mein Wissen die eine oder andere Einladung anlässlich meines Geburtstages ausgesprochen haben. Ich mochte keine Überraschungen, und ebenso wenig mochte ich Zeremonien oder Feiern. Ja, ich verabscheute sie geradezu, wenn ich der Held dabei sein sollte. Ich war müde. Nach all den anstrengenden Verrenkungen, rhythmisch anspruchsvollen Tempowechseln sowie absichtlichen Unterbrechungen und Verzögerungen im Bett wäre ich beinahe eingeschlafen. Nadjesda hatte sogar eine Pause verlangt, um in der Küche einen Orangensaft zu trinken. Diese Liaison war wirklich ein Volltreffer, es war goldrichtig gewesen, mein Glück zu versuchen. Ich hatte keine Ahnung, was sie in den nächsten Wochen vorhatte. Wir hatten nicht einmal ein weiteres Treffen vereinbart. Als ich das Gewerbegebiet erreichte, erinnerte ich mich plötzlich an Rhoda. Mist, ich hatte sie vollkommen verdrängt. Es blieb mir nichts anderes übrig, als kehrtzumachen und mich in den Stau stadteinwärts einzureihen. Wir hatten uns vor dem Kino im Zentrum verabredet, ich war deutlich zu spät, und sie schmollte.

»Pünktlichkeit ist wohl nicht deine Stärke, was?«, sagte sie giftig, während sie eine Tüte auf den Rücksitz beförderte.

»Ist das alles, was dein Beutezug durch die Geschäfte gebracht hat?«

»Mit dem Geld, das du mir gegeben hast? Was hätte ich denn deiner Meinung nach damit anstellen sollen?«

Ich hatte die Eingebung gehabt, das Autoradio einzuschalten, um Rhodas Schmollen einen passenden Rahmen zu liefern. Die Lieder sprudelten aus den Lautsprechern heraus, um sich durch die offenen Fenster zu verflüchtigen, und ich erinnerte mich an die Worte, die Nadjesda nach dem Sex etwas melancholisch geäußert hatte, während meine Hand noch auf ihrer Hüfte ruhte und ich versonnen einen ebenmäßigen Schönheitsfleck musterte, der in ihrer Leiste verborgen war:

»Ich bin keine fünfundzwanzig mehr, Franck … Das ist mir vollkommen klar.«

Damit bezog sie sich nicht auf ihre Gesundheit, ihren Schwung oder ihre Ausdauer. Sie meinte die Stellen, an denen der Körper unvermeidlich ein wenig nachgiebiger wird. Ich hatte nicht recht gewusst, was ich darauf antworten sollte; es war ein gewagtes Unterfangen, sich auf solche Betrachtungen einzulassen. Der Anstand gebot es in solchen Situationen, das Gegenteil zu beteuern, zumindest wurde das gemeinhin erwartet – dabei war mir das im Grunde vollkommen egal, sie gefiel mir, und damit war alles gesagt. Ich hatte mich mit etwas schlichten Worten aus der heiklen Lage herausgewunden: Ganz ehrlich, es gäbe ja wohl nichts, worüber sie sich den Kopf zerbrechen müsste, man sollte nicht übertreiben, sie hätte sich nichts vorzuwerfen.

Wie würde es nun weitergehen? Jetzt hatte ich wirklich eine heimliche Liebesaffäre, man konnte nicht länger von einem vorübergehenden Fehlverhalten oder einem einmaligen Ausrutscher sprechen. Wie dem auch sei, ich hatte nicht vor, mein Familienleben – eine berufstätige Ehefrau und drei kleine Plagegeister – auf ewig mit zwei Affären zu kombinieren, die dreißig Kilometer von mir entfernt wohnten und deren besonderes Merkmal darin bestand, dass sie die Ehefrauen der Kollegen meiner Frau waren. Irgendwann würde das ganze Kartenhaus einstürzen; der Countdown lief bereits. Vor allem die Reaktionen von Valérie galt es im Blick zu haben. Würde sie die Trennung verkraften, ohne unsere kleinen Geheimnisse preiszugeben? Es würde nicht mehr lange dauern, bis sie wieder auf der Bildfläche erschien, und ich würde es nicht mehr sehr lange schaffen, diese Beziehung aufrechtzuerhalten. Früher oder später würde es zu einer Aussprache mit Gisèle kommen, es würde ellenlange, schicksalsschwere Erklärungen geben – eine Last, die ich schon im Voraus mit mir herumschleppte. Trotz allem, ich war nicht derjenige, der damit angefangen hatte. Und das würde ich auch immer und überall wiederholen. Sie würde jedoch den Beweis antreten, dass ich derjenige sei, der im Wesentlichen unrecht hatte, dass ich letztlich für ihre Untreue verantwortlich war. Ich wusste noch nicht, wie sie das anstellen würde, aber ich ahnte, dass es ihr am Ende gelingen würde, mich davon zu überzeugen, dass ich an allem schuld war. Wir würden nicht hierbleiben können. Gisèle konnte unmöglich weiter in der Klinik unter der Führung von Ricard-Schmitt arbeiten. Es sei denn, sie würde mich auch in dem Fall davon überzeugen, dass nichts dagegenspräche …

Bis dahin würde es durchaus noch schöne Augenblicke geben, solange Carlos und Valérie nicht zurück waren. Es klang alles kompliziert, aber ich sagte mir, dass es immer noch einen Autounfall geben konnte. Ich wünschte das nicht herbei, und ich hoffte auch nicht darauf. Aber abgesehen von dem blanken Zynismus und dem fürchterlichen Schrecken eines solch extremen Endes, würde dies eine Art Lösung für so einige Probleme liefern. Solange das Schlimmste noch nicht eingetroffen war, konnte das Beste noch geschehen.

Erst als der Blick hinter dem dicht gewachsenen Feldahorn sich wieder auftat, hatte ich die Autos entdeckt, dann die auf der Wiese und auf der Terrasse plaudernde Menschentraube sowie das Fleisch auf dem weiter entfernt stehenden Grill, dessen heiße Glut die Landschaft dahinter in ein Flirren versetzte. Dieses Panorama löste bei mir einen Angstreflex aus. Rhoda hingegen schrie jubelnd auf.

»Scheiße! Und du warst natürlich eingeweiht …«

»Was für ein Gesicht du machst, einfach umwerfend! Damit hast du wohl nicht gerechnet!«

Nicht weniger als ein Dutzend Erwachsene zählte ich. Bruno und Malika waren da, Richard und Nancy Valence, die Eltern von anderen Schulkindern, die ich lange nicht mehr gesehen hatte; Gasparini und seine Frau Solange, die inzwischen aus den Ferien zurückgekehrt waren, Bobby Bellanger, dieser Blödmann, der morgen aufbrechen würde, samt seiner Frau Nelly und seinem Sprössling mit der gebleichten Haartolle. Sogar Denis war da, der sich jetzt nicht länger zurückhalten konnte und sein bekanntes kehliges Lachen erschallen ließ, in das die dicke Christine sogleich einstimmte. Auch Jennifer mit ihrer verstockten Miene und dem wirren Haar, das ihre Mutter schon mit allen möglichen Mittelchen traktiert hatte, schlenderte umher. Jetzt erscholl auch schon ein dem Anlass entsprechendes Lied, und ich trug Begeisterung zur Schau, bevor ich mich rasch unter die Gäste mischte und fürchterliche Zahnschmerzen vorgab, um, wenn nicht meine schlechte Verfassung, so doch wenigstens meine mangelnde Euphorie zu bemänteln. Im nächsten Moment stürzte ich mich auf die Sangria-Karaffe, die mir nun der einzige Weg zu sein schien, um mir so etwas wie Ausgelassenheit einzuflößen.

Eilig begrüßte ich alle Beteiligten reihum und dankte sogar diesem Blödmann Bellanger für sein Kommen. Dann stieß ich auf Gisèle in ihrem schwarzen Kleid, die mir um den Hals fiel. Sie war entzückt über ihre gelungene Überraschung; ganz offensichtlich steckte sie hinter dem ganzen Auftrieb – Bruno hatte sich allerdings gern als Komplize betätigt und alle Leute benachrichtigt, Marc und Denis hatten die Einkäufe bewerkstelligt, und Rhoda sollte mich in die Stadt lotsen, was ich ihr durch mein eigenes Vorhaben ziemlich leicht gemacht hatte. Insgeheim musste ich zugeben, dass das Ganze ein sehr gelungenes Unternehmen war. Gisèle hatte die Feier geplant, um mir eine Freude zu machen. Es musste sie Überwindung gekostet haben, meine Kumpel aus der Bar einzuladen; vor allem so jemanden wie Denis, der schon jetzt loslegte, um seine Show abzuziehen. Er gab sich nun ganz als Rekonvaleszent, dem eine strenge Diät von grünem Gemüse und Quellwasser verordnet war, und konnte die drei Kilo, die er seit dem Unfall verloren hatte, gar nicht genug betonen. In diesem Augenblick sah ich meine drei Mädchen vom Haus her auf mich zulaufen. Ich brauchte einen Augenblick, um zu realisieren, dass es tatsächlich meine drei kleinen Schützlinge waren und ihr fröhliches Lachen mir galt.

Dieses unerwartete Wiedersehen löste bei mir eine gleichsam schmerzhafte Begeisterung aus, als prallten zwei extreme Gefühlszustände aufeinander, die ihre Berührung erst einmal verkraften müssen. Die letzten Wochen hatte ich ohne sie gestaltet. Dabei hatte ich zwar ein diffuses Gefühl verspürt, dass etwas fehlte, aber es wäre gelogen, ihre Abwesenheit als schwer erträglich zu bezeichnen. Als ich sie jedoch so urplötzlich wieder vor mir sah, erkannte ich mit einem Schlag, was sie mir bedeuteten, und zwar mit so ungeheurer Wucht, dass ich umzufallen glaubte.

Sie stürzten in meine weit geöffneten Arme, und selbst dann dauerte es noch ein paar Sekunden, bis mein ungläubiges Staunen wich. Es wich einer überströmenden Freude darüber, dass ihre Anwesenheit tatsächlich wahr und unwiderruflich war, auch wenn ich weiterhin in fassungslosem Staunen darüber verharrte, wie es dazu hatte kommen können. Vermutlich war die Aktion Teil der Machenschaften anlässlich meines Geburtstags und musste also von langer Hand eingefädelt worden sein. Bevor ich mich ihnen zugewandt hatte, war ich instinktiv in die Knie gegangen, um uns vor den Blicken zu schützen und zumindest einen Rest unserer Intimsphäre vor den Augen der Menge um uns herum zu bewahren. Ein ungeheures Glücksgefühl durchströmte mich; ich konnte nicht genug davon bekommen, mit beiden Händen ihre Popos zu tätscheln und ihre weiche Haut an allen erdenklichen Stellen zu liebkosen, ihre prallen Bäckchen, ihre zarten Hälschen, ihre runden Ärmchen.

Als Gisèle zu uns trat, zögerten Valouise und Andrea nicht lange und gesellten sich wieder zu den anderen Kindern, Julie folgte ihnen ebenfalls. Ich küsste meine Frau, oder vielmehr, ich drängte mich an sie und verbarg mein Gesicht an ihrem Hals.

»Oh, Franck, das ist das erste Mal, dass ich dich weinen sehe …«

»Nein, es sind nur ein paar Tropfen. Meine Augen … sie sind einfach zu voll.«

Sie setzte mir auseinander, dass ich offenbar der Einzige hier war, der keine Ahnung davon hatte, dass sie nämlich am frühen Nachmittag zum Flughafen gefahren war, als ich sie noch in der Klinik wähnte, dass sie all das schon im Frühjahr ausgeheckt hatte und dass es nur eine einzige Unwägbarkeit bei dem ganzen Schwindel gegeben hatte: Ich durfte die Flugtickets nicht allzu genau in Augenschein nehmen.

Ich konnte das Ganze noch immer nicht recht fassen – zu groß war die Verblüffung über das Wiedersehen mit meinen Töchtern wie auch über den außergewöhnlichen Plan, den meine Frau sich ausgedacht hatte.

»Ich dachte, das wäre ein originelles Geburtstagsgeschenk. Außerdem würde es dir den Angstschweiß während ihres Rückflugs ersparen … Aber ich muss zugeben, dass ich am Schluss gar nicht mehr sicher war, ob du es wirklich gut finden würdest …«

»Ja, ich bin ein bisschen durcheinander. Ich habe immer noch weiche Knie.«

»Weißt du, es war gar nicht so leicht, sie in Schach zu halten, bis du zurückkamst. Außerdem habe ich noch eine andere Überraschung: Ab Ende nächster Woche habe ich Urlaub!«

Es war Denis, der dieses Getuschel mit einem ordentlichen Rippenstoß unterbrach und mich mit einer Neuauflage des Berichts von seiner Rettung, seinem Jungfernflug und seiner Sommerfrische im Biotop des Krankenhauses in Beschlag nahm, während er sich dabei an den Speisen und Getränken labte. Heute Abend bereitete es mir ein köstliches Vergnügen, ihm zuzuhören und ihn so obenauf zu sehen. Selten hatte mich seine Protzerei so erheitert, die mit einem ausgesprochenen Sprachwitz einherging. Marc gesellte sich zu uns.

»Nun, mein Guter, damit hast du nicht gerechnet, oder?«

»Nein, tatsächlich, damit habe ich nicht gerechnet, das muss ich wirklich sagen!«

»Das Lamm ist seit vier Uhr nachmittags auf dem Feuer! Ich habe die Feuerstelle selbst ausgehoben, zusammen mit Denis.«

Erneut kam ich in den Genuss von ellenlangen Ausführungen über das gemeinsame Vorgehen und die Aufgabenverteilung, während Fumard, sozusagen zum freien Elektron geworden, den Bericht des Schriftstellers hin und wieder um einen seiner Sprüche oder witzigen Einfälle bereicherte. Malika und Solange Gasparini waren näher getreten, tief beeindruckt von Baronys Geisteshaltung.

Für einige Minuten wurde mir nun die Rolle des Zuschauers zuteil, als der ich neugierig beobachtete, wie sich die Beziehung zwischen Marc und Denis entwickelte. Ich war der Meinung, dass zwangsläufig eine wechselseitige Geringschätzung aufkommen musste. Ihre Beschäftigungen lagen so weit auseinander und ihre Einstellungen waren so festgefahren, dass ein Aufeinandertreffen am Ende zu unverhohlener Feindschaft führen musste. Sarkasmus, Respektlosigkeiten oder gar gegenseitige Beschimpfungen würden das Ende vom Lied sein, so viel stand für mich fest.

Es kam jedoch anders. Marc zeigte sich sehr umgänglich und hatte wortgewaltig und schwülstig rasch das Ruder übernommen, jedoch ohne Denis auszustechen oder zu übertrumpfen, obwohl er ihn unter den bewundernden Blicken von Solange und Malika leicht hätte demontieren können. Denis schien sich dieser charmanten und geschickten Führung zu fügen: Seine Ausführungen über die Jagd versiegten, seine Wortspiele wurden seltener, seine Lachanfälle nötigten seinen Bronchien ein weniger ausgeprägtes Rasseln ab – und am Ende schaute er gleichmütig drein wie ein behäbiges, kastriertes Tier. War es Baronys ruhige Selbstsicherheit, die ihn so sterilisierte? Die Unbesiegbarkeit, die Marc verströmte? Oder vielleicht doch das Trauma, dem Tod noch einmal von der Schippe gesprungen zu sein und beinahe den Finger seiner verstorbenen Tochter berührt zu haben, als er dort oben auf dem staubigen Weg in den Bergen lag? Jetzt hielt mich nichts mehr davon ab, in die Unterhaltung einzugreifen, und zwar in der Rolle eines etwas miesepetrigen Spielverderbers.

»Marc, die Kinder turnen alle um das Lamm herum. Du wirst sehen, am Ende fällt noch eines von ihnen ins Feuer. Ganz ehrlich, du hättest die Grillzone etwas besser absichern müssen …«

»Mensch, Franck, was bist du nur für ein Angsthase geworden! Überall witterst du irgendwelche Katastrophen!«

»Da hast du vermutlich recht. Aber warte erst einmal ab, bis du eigene Kinder hast …«

»Lass gut sein, eigene Kinder … Das ist nichts für mich. Aber deine bring ich in meinem nächsten Buch unter. Versprochen!«

Ja, Marc hatte wieder einmal seine Nummer abgezogen – ein echter Fachmann für eine Überraschungsparty. Und ich hatte mich ohne große Worte unter dem Vorwand davongestohlen, ein wenig für Sicherheit an der Glut zu sorgen; das tat ich dann auch mit der gebotenen Autorität, stellte ein paar klare Regeln auf und knöpfte mir den kleinen Bellanger sogar vor, um präventiv eine Verwarnung auszusprechen. Letztes Jahr hatte er sich auf der Geburtstagsfeier von Valouise und Andrea wie ein kompletter Idiot aufgeführt. Er hatte auf niemanden der Erwachsenen gehört und mit allen handfesten Streit angefangen, bis ich keinen anderen Ausweg mehr gesehen hatte, als ihm ein wenig die Ohren lang zu ziehen, damit er sich nicht pausenlos auf die anderen Kinder stürzte.

Aus der Nähe betrachtet sah der Drehspieß reichlich seltsam aus. Er war über eine Art Keilriemen, der über ein stählernes Gewinde lief, mit einem einer alten Waschmaschine entstammenden Motor verbunden und wurde auf diese Weise in Bewegung gesetzt. Ich hatte keine Ahnung, wo sie diese Stücke aufgetrieben hatten, vermutlich bei Denis. Eine kleine Weile blieb ich in die Betrachtung dieses tapferen Lammkopfes versunken, der sich in einem fort drehte, und musterte dabei die schadhaften Spuren an dem dicken Metallseil, die zahllose Drehungen dort hinterlassen hatten. Unsere Mädchen sprangen in der Nähe herum, und ich ergriff die Gelegenheit, um ein paar Worte mit ihnen zu wechseln und mir einen winzigen, dreistimmigen Eindruck von ihren Ferien vermitteln zu lassen. Julie verweilte ein wenig länger bei mir, ihr unerschrockener Blick erhellte ihre etwas melancholischen Gesichtszüge.

Schließlich wandte ich mich um und ging zur Terrasse zurück, wo ich mich in Richtung Richard und Nancy Valence bewegte, mit denen Gisèle ein freundliches Schwätzchen hielt:

»Ich brauche nicht einmal eine halbe Stunde in die Klinik, und zur Schule sind es nur fünf Minuten. Wir haben Glück, dass wir ein so ruhiges Plätzchen gefunden haben. Dort hinten ist der Wald. Unser nächster Nachbar wohnt fünfhundert Meter entfernt …«

»Ach, wo ich das höre, hast du Francis eigentlich Bescheid gegeben?«, schaltete ich mich ein.

»Ja, er hat mir gesagt, dass er kommen würde. Aber er wirkte nicht gerade so, als würde er vor Freude an die Decke springen. Ich glaube, man muss ganz schön Glück haben, um ihm auf einem Fest zu begegnen.«

Der gute alte Condac. Er war nicht verrückt. Wenn eines sicher war, so war das die Tatsache, dass man ihn heute Abend nicht zu Gesicht bekommen würde.

»Nun ja«, gab ich zu bedenken, »es zählt tatsächlich nicht zu Francis' Angewohnheiten, Menschenansammlungen aufzusuchen. Auf den ersten Blick mag er etwas befremdlich und unsympathisch wirken, aber er ist ein sehr findiger Kopf ...«

Das Gespräch kreiste nun um diese provokante Gestalt. Nancy kaufte regelmäßig ihr Gemüse bei ihm, von Zeit zu Zeit auch etwas Geflügel. Sie fand, dass auf seinem Hof ein heilloses Durcheinander herrschte, und da musste ich ihr recht geben, denn Francis ließ überall auf seinem Grund und Boden ausgeschlachtete Traktoren, Tanküberreste und zerfallende Käfige vor sich hin rosten. Und um seine Scheunen – wenn einem die Ehre zuteilgeworden war, sie besichtigen zu dürfen – stand es keinen Deut besser.

Wir tranken ein Gläschen. Nancy und Richard Valence waren durchaus angenehme Menschen. Richard arbeitete im Informatikbereich, ohne dass ich mich jemals bemüht hatte, Genaueres darüber zu erfahren. War jemand im Informatikbereich beschäftigt, so bedeutete das für mich, dass er Kabel einstöpselte, Stromkreise schloss, Prozessoren beschleunigte und mit Lötkolben hantierte. Nancy arbeitete halbtags in der Musikschule. Ihre Sprösslinge weilten bei den Großeltern, aber die Eltern würden sie demnächst dort einsammeln, um in einen Badeort zu fahren, wo sie eine Unterkunft gemietet hatten. Wie ein solcher Urlaub bei Familie Valence wohl aussah? Ob Nancy jeden Morgen in ihrem Bungalow im Morgenmantel Querflöte spielte? Sie gehörten zu den Menschen, die jeden Leuchtturm hochsteigen und beim kleinsten Feuerwerk zur Stelle sind. Sie waren von dem Schlag, der alles mit einer bescheidenen und unerschütterlichen Lebensfreude aufnimmt und stets eine Erinnerung oder eine passende Anekdote auf Lager hat, wo mich an ihrer Stelle mit Sicherheit eine abgrundtiefe Niedergeschlagenheit gepackt hätte.

»Ich hoffe, unsere Jungen nehmen uns auch so freudig in Empfang«, zirpte Nancy. »Auf jeden Fall stimmt mich der heutige Abend hoffnungsfroh …«

Ich plauderte noch ein Weilchen mit ihnen – tatsächlich arbeitete Richard im Bereich der Wasserversorgung, ich hatte mich wohl geirrt –, bevor ich weiterschlenderte. Nachdem ich mir etwas zu essen besorgt hatte, wandte ich mich pflichtbewusst für ein paar Augenblicke der dicken Christine und Nelly Bellanger zu. Die Friseurin brachte mit derbem Spott ihren erbitterten Widerstand gegen jede Form des Steuerabzugs zum Ausdruck. Ihr zufolge erstickte sie unter all den Rechnungen und Steuerbelastungen und schnitt die Haare eigentlich umsonst. Man hatte heutzutage in diesem Land keine Achtung mehr vor dem Handwerk, man ließ sie am ausgestreckten Arm verhungern, auf ehrlichem Weg war kein Geld mehr zu verdienen – die übliche Leier eben. Nelly Bellanger, die im Finanzamt arbeitete, nickte zwar zustimmend, wirkte dabei jedoch ebenso zugeknöpft wie der runde Kragen ihrer geblümten Bluse: Ihre verhaltene Zustimmung billigte dem System die ein oder andere Ungerechtigkeit durchaus zu. Ich konnte aufs Schönste erkennen, dass zwischen diesen beiden Frauen Welten lagen und sie sich gegenseitig abgrundtief verabscheuten: auf der einen Seite die strenge Bürokratin, die von der Idee des Staates beseelt war, auf der anderen die selbstständige Unternehmerin, für die keine anderen Regeln galten als die, die das Geschäft diktierte.

Das war eine durchaus komplizierte Gemengelage, der ich mich beherzt entzog, indem ich elegant zu dem danebenstehenden Grüppchen wechselte. Es bestand aus den beiden Unzertrennlichen – Gasparini und Bellanger – sowie Bruno und Rhoda. Sie berichtete von ihren Aktivitäten beim Fernsehen, während drei Augenpaare wie Stablampen auf sie gerichtet waren. Bald würde es dunkel werden. An dem eigentlich noch hellen Himmel zeigten sich bereits hier und da violette Tupfen; es sah aus, als seien dunkle Tintentropfen in ein Ananassorbet gefallen und breiteten sich nun aus. Hatte eigentlich irgendjemand das Lamm im Blick? Ganz sicher nicht diese drei Kerle, auf die Rhodas Anatomie eine beinahe hypnotische Wirkung ausübte. So kehrte ich zu Marc zurück – letztlich war er derjenige, der die Feuerstelle ausgehoben, die Glut angefacht und das Lamm gekauft hatte, wie er mir oft genug wiederholt hatte, nicht ohne Fumards Anteil daran sträflich herabzusetzen. Ich fand ihn im Gespräch mit der sehr von ihm eingenommenen, ja geradezu gefesselten Malika, die ein knappes weißes Oberteil und eine enge Jeans trug – und ging an ihnen vorbei, da ich sie nicht stören wollte.

Kurz darauf, es war schon dunkel, kappte der kleine Bellanger die Stromleitung des Drehspießes, weil er mit dem elektrischen Kabel gespielt hatte. Er hätte wirklich ein paar Ohrfeigen verdient gehabt. Aber die Aufmerksamkeit richtete sich jetzt ganz auf das Lamm, und Bruno machte sich daran, es zu zerteilen. Ich unterstützte ihn dabei nach Kräften, denn diese waren dabei im wahrsten Sinne des Wortes gefordert. Zum Glück hatte Denis sein elektrisches Schneidemesser mitgebracht. Auf einer großen länglichen Platte häuften sich die in Streifen geschnittenen Fleischstücke. Bruno war begeistert.

»Wenn ich so in das Fleisch schneide, komme ich mir vor wie ein blutrünstiger Irrer!«

Es dauerte nicht lange, und er kam auf Rhoda zu sprechen: Die hatte ja ganz schön was drauf, in jeder Hinsicht. Er würde sie nicht von der Bettkante stoßen, wenn sich die Gelegenheit ergäbe. Da fuhr ich ihn etwas harsch an: »Jetzt mach aber mal halblang. Vergiss es. Hals dir bloß nicht solchen Ärger auf! Außerdem rate ich dir, auf Marc zu achten, der hat nämlich ein Auge auf deine Frau geworfen, falls du das noch nicht bemerkt haben solltest …«

Währenddessen war Gasparini bei uns aufgetaucht, und da wir alle gleichermaßen zu Scherzen aufgelegt waren, ging es munter hin und her zwischen uns dreien. Ich muss gestehen, dass auch ich ziemlich über ihre Geschichten lachen musste, ja, sogar so sehr, wie ich seit ewigen Zeiten nicht mehr gelacht hatte. Im Großen und Ganzen lachte ich zu wenig, das war mir wohl bewusst. Einen Esstisch hatte man nicht aufgestellt, und so wurde meistens im Stehen von Papptellern gegessen. Die Frauen hatten verschiedene Salate mitgebracht. Dieser Idiot Bellanger kümmerte sich um das Öffnen der Weinflaschen, die er mitgebracht hatte. Er übernahm es sogar, die Gläser zu füllen, und ich war der Erste, auf den er zukam. Verliebt hielt er die Flasche im Arm, um mir voller Freude seinen edlen Tropfen zu kredenzen – »Ach, mein guter Château La Colline …«, säuselte er gerührt, als gehöre der Weinberg bereits seit sechs Generationen seiner Familie. Kurz, er zog eine völlig idiotische Show ab. Was für ein Spinner.

Ich stellte fest, dass ich die Hälfte des Abends bereits gut hinter mich gebracht hatte, und die erste war meist die schwierigere. Ich hatte sogar noch einiges an Reserven, um den kommenden Herausforderungen standzuhalten. Die Gefahr, unliebsame Geschenke in Empfang nehmen zu müssen, war mittlerweile gebannt; ich würde nicht in Entzückung geraten müssen über irgendeinen Ramsch, den man mir zugedacht hatte. So betrachtet stand einer weiteren Entspannung meinerseits nichts im Wege.

Richard und Nancy Valence waren die Ersten, die aufbrachen. Das war gegen Mitternacht. Wir kamen gerade von unseren Töchtern zurück, die wir mit viel Kuscheln und Schmusen ins Bett gebracht hatten, denn sie waren übermüdet von der Reise. Draußen hatten die Konstellationen gewechselt, die Grüppchen hatten sich mehrmals neu zusammengefügt. Eines änderte sich jedoch nicht, wie mir auffiel: Die Gesellschaft stand im Bann von Marc und Rhoda – er hatte mit seiner Anziehungskraft Malika, Solange, Denis und die dicke Christine um sich geschart; sie weckte mit ihrem attraktiven Äußeren die wildesten Vorstellungen in den Gehirnen von Bruno, Gasparini und sogar Bellanger. Diese Vormachtstellung fand ich höchst erstaunlich. Gewöhnlich waren diejenigen, die mehr oder weniger als die zentralen Figuren im Umkreis galten, unbelehrbare Burschen, die keine Bevormundung duldeten und in der dumpfen Überzeugung lebten, recht zu haben, und zwar in einem solchen Ausmaß, dass eine Unterhaltung mit ihnen einen wirklich zur Verzweiflung bringen konnte. Wenn ich hörte, mit welch wundervollen Lösungen sie das Land wieder nach vorn bringen wollten, sagte ich mir manchmal, dass sich hier auf dem Land, in den Kneipen am Stadtrand oder auf den kleinen Dorffesten im Umland eine echte Gefahr zusammenbraute. Und jetzt erlagen plötzlich alle dem Charme dieses auswärtigen Paares, vergaßen das gewöhnliche Misstrauen und unterwarfen sich allesamt, als wäre Marc ein Guru und die schöne Rhoda seine Stimmenfängerin.

Mit derlei Überlegungen war ich beschäftigt, während ich mich etwas abseits des fiebrigen Treibens hielt, und der Abstand begünstigte meine Analysen. Ich achtete auf jede Kleinigkeit, lag gewissermaßen auf der Lauer. Hatte man eine solche Ballung von Protagonisten bei sich zu Hause, dann galt es hellwach zu bleiben. Ich war nicht wirklich ausgegrenzt, sondern einfach nur in Bewegung, ging auf der Terrasse hin und her, ohne mich von einem Grüppchen einfangen zu lassen. Ich hatte ein Auge auf die Rasselbande, die noch immer an der Feuerstelle herumtollte, und fragte hier und da nach, ob alles in Ordnung sei. Als ich vorhin kurz bei Gisèle verweilte, hatte sie mich zärtlich umarmt und gesagt:

»Du ziehst ein Gesicht, als hättest du Zahnschmerzen.«

»Die habe ich tatsächlich. Vor ein paar Tagen habe ich eine Krone bekommen.«

»Bei wem warst du denn, bei Nadjesda?«

»Ja.«

Ich hatte keinen Grund zu lügen. Ich wollte mich so selten wie möglich von der Wahrheit entfernen, denn es passierte mir immer wieder, dass ich meine Lügen, meine Alibis und meine Vorwände vergaß. Alles wäre im Eimer, wenn ich zwei widersprüchliche Erklärungen für eine einzige Heimlichtuerei lieferte: Was würde Gisèle wohl sagen, wenn ich im Vorfeld angeben würde, ich ginge zu Herrn Dr. Hinz, und am nächsten Tag dann erzählen würde, dass ich bei Herrn Dr. Kunz war?

»Das ist gut, sie macht ihre Arbeit ganz hervorragend.«

»Ja, das stimmt«, gab ich gleichmütig zu. »Aber die Schmerzen unter der Krone wollen nicht aufhören. Hast du nicht vielleicht ein gutes Mittel im Auto? Irgendein Medikament für Kälber oder Schweine? Oder meinetwegen auch für Ziegenböcke, ich bin nicht wählerisch …«

Das entlockte ihr ein helles Lachen, und ihre Hand glitt verstohlen über meine Hinterbacken.

»Vielleicht sind es neuralgische Schmerzen.«

Was waren denn neuralgische Schmerzen? Ich hatte keine Ahnung. Und ich hatte auch keine Lust, es herauszufinden. Man konnte mir alle möglichen Fehler anlasten, aber es gehörte nicht zu meinen Gewohnheiten, mich zu beklagen.

»Geht es dir gut? Genießt du dein Fest?«

»Ja, im Großen und Ganzen geht es mir gut. Ich habe mich nett unterhalten und Spaß gehabt.«

Dann fügte ich mit monotoner Stimme und einer Art Galgenhumor hinzu:

»Bis jetzt sind zum Glück nicht viele Gäste ins Haus gegangen, und das ist gut so. Weißt du, die Leute schleppen so leicht irgendwelchen Schmutz unter ihren Schuhen hinein, hinterlassen Tropfen auf der Klobrille oder verschütten etwas Klebriges in der Küche …«

»Liebling, du bist so pingelig, dass es dich noch krank macht …«

»Ja, da hast du vermutlich recht.«

»Ich glaube, ich liebe dich einfach genau so, wie du bist …«

Als ich schließlich keine Lust mehr hatte, meine Kreise zu ziehen, stellte ich mich still auf eine Stufe der Eingangstreppe, sodass ich das Kommen und Gehen beobachten und zugleich einen weiten Blick über unser Grundstück werfen konnte. Spurlos würde der heutige Abend nicht vorübergehen. Im besten Fall war morgen der Rasen beschädigt, meine Nelken waren zertrampelt oder meine Glyzinie abgerissen. Im schlimmsten Fall würde auch unser Haus in Mitleidenschaft gezogen. Und natürlich ahnte ich, dass morgen nicht sehr viele der Gäste erscheinen würden, um mir dabei zu helfen, alles wieder in Ordnung zu bringen.

Als das Klingeln des Telefons hinten im Wohnzimmer zu mir drang, vermutete ich, dass es sich um einen Anruf von Valérie handelte. Wer sollte es sonst sein? Die Vorstellung, sie könnte es wagen, um diese Zeit anzurufen, brachte mein Blut in Wallung. Verdammt, ich würde sie in die Schranken weisen und ihr an den Kopf knallen, dass es aus war zwischen uns.

»HALLO!«

»Ja, hier ist Richard Valence. Entschuldige bitte. Ich wollte nicht stören. Tut mir leid. Ich rufe an, weil meine Frau ihre Handtasche bei dir vergessen hat. Die Ärmste, ich glaube, sie hat zu viel getrunken. Wir kommen bei Gelegenheit vorbei und holen sie ab. Es eilt nicht.«

»In Ordnung, Richard. Kein Problem.«

Ich machte Nancys Tasche unter einem Sessel ausfindig und legte sie beiseite. Anschließend nahm ich meinen Wachposten im Türrahmen wieder ein. Die gute Valérie lag um diese Zeit vermutlich längst in ihrem medikamentös beförderten Schlummer neben diesem Großmaul Carlos, um den möglicherweise auch die Gedanken meiner Frau gerade kreisten, während sie sich in der Gesellschaft von Solange Gasparini und Nelly Bellanger offenbar schrecklich langweilte.

Am Ende meiner flüchtigen Gedankengänge stand die klare Feststellung, dass ihr Abenteuer mit Carlos nichts mit Liebe zu tun hatte. Ich war derjenige, den sie liebte – trotz meiner unausstehlichen Seiten. Das hatte sie mir mit dem heutigen Abend bewiesen. Vermutlich war die Affäre mit Ricard-Schmitt Ausdruck ihres Wunsches, den Alltagstrott aufzubrechen, das Immergleiche aufzulockern. Alles war ganz leicht gewesen. Beinahe wie von selbst war es dazu gekommen, denn es war praktisch, mit einem Kollegen ins Bett zu gehen, und mit Carlos war das Ganze zudem alles andere als abstoßend. Er wiederum hatte sich wohl verführen lassen, schließlich bedeutete die Affäre eine Abwechslung zu Valérie. Beruflich gesehen konnte man dieses Vorgehen durchaus auch als strategisch geschickt bezeichnen. Nicht etwa, dass Gisèle auf irgendeine Gunstbezeugung hoffen konnte, nur weil sie mit ihm schlief; aber als seine Geliebte gehörte sie ganz eindeutig zum Serail und hatte sich eine Sonderstellung erkämpft. Sie hatte sich selbst bewiesen, dass sie alles erreichen konnte. Ich kannte meine Frau sehr genau und vermochte ihren Charakter recht klar einzuschätzen: Sie war ehrgeizig, und die Tatsache, dass sie als zierliche junge Frau in ihrem Beruf immer wieder mit Vorurteilen zu kämpfen hatte, verstärkte diesen Ehrgeiz noch. Sie trieb ihre Karriere mit großem Energieaufwand voran, was auf Kosten des Familienlebens ging. Und ich hatte mich in diese Kluft geradezu hineindrängen lassen; als Hausmann füllte ich die Lücke zwischen ihr und den Kindern und erhielt dadurch in gewisser Weise meine Daseinsberechtigung. Gisèle war mir dafür verbunden, schließlich blieb ich auf Kurs. Sie konnte sich darauf verlassen, dass zu Hause alles wuchs und gedieh, selbst wenn sie hin und wieder das Bedürfnis verspürte auszubrechen. Und das Ganze – ihre Affäre, ihre ehrgeizigen Pläne, ihre Komplexe – verpackte sie hinter einem fröhlichen und entspannten Auftreten, als wäre nichts vorgefallen. Bloß keine unvorhersehbaren Gefühlsausbrüche zulassen oder auf unangenehme Fragen antworten müssen.

In solch eisige Überlegungen verstrickt, beschlich mich mehr und mehr das Gefühl, ein Fremder in meinem eigenen Haus, inmitten der vergnügten Gästeschar um mich herum zu sein. Von den Zahnschmerzen ganz zu schweigen. Ich hatte bei Nadjesda keine Gelegenheit gefunden, auf dieses Thema zu sprechen zu kommen. Es wurde aber höchste Zeit, sich darum zu kümmern. Ich beschloss, mir erst einmal einen Digestif zu genehmigen, um meinen Verdruss abzumildern, und zwar mit einem Zaubertrunk, der auf einen Schlag den ganzen Kopf benebelt. Auf dem Weg zum Wohnzimmerbuffet, wo sich mein heimlicher Vorrat befand, traf ich auf die dicke Christine. Ich wollte schon an ihr vorbeigehen, doch einer plötzlichen Eingebung folgend, blieb ich stehen und sprach sie an.

»Wo ich dich gerade sehe … Bist du diejenige, die mir die Briefe schickt?«

»Aber … Wie …? Welche Briefe … an dich? Anonym?«

Kurz und gut, jetzt hatte ich die Gewissheit, dass sie es war.

»Hör zu. Ich will, dass du sofort damit aufhörst. Wenn ich noch einen einzigen Brief erhalte, fackele ich deine Frisur ab, und deinen Friseursalon gleich dazu.«

Sie entschied sich, ein empörtes Gesicht aufzusetzen, antwortete jedoch nichts, sondern beschränkte sich darauf, ihre erzürnte Miene mit aller Entschiedenheit zur Schau zu tragen, um keine Argumente ersinnen zu müssen. Eigentlich wollte ich schon weitergehen, kehrte dann aber noch einmal um und trat ganz dicht hinter sie. Ich packte sie, beugte mich zu ihrem wulstigen Nacken und raunte ihr ins Ohr:

»Du wirst mir jetzt freundlicherweise alles erklären.

Woher weißt du davon? Woher hast du deine Informationen?«

Ich musste meinem Griff etwas Nachdruck verleihen, um ihr eine Antwort zu entringen; schuldbewusst aufseufzend gab sie schließlich nach:

»Na, deine Frau fährt immer sehr spät nach Hause. Das ist verdächtig … Und außerdem habe ich meiner Nachbarin davon erzählt. Sie legt die Karten. Sie hat darin gesehen, dass deine Frau dich betrügt …«

Da hätte ich beinahe aufgeschrien. Dieses Biest hatte mir nach dem Besuch bei einer Kartenlegerin Verleumdungsbriefe geschickt, und das nur, weil meine Frau spät von der Arbeit nach Hause kam. Und ich hatte mir den Kopf zermartert, um herauszubekommen, wer diese Briefe verfasst haben könnte. Ich hatte gegrübelt, wer das alles wissen konnte und wie das Ganze herausgekommen war. Und jetzt stellte sich heraus, dass es schlicht und ergreifend die Nachbarin gewesen war, die alles in ihren Karten gesehen hatte!

Fassungslos ließ ich sie stehen und stolperte weiter zum Wohnzimmerbuffet. Bei dem Gedanken, dass sie trotz allem wohl richtig gesehen hatte, traten mir Tränen in die Augen.

Möglicherweise hätte ich zu diesem Zeitpunkt bereits ahnen können, welcher Abgrund sich auftat. Aber mir fehlte die Beharrlichkeit, meine Gedankengänge weiter zu verfolgen.

Als ich mit meinem Digestif in der Hand auf meine Türschwelle zurückgekehrt war, gesellte sich Marc zu mir.

»Deine Kumpel sind großartig. Ihre Schlichtheit ist

ungemein inspirierend. Seit ich hier bin, atme ich wieder ganz neu, ich entdecke das Leben ganz neu, das echte Leben, und glaub mir, ich …«

Es folgte ein langer, ziemlich wirrer Monolog, der mir jedoch den Anlass für seinen Aufenthalt bei mir ganz klar vor Augen führte. Letztlich stand Marc seit mehreren Jahren am Rand einer Art Depression, die er mit der Einnahme von Drogen und Alkohol sowie mit ausgedehnten Besuchen von Nachtklubs nur noch befeuerte. Er fühlte sich, als hätte er Blei an den Füßen und ein Brett vor dem Kopf, dazu plagte ihn ein heftiger grippaler Infekt, der ihn das ganze Jahr über nicht aus seinen Fängen ließ. Diese Symptome gingen unglücklicherweise einher mit dem vollkommenen Verlust von Inspiration und einem verheerenden intellektuellen, moralischen und physischen Verfall. Seit drei Jahren hatte er nichts Vernünftiges mehr zu Papier gebracht. Länger als zwanzig Minuten hielt er es vor einem Bildschirm nicht aus.

»Ich habe eine verteufelte Angst, Franck. Angst, nichts mehr schreiben zu können, Angst, dass man mich vergisst. Und außerdem bin ich nicht …«

Innerlich hielt ich mir die Ohren zu. Das war gut und schön, aber nicht sonderlich originell. Die Suchtgefahr, die Depression, die Schreibblockade, die Angstzustände – das waren Unannehmlichkeiten, die nur besonders privilegierte Menschen trafen. Da brauchte es schon mehr, um mein Mitleid zu erregen, mehr, um auszublenden, dass Marc mich nervte und gründlich anödete, mehr, um zu vergessen, dass sein einziges Bestreben darin lag, seine Berühmtheit zu erhalten, und seine einzige Angst darin bestand, seinen Lebensstandard einzubüßen. Ich murmelte irgendetwas vor mich hin von wegen, es sähe doch ganz so aus, als wäre er in den letzten Jahren mit seiner Biografie recht gut vorwärtsgekommen – meine tatsächliche Einschätzung behielt ich wohlweislich für mich: Ich war der Meinung, dass ein Schriftsteller schreiben muss, dass er morgens aufsteht, um zu arbeiten, den ganzen Tag damit verbringt und diesen Rhythmus zu seinem Alltag macht, und vor allem, dass er den Mund hält, dass er keine großen Töne spuckt und in die Öffentlichkeit drängt, sich mit Stars und Sternchen zeigt, im Radio vorbeischaut und am Ende sogar in Fernsehsendungen landet, wo er eine rasante Haartolle zur Schau trägt, um darunter scheu und schwermütig dreinzuschauen. Niemand muss die Visage des Schriftstellers kennen, der das Buch geschrieben hat – genauso wie niemand wissen muss, wie viel Meter Schnur er verbraucht hat, um sein Grillgut festzuzurren.

Barony war jetzt wieder am Zug und vollendete die pathetische Beschreibung seiner kleinen Missgeschicke. Ich spürte, dass er mir noch etwas gestehen wollte. Aber jetzt kam Malika dazwischen, sie entschuldigte sich für die Störung und eilte ins Haus, wobei sie nur Augen für Marc hatte, den sie mit ihrer Fröhlichkeit anzustecken versuchte. In dem Moment, in dem ich Malika Platz machte, hatte er nach einer auf der Fensterbank vergessenen Weinflasche gegriffen und mir etwas Wein auf meinen Digestif gegossen. Auch das war typisch. Jetzt begann er ohne weiteren Verzug, mir sein Projekt auseinanderzusetzen, das er mir gewissermaßen als Vorpremiere vorstellen wollte. Er hatte bereits mehrere Kapitel verfasst, und die Tage hier seien ungemein fruchtbar gewesen. Plötzlich sei ihm alles ganz klar geworden, es gelte nun, die lokalen Gegebenheiten zu nutzen, die hiesige Bevölkerung, eine Bevölkerung, deren Durchschnittlichkeit sie gerade so authentisch für ihn mache. Er setzte große Hoffnungen auf die Verwertung der bunten, breit gefächerten Palette lokaler Gepflogenheiten und Gebräuche, die er hier kennengelernt hatte, er verfügte nun über lebendiges Anschauungsmaterial in Hülle und Fülle. Für ihn ginge es jetzt darum, ein ganz neues Fundament zu schaffen; er müsse Schluss machen mit seinen üblichen, belanglosen Heldenfiguren, die in der Medienbranche zu Hause waren. Er spüre, dass er sich verändert hatte, ja sogar reifer geworden war, und er habe auch viel über dieses Kaff, über das hiesige Beziehungsgeflecht, die Kräfteverhältnisse, die kollektive Geschichte und die Antagonismen gelernt und begriffen. Er fühle sich nun dazu in der Lage, all das in einem Buch festzuhalten. Und dann waren da ja auch noch jene alten, tief vergrabenen Dramen, auf die man in all diesen urtümlichen Dörfern stieß, wenn man ein wenig nachbohrte. Bei diesen Worten wies er mit einer leichten Kinnbewegung auf Denis, und mir war auf Anhieb klar, dass er vorhatte, das Verschwinden von Cindy Fumard auszuschlachten.

Das fehlte noch. Während ich dieses romaneske Unterfangen innerlich verurteilte und schon das Schlimmste ahnte, eröffnete Marc mir, dass er noch zusätzliche Informationen von Denis selbst erhalten hatte. Er hatte ihm ein Treffen mit einem Polizisten von damals in Aussicht gestellt, der sich heute im Ruhestand befand. Auf diese Weise könnte er die Geschehnisse dann in ihren

Einzelheiten rekonstruieren. Ich sah das alles mit einem sehr kritischen Auge und ahnte, dass es übel ausgehen würde, wenn die Dorfbewohner sich erst einmal in seinen grobschlächtigen Porträts wiedererkannt hätten. Aber ich hatte weder die Kraft, ihm meine Vorbehalte auseinanderzusetzen, noch die Kraft, ihn zu entmutigen. Nein, ich wollte nur, dass er mich in Ruhe ließ, und da wurde ich auch schon erhört, denn Malika kam zurück und stellte sich zu uns. Sie strahlte uns mit ihrem frisch zurechtgemachten, hübschen Kindergesicht und ihrem munteren Lockenkopf an. Es dauerte nicht lange, und die beiden nahmen ihr Verführungsspielchen wieder auf.

Die Gäste hatten nun auf der Terrasse zu tanzen begonnen. Über Marcs Schulter hinweg erhaschte ich noch rasch einen Blick auf diesen Idioten von Bellanger, der sich in den Garten verzog, und ich beschloss, ihm zu folgen. Das war auch gut so, denn ich erwischte ihn, als er sich an der Einfassung des Gemüsegartens erleichterte, also genau dort, wo sich meine Kürbispflanzen in ausladenden Windungen am Zaun in die Höhe rankten. Ich stürzte mich auf ihn und packte ihn so heftig am Ärmel, dass seine Hose nass wurde.

»Hee, ist dir nicht klar, dass hier mein Gemüse wächst? Hast du das nicht gesehen? Hältst du deine Pisse etwa für Dünger?«

»Äh … tut mir leid, Kumpel. Das wusste ich nicht.«

Am liebsten hätte ich ihn kurzerhand auf meinen Kompost geworfen, diesen Idioten. Das wäre ein prachtvoller Dünger für mein Gemüse gewesen. Mit seinem Pimmel in der Hand ging er ein paar Schritte beiseite, um sein Geschäft zu beenden. Ich für meinen Teil verzog mich in das hochstehende Gras der Wiese.

Von hier aus betrachtet, wirkten die Gäste unter der kletternden Kapuzinerkresse und den Volubilis wie Passagiere, die auf einem gemächlich schaukelnden Kahn vergnügt durch die Nacht trieben.

Der nächste Tag begann sehr harmonisch. Valouise und Andrea tauchten in aller Herrgottsfrühe bei uns im Bett auf, und Julie stieß kurz darauf auch noch dazu. Fröhlich und ausgelassen tobten wir zunächst durch die Kissen, bevor wir über unsere Ferien zu fünft verhandelten. Es war ein gutes Gefühl, gemeinsam etwas Großartiges zu planen. Und auch nachdem wir aufgestanden und hinuntergegangen waren, um das Haus gut gelaunt wieder aufzuräumen, herzte ich meine drei kleinen Lieblinge im Vorbeigehen immer wieder, als müsse ich mich nach ihrer langen Abwesenheit ständig neu versichern, dass sie tatsächlich da waren.

Diesem Morgen haftete etwas Einzigartiges und Unzerstörbares an. In den Räumen herrschte eine außergewöhnliche Atmosphäre.

Hinzu kam, dass Marc und Rhoda für dieses Wochenende ihre Abreise angekündigt hatten – es war von Anfang an so geplant gewesen, dass sie bis zu der Geburtstagsparty bleiben würden, aber das wollte mir natürlich niemand auf die Nase binden. Wegen des unliebsamen Besuchs musste ich mich also nicht mehr grämen.

Dennoch war ich gereizt. Meine Gedanken kreisten

fortwährend um Nadjesda – und das nicht nur wegen meiner Zahnschmerzen. Ich hatte am Samstag immer wieder versucht, sie zu erreichen, und als sie auch am Sonntag nicht ans Telefon ging, lagen meine Nerven endgültig blank. Sie hatte sich nicht dazu herabgelassen zurückzurufen, und ich gelangte zu der unschönen Feststellung, dass ich sie eindeutig mehr brauchte als sie mich.

Am Sonntagabend, nachdem Marc und Rhoda mit viel Tamtam endlich abgereist waren, versuchte ich noch einmal, sie anzurufen. Das Telefon klingelte mehrmals, bevor sie endlich abnahm.

»Ich komme gerade von einem Besuch bei meinen Eltern zurück. Jetzt werde ich noch ein Weinchen trinken, mich mit einem schönen Buch ins Bett kuscheln und dann gemütlich einschlafen. Denk an mich, wenn du heute Nacht von Brücken träumst.«

Wir wechselten noch ein paar belanglose Worte, die mir jedoch Erleichterung verschafften. Dann berichtete ich ihr zum Schluss von meinen Schmerzen, die sich verstärkt hatten. Sie versprach, mich am nächsten Morgen in ihrer Sprechstunde dazwischenzunehmen.

Als ich am nächsten Tag frühmorgens die Augen aufschlug, konnte ich an nichts anderes mehr denken als daran, dass ich sie wiedersehen würde. Die Mädchen schliefen noch. Gisèle war bereits aufgestanden.

Allerdings galt es noch, die Betreuung der Kinder zu regeln. Daran hatte ich zuvor gar nicht gedacht, denn ich war nicht mehr daran gewöhnt, das Familienleben zu steuern. Aber ich würde schon eine Lösung finden. Zuerst einmal weckte ich alle drei auf und kümmerte mich um ihr Frühstück. Dann machten sie sich oben fertig zum Aufbruch. Währenddessen rief ich Francis an, aber er nahm nicht ab. Das war nicht weiter schlimm, denn er war mit Sicherheit zu Hause, da er sich niemals von dort fortbewegte. Ich traf ihn in seinem Garten an. Unsere letzte Begegnung lag bereits eine ganze Weile zurück, und ich fand, dass er verändert aussah. Seine Lippen zitterten ein wenig, und sein Gesicht wirkte trotz seiner dunklen, gegerbten Haut fahl.

»Hallo, Francis. Es ist eine Ewigkeit her, dass wir uns gesehen haben! Ich hatte Samstagabend ein wenig auf deinen Beistand gehofft …«

»Ach ja, dein Geburtstag … Du weißt ja, so was ist nichts für mich …«

»Schon gut. Wie läuft's denn so mit deinem Hof?«

»Ganz gut so weit. Hab nur grad das Veterinäramt am Hals, die wollen eine Kontrolle machen …«

Jetzt schenkte er Julie seine Aufmerksamkeit:

»Ich dachte, ihr seid noch in den Ferien, sonst wäre ich schon einmal zu euch hochgekommen und hätte euch einen Korb voll Erdbeeren gebracht.«

Ihre Schwestern rannten unterdessen bereits zu den Kaninchenställen. Ich war so weitsichtig gewesen, ihm den Wein mitzubringen, den ich schon vor Wochen für ihn erstanden hatte. Die Übergabe war rasch erledigt; ich machte nicht gern viel Aufheben um das Überreichen von Geschenken, ebenso wenig wie er zu denjenigen zählte, die große Begeisterung an den Tag legen, wenn sie ein Geschenk bekommen.

»Hör mal, ich muss die Mädchen bei dir lassen. Ich

hab einen Termin in der Stadt. Am späten Vormittag hole ich sie wieder ab, wenn das in Ordnung ist.«

»Kein Problem, Franck. Das weißt du.«

»Und diesmal schimpfst du mit ihnen, wenn sie wieder deine Hasen ärgern.«

Es schien mir ein unmögliches Unterfangen zu sein, eine Krone wieder herauszubekommen. Die Sitzung bei Nadjesda belehrte mich jedoch eines Besseren. Zunächst wurde das Metall eine ganze Weile über Vibrationen gelockert, bevor Nadjesda das gute Stück schließlich mithilfe einer winzigen Säge in Kleinstteile zerlegte. Zahnärzte sind heimliche Zauberer, verkannte Wohltäter der Menschheit. Dies kommt jedoch immer nur ans Licht, wenn sie einen ihrer Patienten von einem üblen Geschwür im Mund befreien. Nadjesda entdeckte unter der Füllung einen prächtigen Abszess, den sie unverzüglich aufschnitt, um anschließend die Wunde zu versorgen. Ich hatte keine Ahnung, warum sie wohlweislich zwei Exemplare meiner Krone bestellt hatte, war aber hocherfreut darüber, dass sie meinen Zahn auf der Stelle wieder aufbauen konnte.

»Du hast wirklich Pech gehabt. So etwas habe ich sicher schon fünf oder sechs Jahre nicht mehr gesehen …«

Nach diesem Härtetest verspürte ich das Verlangen nach etwas menschlicher Wärme, nach ein wenig emotionalem Trost. In der Begeisterung über meine Heilung packte ich sie um die Hüften, schob ihr T-Shirt nach oben und presste meinen Mund wie einen Blutegel an ihren Hals. Es war ein wunderbares Gefühl, meine Dankbarkeit bezeugen zu können, indem ich die Person in die

Arme schloss, die eben noch ihre heilenden Kräfte an mir unter Beweis gestellt hatte.

»Franck, sei vernünftig, ich habe einen endlos langen Tag vor mir …«

»Ein Grund mehr für eine Pause.«

Rasch hatte ich sie auf den Behandlungsstuhl gedrängt. Ein Anflug von Mitleid für all jene, die sich im Wartezimmer ihre schmerzenden Backen hielten, zog rasch vorüber.

»Aber … das Wartezimmer platzt aus allen Nähten. Du weißt, dass ich dich nur dazwischengenommen habe, weil …«

Glücklicherweise trug sie einen Rock, also hob ich ihre Oberschenkel über die abnehmbaren Armlehnen und hatte mir beinahe schon einen Weg zwischen ihrem Schenkel und der gezackten Borte ihres Slips gebahnt, als sie mich scharf und verletzend zurückwies:

»Hör auf! Mir steht der Sinn jetzt wirklich nicht danach! Es ist nicht der richtige Zeitpunkt dafür.«

Ich gab auf und wich zurück.

»Klar, ist gut. Ich bin auch schon wieder ganz ruhig. Entschuldige bitte.«

Es war vernichtend, so zurückgewiesen zu werden, aber ich erkannte schlagartig, dass ich zu weit gegangen war, und so fasste ich es als eine unverhoffte zweite Chance auf, als sie mir vorschlug, ich könnte kurz nach Mittag zu ihr in das Appartement kommen. Ich bot nicht an, die Behandlung zu bezahlen, denn die Unterzeichnung eines Schecks zu diesem Zeitpunkt hätte so ausgesehen, als wollte ich meine Rüpelhaftigkeit unter den Teppich kehren. Sie begleitete mich zur Tür mit dem missmutigen

Gesichtsausdruck, den man normalerweise lästigen Kerlen vorbehält, die einem das Leben schwer machen.

In dem Zustand, in dem ich mich jetzt befand, stand es für mich außer Frage, dass ich diese Verabredung wahrnehmen musste. Condac würde meine Gören noch ein paar Stunden länger ertragen müssen. Ich trank mehrere Tassen Kaffee auf der Terrasse eines Bistros im Stadtzentrum und warf dabei einen Blick in die dort ausliegenden Tageszeitungen. Nach allem, was vorgefallen war, musste ich Nadjesda zeigen, wo es langging. Um die Zeit totzuschlagen, suchte ich in der reichlich vorhandenen Rubrik »Vermischtes« nach Ablenkung, wo über kleine, gemeine Diebstähle ebenso berichtet wurde wie über Verkehrsunfälle. Ich wurde ruhiger und gelangte schließlich zu vollkommener Abgeklärtheit mit einer Reportage über irgendwelche Draufgänger, die Festsäle mieten, um dort als Cowboys aufzulaufen.

Als ich in ihrer Wohnung eintraf, war sie gerade dabei, die Vorhänge des Wohnzimmers aufzuziehen. Es herrschte immer noch eine angenehme Kühle in dem Appartement, das mit seinem länglichen Grundriss und den hellen Wänden sehr funktional war. Während wir ein Glas Mineralwasser tranken, fragte ich sie nach ihren Plänen für die kommenden Tage. Der Urlaub ihres Mannes begann am Samstag, und sie würden mit ihren Kindern für zwei Wochen in ihr Landhaus fahren, das abseits des Trubels, aber dennoch nur einen Steinwurf vom Meer entfernt lag. Sie freute sich darauf, Zeit für Caroline und Johanna zu haben, mit ihnen durch Geschäfte zu bummeln, ins Kino oder ins Schwimmbad zu gehen – sie einfach um sich zu haben. Ich trat näher zu ihr und legte eine Hand um ihre Taille. »Hmm, du riechst gut.« Das stimmte tatsächlich: Ihre Haut verströmte den schmeichelnden Hauch eines betörenden Ingwerduftes.

Ein paar Minuten später lagen wir im Schlafzimmer auf dem Bett und hatten uns in eine heftige, drängende Umarmung verstrickt. Als wir wieder zu Atem gekommen waren, blieben wir nackt auf dem Bett liegen, ich auf dem Bauch, Nadjesda mit angezogenen Beinen und zerzaustem Haar. Nach ein paar Minuten ergriff sie das Wort. Wir müssten aufhören uns zu sehen. Sie wisse nicht, wohin uns das führen würde. Es gäbe keine Lösung, und deshalb sei es besser, jetzt ein Ende zu setzen. Noch sei nichts Schlimmes vorgefallen. Ich liebte meine Frau. Sie liebte ihren Mann. Wir hätten alle beide wunderbare Töchter. Meine seien zudem noch Kinder. Wir sollten uns nicht gegenseitig unser Familienleben zerstören. Ebenso wenig sollten wir uns auf unbestimmte Zeit weiterhin heimlich treffen. Es sei schön gewesen mit uns beiden. Sehr schön sogar. Unsere Affäre habe ihr das Gefühl vermittelt, jünger zu sein. Und sie würde sich noch lange daran erinnern, an die wohltuende Wirkung. Aber sie war vor allem eine Mutter. Das sei das Wichtigste in ihren Augen. Das gälte es am Ende zu bewahren. Trotz allem sei sie mir verbunden für dieses Zwischenspiel, für dieses unvorhergesehene Intermezzo. Aber jetzt sei es besser, dass wir uns trennten beziehungsweise, dass wir uns nicht mehr sahen und dieses kleine Geheimnis für uns behielten als einen unvergesslichen intimen Augenblick. Wir sollten als gute Freunde auseinandergehen. Schließlich waren wir keine Kinder mehr, die alles verdarben. Die alles kaputt machten.

Ich hatte die ganze Tirade mehr schlecht als recht eingesteckt. Sie war hart, aber unwiderlegbar. Dieses Mal verließ ich das Appartement, ohne geduscht zu haben.

Wenn ich ehrlich war, musste ich Nadjesda ein gehöriges Maß an Weitsicht zubilligen, sie ersparte uns einen jämmerlichen Schiffbruch, ganz anders als Valérie. Hätte ich das doch nur früher bedacht … Für Nadjesda war ich nichts weiter als ein harmloser Zwischenfall ohne schwerwiegende Folgen. Sie musste in mir einen kleinen Lausebengel gesehen haben, mit dem man einen ganz gewöhnlichen Fehltritt begeht.

Als ich mit dem Kombi unter sengender Sonne über die Hochebene bretterte, packte mich eine anhaltende und tiefgreifende Verstörung, die sich noch nicht gelegt hatte, als ich zu Francis abbog. Die Mädchen lenkten mich ein wenig ab. Sie hatten Hunger, sie hatten Durst, es war kurz vor vier Uhr, sie wollten etwas Süßes essen. Rasch bedankte ich mich bei Francis, packte die Mädchen ins Auto und fuhr nach Hause.

Der Abend verlief angenehm. Ich genoss es, einfach mit meiner Familie zusammen zu sein, ohne mich um unsere extravaganten Gäste kümmern zu müssen.

»Ich bin froh, dass wir wieder für uns sind«, sagte ich zu Gisèle, als wir schließlich im Schlafzimmer waren.

Gisèle zog sich ihr Nachthemd über, wobei mir auffiel, dass ihre Beine durch das regelmäßige Joggen noch schlanker und sehniger geworden waren.

»Ach, komm schon, so schlimm war es doch gar nicht.«

Sie hatte sich aufs Bett gesetzt und cremte sich die Schultern ein.

»Im Augenblick bekomme ich immer wieder Ausschlag. Ich habe keine Ahnung, was die Ursache ist. Schon die kleinste Irritation reicht aus, es ist einfach nur ärgerlich … Am Sonntag bin ich auf einem Hof gewesen, wo der Typ die Kastrationen seiner Tiere normalerweise selbst vornimmt. Aber jetzt ist zweimal hintereinander etwas dabei schiefgelaufen. Er hatte die Gummiringe nicht an der richtigen Stelle angesetzt. Weitere Details erspare ich dir.«

»Ja, ich bitte darum.«

»In solchen Fällen muss ein chirurgischer Eingriff her. Und ich schwöre dir, er hat sich nur an mich gewandt, weil es keine andere Lösung mehr gab. Solche Typen leben einfach in einer anderen Welt. Sie können es kaum ertragen, wenn eine Frau die Hoden ihrer Kälber mit einem Skalpell traktiert. So etwas bringt mich auf die Palme.«

Trotz des wenig appetitlichen Kontexts war meine Hand zu ihrer von winzigen Löckchen gesäumten Knospe hinuntergeglitten. Unter den dunkel gefärbten Rändern tauchten die zarten Lippen auf, rosafarben wie frisch verletzte Haut. Und während ich ihr allein durch die sanfte Berührung meiner Finger einen Orgasmus verschaffte, kreisten meine Gedanken um unsere Ehe. Wie war es um sie bestellt? Unsere Partnerschaft hatte neuen Schwung bekommen. Der Alltag gestaltete sich abwechslungsreicher als zuvor. Wir schmiedeten Pläne, und unsere Gespräche verrieten, dass die Zukunft uns gehörte. Beim Versuch, diese positiven Veränderungen zeitlich einzuordnen, konnte ich nicht sagen, ob sie mit dem Auftauchen von Marc und Rhoda, dem Urlaub der Familie Ricard-Schmitt oder vielleicht sogar mit der Abreise unserer Töchter eingesetzt hatten. Diese Faktoren wälzte ich noch eine ganze Weile in meinem Kopf hin und her, nachdem Gisèle eingeschlafen war. Etwas blasser tauchten im Hintergrund weitere Tatsachen auf: die anonymen Briefe, die sich nun als unbegründet herausgestellt hatten, die Spuren auf Gisèles Hinterbacken und ihre Neigung zum Hautausschlag, die mir neu war – alles Anzeichen, die mich über die Untreue meiner Frau hatten spekulieren lassen. Jetzt lösten sich diese Anschuldigungen in Luft auf, sie glichen einem Trugbild, das sich verflüchtigte, und somit war meinen Grübeleien neuer Raum gegeben. Möglicherweise war die Bedeutung der Nachricht, die Valérie auf dem Handy ihres Mannes entdeckt hatte, ebenfalls nur eine Ausgeburt ihrer Paranoia gewesen – schlicht das Ergebnis einer Fehleinschätzung. In Anbetracht ihrer von mir nicht sehr hoch veranschlagten Urteilskraft hielt ich das plötzlich durchaus für möglich.

Als es hell wurde, stand ich auf. Gisèle war bereits unten und im Aufbruch begriffen. Ich trank draußen einen Kaffee und wog das Für und Wider einer morgendlichen Runde mit der Gießkanne ab. Bevor ich eine Entscheidung getroffen hatte, kamen Valouise und Andrea aus dem Haus gerannt und drängten auf die Zubereitung von heißem Kakao.

Ich bereitete ihnen ein Frühstück und verbrachte den restlichen Vormittag mit etwas Gartenarbeit hier und dort, um meinen düsteren Gedanken zumindest vorübergehend zu entfliehen. Nur für einen Anruf bei Valérie unterbrach ich mein Tun.

»Hallo, Valérie.«

»Franck! Ich habe gestern den ganzen Tag über probiert, dich zu erreichen! Wir sind Sonntagabend zurückgekommen. Eigentlich wollten wir schon ganz früh aufbrechen, um vor der großen Hitze hier zu sein, und damit hätten wir uns wahrscheinlich auch ein paar üble Staus erspart, aber …«

»Valérie, entschuldige, dass ich dich unterbreche. Wir müssen uns sehen. Passt es dir morgen Vormittag? Da hat Gisèle frei und fährt mit den Mädchen in die Stadt.«

»Okay. Kommst du zu mir?«

»Nein, nicht bei dir. Eher im Park … Genau, im Stadtpark.«

Am nächsten Morgen packte Gisèle alle drei in ihren Allradwagen, um mit ihnen zum Friseur zu fahren, und anschließend war eine Einkaufstour durch die Geschäfte vorgesehen.

Ich schnappte mir meinen Kombi und ließ die Berge beinahe zeitgleich mit ihnen hinter mir.

Der Park mit dem Kiosk, die gleiche Bank am Ufer des Flusses – das war der Rahmen unseres Treffens. Wie beim letzten Mal trug Valérie einen Pferdeschwanz und wie beim letzten Mal zögerte ich, ob ich sie mit den üblichen Küsschen begrüßen sollte. Es herrschte eine gezwungene Atmosphäre, und ich kam unverzüglich zur Sache.

»Ich würde gern noch einmal über die Nachricht von

Gisèle sprechen, die du damals auf Carlos' Handy abgehört hast. Wie lautete sie genau? Mir ist im Nachhinein eingefallen, dass ich nie nach dem genauen Wortlaut gefragt habe.«

»Oh, das weiß ich nicht mehr, Franck. Wie soll ich mich denn jetzt noch daran erinnern?«

»Na, du warst doch sehr aufgebracht darüber. So schien es mir zumindest. Die Worte hatten dich sehr getroffen. Vielleicht erinnerst du dich doch, wenn du ein wenig nachdenkst …«

»Weißt du, so einfach ist das nicht. Die Sachlage war ziemlich unklar. Ich glaube, es war eher der Ton der Nachricht, der mich schockiert hat.«

»Willst du mir damit etwa sagen, dass die Nachricht von meiner Frau an deinen Mann überhaupt nichts explizit Verwerfliches enthielt?«

»Nun ja, ich glaube tatsächlich, dass es nicht sonderlich explizit war. Ich war eifersüchtig auf Gisèle, eifersüchtig auf Gisèle und dich. Ich spürte, dass es da etwas zwischen Carlos und ihr gab. Und du selbst hast schließlich von anonymen Briefen gesprochen.«

»Nein, das war erst später!«

»Ja, aber trotzdem. Da siehst du, dass alles sehr verworren ist … Ich habe mit Sicherheit nichts erfunden. Wie heißt es so schön, kein Rauch ohne Feuer.«

»Aber welchen Rauch meinst du denn?«

»… ich wollte sie überführen. Ich glaube, es war eine Art Hilferuf, den ich an dich gerichtet habe.«

»Valérie, ist dir klar, dass bis zum jetzigen Zeitpunkt, während wir hier miteinander sprechen, und nach allen Schweinereien, die wir zusammen getrieben haben,

Gisèle und Carlos möglicherweise niemals miteinander geschlafen haben?«

Während des betretenen Schweigens, das sich nun einstellte, zeichnete sich vor meinem geistigen Auge der Rahmen der ganzen Geschichte ab: Zwei oder drei vage Andeutungen, ein paar unglückliche Umstände, hier und da ein Funke, und schon war das Feuer entfacht, das sich in den folgenden Wochen immer neue Wege gebahnt hatte. Vielleicht zog auf eine ähnliche Weise in der Todesstunde eines Menschen sein Leben noch einmal an ihm vorüber.

Valérie hatte zu schluchzen begonnen.

»Das ist ja schrecklich«, schniefte sie.

Ich war kurz davor, sie zu ohrfeigen, konnte mich dann aber beherrschen. Stattdessen legte ich ihr eine Hand auf den Nacken, um ihr mein Mitgefühl kundzutun, und wollte sie schließlich sogar umarmen, um zu einem versöhnlichen Ende zu gelangen. Da aber setzte sie die empörte Miene einer bedrängten Frau auf und schrie:

»Oh, rühr mich nicht an!«

Aufgewühlt trat ich den Rückweg an. Es war schon deutlich wärmer geworden. Die Wipfel der Bäume regten sich nicht, und auch die zarten Blätter verharrten so unbeweglich wie auf einer Fotografie. In meinem Innern jedoch war eine Unruhe aufgekeimt, die sich mit aller Macht ausbreiten wollte.

Am Abend, als die Mädchen im Bett waren und Gisèle es sich mit ein paar Zeitschriften auf dem Sofa bequem gemacht hatte, beschloss ich, noch kurz in der Bar vorbeizuschauen. Schon von Weitem sah ich, dass etwas nicht stimmte. Vor der Tür parkte ein Polizeiwagen, und es herrschte ungewöhnlich viel Betrieb. Bruno eilte mir mit besorgter Miene entgegen.

»Hast du es schon gehört? Sie haben Cindys Leiche gefunden!«

Aufgeregt berichtete er, was sich zugetragen hatte. Das Veterinäramt hatte Condacs Hof unter die Lupe genommen und Cindys von Würmern zerfressene Gebeine unter einem Komposthaufen entdeckt, wo sie seit zehn Jahren verwesten. Francis war auf der Stelle verhaftet worden und hatte bereits gestanden.

Mein Blick schweifte nach draußen, wo ich durch die

Fensterscheiben der Bar einen Übertragungswagen mit Parabolantenne vorbeifahren sah.

Ich war sprachlos. Es schauderte mich, wenn ich daran dachte, dass ich über Jahre hinweg mit einem Gewalttäter befreundet gewesen war, ohne jemals auch nur den geringsten Verdacht zu hegen. Dass ich ihm ohne Arg mehrmals meine Töchter anvertraut hatte, noch dazu nicht immer aus ruhmreichen Anlässen. Um Haaresbreite einer Katastrophe entronnen zu sein, flößte mir noch nachträglich eine Angst ein, in die sich Schrecken und Erleichterung mischten.

In der Bar fanden sich immer mehr Menschen ein, und ich wurde Zeuge einer bewegenden Szene zwischen Bruno und Denis, der in den Armen seines Freundes zu weinen begann und unablässig wiederholte, dass man sie gefunden habe.

Zwischen seinen Schluchzern hörte ich ihn niedergeschlagen fragen: »Warum hat er das nur getan, dieser Irre? Warum musste er so etwas tun?« Innerlich war ich froh über seine Nachsicht, da ich bei Denis eine sehr viel hitzigere Reaktion für möglich gehalten hätte. Man hätte durchaus befürchten können, dass er sein Gewehr von der Wand reißen würde, um Rache zu üben. Aber ich hatte mich von Anfang an immer wieder in ihm getäuscht. Sein forsches Auftreten und sein loses Mundwerk gingen einher mit einer so aufrichtigen Güte, wie ich sie nicht oft erlebt habe. Ich verbrachte die ganze Nacht in der Bar, am Ende waren nur noch Bruno, Denis und ich dort. Das Bier versetzte uns nach und nach in jenen seltsamen Zustand der Trunkenheit, der einen an Tagen solcher Verzweiflung mit desillusionierter Klarheit auf die Welt blicken lässt.

Als meine Frau den Kombi hörte, kam sie mir in ihren Morgenmantel gehüllt entgegen. Ich hatte sie gestern Abend aus der Bar angerufen und berichtet, was passiert war.

»Soll ich dir einen Kaffee machen?«, fragte sie.

Wir hatten uns jetzt an den Rand der Terrasse gesetzt und blickten hinüber zu den Bergen. Nach dieser durchwachten Nacht duftete der Kaffee herrlich in der Kühle der frühen, noch unberührten Morgenstunde. Bald würde die Sonne aufgehen und rasch alles mit ihrem Licht überfluten. Die Sonnenblumen am Hang würden ihre riesigen Mäuler auftun. Es kam uns vor, als würden wir am Wendepunkt zu etwas Neuem stehen. Aber noch war auch Raum für eine klärende Aussprache.

»Ich möchte, dass du in der Klinik aufhörst …«, ließ ich ohne weitere Erklärung fallen, womit ich meiner Äußerung ihre Entschiedenheit nahm und verschiedenen Deutungen Raum gab.

Ich sah Gisèle ein paar Sekunden eindringlich an, bevor ich meinen Kaffee an die Lippen führte. Sie war offenbar nicht arglos genug, um nach einer Erklärung zu fragen. Ich nahm an, dass sie möglicherweise mehr wusste, als ich dachte. Beinahe erleichtert fuhr ich fort:

»Ich habe genug von der Gegend hier. Ich habe genug vom Landleben. Du könntest anderswo genauso gut eine Arbeit finden …«

Die Art, wie sie nun einer grundlegenden Veränderung unserer Lebensumstände offenbar zustimmte, ließ erkennen, dass sie im Geiste ihre oder aber meine Versäumnisse und Fehltritte durchging. Ich entschied mich, Stillschweigen über alles zu bewahren und unsere tiefe

Verbundenheit nicht mit diesem Thema zu belasten. Es gibt Dinge, die es nicht verdienen, dass man sie teilt. Der Zweifel würde fortbestehen, und das war nicht das Schlechteste.

Ein Schatzkästchen voll kostbarer Augenblicke

Julia Kaufhold
ALL DIE SCHÖNEN TAGE
Roman
432 Seiten
ISBN 978-3-431-04096-8

Stella liebt Max. Und Max liebt Stella. Schon immer. Aber Max hat Stella verraten. Zutiefst verletzt verbannte sie Max aus ihrem Leben und mit ihm ihre Schöne-Tage-Box – ein hölzernes Kästchen, in dem sie all die besonderen Momente ihres Lebens auf Karten notiert. Als Max Jahre später plötzlich vor ihr steht, weist sie ihn ab. Immer wieder, bis sie zufällig auf ihre alte Box stößt und all die schönen Tage ihrer Liebe ihr entgegenleuchten. Doch gibt es für Stella und Max überhaupt eine zweite Chance? Julia Kaufhold erzählt einfühlsam diese mitreißende Geschichte über Vertrauen und Verrat, Liebe und Mut.

Bastei Lübbe

»Eine eindringliche Lektüre. Gowars Gespür für anschauliche und sinnliche Details ist erstaunlich.« THE BOOKSELLER

Imogen Hermes Gowar
DIE LETZTE REISE
DER MEERJUNGFRAU
oder wie Jonah Hancock
über Nacht zum reichen
Mann wurde
Roman
Aus dem Englischen
von Angela Koonen
560 Seiten
ISBN 978-3-431-04082-1

Ein Wunder, raunen die einen. Betrug, rufen die anderen. Für Jonah Hancock zählt nur eines: Die Meerjungfrau, die sein Kapitän aus Übersee mitgebracht hat, versetzt ganz London in Staunen und lässt sich für eine schwindelerregende Summe verkaufen. Nur die Gunst der Edelkurtisane Angelica Neal bleibt unerschwinglich für ihn, denn als Beweis seiner Liebe fordert Angelica eine eigene Meerjungfrau. Jonah setzt alles daran, ihr diesen Wunsch zu erfüllen. Doch Wunder haben einen hohen Preis.
In ihrem preisgekrönten Romandebüt erweckt Imogen Hermes Gowar das London des 18. Jahrhunderts zum Leben – schillernd, faszinierend und facettenreich.

Bastei Lübbe